我的九個廚房

丘彥明——著、繪圖

目錄

〔序〕

荷蘭居家生活三部曲

唐效

在我看來，彥明最近二十年的寫作有三條主線：一是藝術新潮及藝術展覽的報導，書寫接近學術論文，引經據典、反覆查證，力求正確無誤，同時又要有自己的獨立觀點；二是報紙雜誌專欄，短小而富情趣，天南地北，旅遊、美食、生活中有感而發，輕鬆而富寓意；三是寫荷蘭居家生活與周圍人、事的關聯，可稱為「荷蘭居家生活三部曲」。《我的九個廚房》一書專寫廚房相關題材，應是她「荷蘭居家生活三部曲」的終結篇。

荷蘭居家生活的第一部應該算是二〇〇〇年出版的《浮生悠悠》，講的是初定居荷蘭，以居民農園為主線，敘述描繪在荷蘭生活的點滴、在居民農園耕作與收穫的歡欣，夾雜著花樹蔬果的故事，和周圍朋友的交流，寫出了慢生活的一種典範。這本書在台灣出版極受好評。有趣的事，這本書在大陸延緩了幾年至二〇〇三年出版，因為最初的審批意見是不宜出版，理由是與當時的國情不符。到現今，大陸小資廣為流行，這本書早已買不到，不久又會再度發行修訂增補的新版。

荷蘭居家生活的第二部應是《荷蘭牧歌．家住聖安哈塔村》，書寫的範圍縮小到了我們居住的小村，村民只有五百多人，特別是更縮小到了我們家。寫牛、羊、鳥、雁、河、漲水、四季變化，與村人、政府官員的互動，並寫了百年老屋的重建經歷。

我們在荷蘭的一位中國朋友朱杰，聽說彥明寫書，而且是寫在荷蘭的居家生活，非常驚訝，覺得大家在荷蘭生活簡單，會有什麼事能夠寫成書？

那麼，寫書更細到了廚房，恐怕這條主線就不能再繼續下去了。所以，我把彥明的新書《我的九個廚房》稱為她荷蘭居家生活三部曲的終結篇。

彥明對於生活中的很多事，都有無窮的好奇心。家居生活中，油、鹽、醬、醋、米、糖、水、酒，是最普通不過的必需品，但她都能看出、用出不少的門道；光寫鹽，就南轅北轍寫出了很多人不會去注意的細節，卻又不失情趣。簡簡單單的一件事——買菜，更道出了很多的心得，傳統市場、露天市場、超級市場、大賣場、獨特的商店、鄉村小攤與小店……多年以後，當人們的生活高度有效率，靠一部手機或植入體內的芯片，就能解決所有生活中的瑣事，恐怕廚房都要從居家生活中消失，彥明的這本書應該就是在寫歷史了！

廚房實地，匯聚人氣。我們家來了客人，若是新客，一般都會帶著參觀，特別要去看樓上美麗的窗景：看近處牧場綠草上的牛羊，稍遠處馬士河的流水和行船，遠處很久以前冰河時期冰川運動造成的平緩山坡，和藍天白雲。然後，會在客廳落座。但，不知什麼原因，客人最後總會聚到面積不大的廚房。想來，民以食為天，再加上有非常熱心好客的彥明在廚房，成為最大的聚心力。

來家吃飯次數最多的應該是與我一起創辦 Mintres 高科技公司的合夥人——Clive Hall先生。他雖然是英國人，但特別喜歡美食，更非常喜歡我們家的烹飪。因為有人棒場，彥明盡量做出不同的菜餚待客，我有時也客串表演拿手川菜。回想起來，公司成立八年多以來，他到我們家至少幾十次，每次只到廚房，別的房間一概未去。除了吃飯，公司從草創到快速成長，發展中不少重要決策及新產品研發的思路，都在我們家廚房出台。

廚房是我們家居生活的重心。作為丈夫但工作繁忙的我，在家中的時間除了睡覺，大部分的時間都在廚房，廚房是彥明與我共同做菜、聊天、吃飯的地方。算命師說，我們倆的八字帶不少食神，都是好吃之人。但，彥明不光喜歡美食，還特別喜歡做菜，學做新菜，在外面嘗到好吃的就自己試做，並發明新菜。

「荷蘭居家生活三部曲」是彥明生活中的真實寫照。《我的九個廚房》同時寫下了百年老屋舊廚房的改建與新廚房的誕生。為了新廚房的各種考量，也反應出了家居生活的複雜性與荷蘭居家生活的特別性。這中間不光有文學、藝術的氛圍，還有不少技術及實用的考慮。

彥明從小到現在，用過九個廚房，這本書也記錄了彥明在這幾個廚房中的經歷與感受，時間上縱括數十年，地域上橫括亞美歐三大洲，寫出了時代的變遷，文化的異同和人情的冷暖。特別寫下了台灣、成都家中物質生活三十年來的巨大變化。

荷蘭居家生活，彥明能夠寫出這麼多內容，每回閱讀仍然很驚訝，想要讚揚她的文筆以及對我們生活寶貴的紀錄。

我們在荷蘭居家生活雖簡單，卻能成為這麼多本書的題材，每次讀起來都非常感激，謝謝彥明能在平靜的生活中，創造出這麼多的美好，豐富多彩而又不帶壓力，是我的福氣。

希望這本書能夠帶給讀者很多會心的微笑，帶給大家一些異國的情調。願廚房讓人能從高效繁忙的工作後安心下來，在這個不需要講效率的空間享受美食，享受人生。願大家家庭幸福。

輯一。。我家的油鹽醬醋

米飯

吃米飯長大。

從小長大家裡吃的主要是蓬萊米。父親說，蓬萊米蒸出的飯，較黏且有彈性，口感好。

小時候住家後面就是台灣嘉南平原的大片稻田。每天，我從二樓窗戶依時序俯瞰：農人彎腰插秧、綠色稻浪起伏、金黃稻穗阡陌、農人持鐮刀割稻、牛車運送收成的風光。住家一條馬路之隔有幾戶農家，每逢收穫季節，我喜歡橫穿過馬路，一旁觀看農人們在屋前的廣場上打穀、曬穀、裝袋。在南部的豔陽下，農夫頭戴斗笠，身穿白色汗衫、黃色短卡其褲，打著赤腳，揮汗工作；農婦除了戴斗笠，臉部圍上了花布巾，僅留出一雙黑亮的眼睛；身穿長袖衣服與長褲，手臂和腿部一定再用布套嚴實包裹，以防日曬。這種田園美景在在豐富了我童年與少女的歲月。

生長在稻米之鄉，我很早學會區分稻米爲在來米、蓬萊米和糯米；後來才知道，這是沿用日治時代的說法。正確說來，稻分秈稻、粳稻二亞種；在來米是秈稻，蓬萊米爲粳稻的代名詞，糯稻則分：秈型糯稻與粳型糯稻兩種。秈稻黏性低、粳稻黏性較高。

人到中年常住歐洲，逐漸發現歐洲人與東方人食米的口味大不相同。歐洲人對粳稻米煮成黏性較高的米飯沒興趣，喜歡煮出來米飯一粒粒分明的秈稻米。

現今全世界有一半人口食米。據統計調查，稻屬植物超過十四萬種。台灣原本就是產米的美麗寶島，一般一年二作，有的地方甚至三作。由於農業技術的進步發展，台灣這些年幾乎每年都會研究出一、二千個稻米新品種，我回台灣看農產品特展，大爲吃驚，單單稻米品種就已讓人眼花撩亂。

米的好吃與否，台灣人主要以自己島內生產米的種類來做評選，這個朋友說這米好，那個朋友說那米才好，依據每個人的口味，喜好不同。被評爲台灣近年最閃耀的經典好米，分別有：宜蘭、彰化的日本品種越光米，台中霧峰具芋頭香的益全香米，嘉南平原、花蓮、台東大粒香郁的台粳二號，苗栗、嘉南平原、宜蘭高產量的台粳八號，彰化、台中、雲林、花蓮、台東出產的壽司、飯糰專用米台粳九號，嘉南平原、花東不必配菜吃的台粳十六號、台南十一號，桃園長香的新香米桃園三號，台中、宜蘭三星的秈米王牌台中秈十號，台東、花蓮口感佳的醜美人高雄一三九號，高雄、屏東、宜蘭、花東的高雄一四五號，花蓮光復、壽豐、雲林的黑糯米（紫米）、花蓮光復每公頃產量僅二千公斤左右的紅糯米（紅栗米）等。這些米，有些我見過吃過，但大多數沒見過更別說品味了。

台灣朋友來荷蘭做客，猜我思念台灣，除了爲我攜帶各種台灣糕餅，往往還會多加一小包台灣米，讓我能夠在異地回味台灣的飯香。

中國大陸也產米，我吃的種類不多，不好多加置評，但對東北米和雲南米的印象極深，香糯可口；尤其有回幸運，品嘗到雲南特殊的貢米，那煮出來的飯香，眞有繞梁三日不散的氣味。

我僑居的荷蘭不產米，全賴進口。近日讀文章，荷蘭美食專家與廚師將全世界的米做了評析，在他們品味下，其中七種最具特色：亞洲的日本米（壽司米 Sushirijst）、泰國米（Pandanrijst 又叫香米 jasmijnrijst）、印度和巴基斯坦米（Basmati），歐洲的西班牙米（Calasparra）、義大利米（Arborio 和 carnaroli），北美美國、加拿大的野米（Wilde rijst），南美的蘇利南米（Surinaamse rijst）。

荷蘭美食家與廚師評判出的最具特色世界好米，有些我早吃過，有的試過同類米（非所列出的品牌）；不論如何還是把這些品種全買回家，再次仔細品味，並談談心得。

荷蘭超級市場最常見的是南美的蘇利南米，形狀特別長。蘇利南原屬荷蘭殖民地，荷蘭人或許基於情感因素，這種米吃得最多，認爲味道好。對我而言，蘇利南米就是一般煮後味道還算不錯的米飯。但，最愛蛋炒飯的朋友陳崗，住荷蘭多年後返回中國工作，卻特別懷念荷蘭超市的蘇利南米，說炒飯最適合。

荷蘭的中國超市可以買到日本外銷的日本米，價格頗高。日本米粒呈圓形，很多澱粉，煮好後飯粒和飯粒粘黏一起，質感比較糯。

這幾年壽司風行歐洲，荷蘭人學到用日本米做壽司的祕訣，祕密在於洗米；把米上多餘的澱粉洗掉至水變清澈，米煮成飯後用濕毛巾搭在上面，讓飯慢慢冷卻。做壽司時，飯裡要加適量的醋拌勻。

荷蘭中國餐館大多選用泰國香米做米飯，價錢便宜的香米頭熬粥。泰國香米頗能吸水，煮成的米飯呈粒狀，聞著有香氣，吃起來有果仁的味道。

印度香米 Basmati 被稱爲稻米之王，產於印巴交界，米價不菲。打開包裝，每粒米外觀精緻細長，有珠寶的光澤與細膩感，帶有彷彿能飛翔起的輕盈姿態。煮後飯粒膨脹，變得比原米長約一倍，一粒粒分明得像一條條小銀魚，入口有餘長的香味。

印度人拿 Basmati 香米來做 biryani，一種用番紅花、薑黃調味，肉、魚、蔬菜混煮的米飯。或把生米、油、香料、蔬菜同炒，加水或高湯煮至汁乾，做成 pilaf 飯。我在荷蘭印度餐廳吃過，在印度旅行時也吃過，確實有種與眾不同的質感與香氣；但我總覺得調味料奪去不少印度香米的原味，十分可惜。

我曾嘗試把印度香米蒸出的米飯，在次日放入蝦皮做成炒飯。印度香米蝦皮炒飯盛在盤中模樣美極了，像一池光澤透亮的小蝦與銀魚，入口滋味更是特殊絕妙。

西班牙米 Calasparra，米形很短，吸水性特強。做西班牙海鮮飯（paella），calasparra bomba 是最好的品種。

傳統西班牙海鮮飯的烹調法：把米、帶殼海鮮加水放鍋裡，將鍋置明火上，不去攪它（瓦斯爐熱度很難均勻，可以略攪幾下）；或放烤爐裡烤。

我在馬德里、巴塞隆納、甚至法國南部坎城、德國杜塞道夫都享受過難忘的西班牙海鮮飯，總是一整個大鍋端上桌，豪邁氣派，食之鮮美過癮。不久前，我又再旅行巴塞隆納，在海港邊一家餐廳晚膳，朋友說除龍蝦外，她特別訂了海鮮飯與墨魚麵。海鮮飯仍如以往所見般的大氣上場，但僅吃一匙我就把整盤食物推開了。混煮的海鮮不新鮮，腥氣煮入米中無法下嚥。西班牙廚師怎麼可能把海鮮飯做得糟到如此？忍不住探頭望進廚房，啊！幾個印度廚師正在忙碌，難怪。

不過，唐效非西班牙人卻特別會做西班牙海鮮飯，他以鮭魚、鱈魚塊替代貝殼，加蝦、蔬菜與米、及適量的水同煮，每次都讓我讚不絕口。

產地：加拿大湖區出產的黑色野米

義大利米 Arborio 和 carnaroli 也很會吸水。義大利燉飯（risotto）的最佳用米即carnaroli。火候恰到好處的義大利燉飯，特點是每粒飯外面柔軟裡面卻有個硬粒，很有嚼頭（西方人特別欣賞的一種好吃咬勁感）。

曾有一位義大利名廚被問及，爲什麼做義大利燉飯一定要用木杓攪動？他想不出答案，誠實道是母親教的。事後，他電話詢問，母親很當然的順口回覆：「兒子，這是傳統啊！」是啊，傳統何需道理?!

野米產於美國與加拿大，形像米而實非米。最早爲印第安人的糧食，美國人烤火雞，把野米塞進火雞肚裡同烤，浸入火雞油與香料的野米飯，香味迷人；與菇同煮亦是美味；也適合放沙拉中，因爲混合了野米，呈現紅色、黃色、黑色、褐色，顏色繽紛。

我喜歡用混合野米蒸飯，先浸泡數小時，蒸好時比較柔潤。混合野米飯色彩多，第一眼視覺的美感，自然牽引食慾，吃著好像眞有種野氣的香味，感覺營養也特別豐富似的。混合野米的價格比一般白米高，但不算貴，是我喜愛的米食。

另外，我買過純黑色、形狀細長的野米，出產自加拿大中部湖區（Canadian Lake），外貌猶如一．五公分的細長鐵釘。煮熟成米飯黑亮美麗，食之香氣濃厚餘長，確是別致的特殊好糧食。購買五百公克付

家中最常吃的米是土耳其米，蒸出來的米飯和味道非常類似蓬萊米。而產於加拿大中部湖區的黑色米，香味濃厚，但要價不斐。

出十歐元，實在昂貴，偶爾解饞還是可以。

我吃過的台灣越光米、池上米、新屋米、特選東北米、雲南米等，與上述七種米相比，其實毫不遜色，我自然心有不甘，嘆息荷蘭的評選專家對全世界的米或許並不全然知曉。

長居荷蘭，試吃過各式各樣不同的米，日常生活中我最終選擇了名叫 Tosya Pirin 的土耳其米，產於土耳其瀕臨地中海地區。土耳其商店可以購買到，五公斤四・七五歐元，價廉物美，蒸出來的米飯，味道及質感極似小時候吃的蓬萊米。

說了這麼多米飯，我腦海深處最最懷念的卻是：西伯利亞鐵路火車餐廳上吃過的紅米飯。白色瓷盤裝盛的紅米飯，一粒粒像紅色珍珠般晶瑩明麗，入口質感粘黏柔軟、氣味清香悠遠。不知產自哪兒？但，僅此一次，後來再沒機會吃到，也沒能找到像它一樣美麗的紅米飯。

食用油

食爲人生大事。烹食，幾乎少不了用油。

朋友們一般在住家附近的超級市場購買食用油。超市賣的油種類不少：玻璃瓶裝或塑膠罐裝的蔬菜沙拉油、葵花油、芥子油、橄欖油、麻油、結塊純正牛油、柔軟的植物性奶油等，並有不同的廠牌供選擇。

我家選購食用油，相對而言麻煩多了。基本上我們做西餐：麵包不塗奶油，煎、烤肉排難得使用純正的結塊牛油。炒中國菜呢，荷蘭一般超市供應的蔬菜沙拉油、葵花油、芥子油，唐效與我認爲味道不夠香，而用橄欖油味道完全不對。十年前去盧森堡旅行，找到由油菜籽榨製成的菜籽油，價格比蔬菜沙拉油高兩倍，買幾瓶回家試用，炒出的中國菜味道總算正宗了。

開車來回盧森堡約十小時，不可能爲日常用油如此長途奔波，開始設法就近尋覓；不久在比利時超市找到，開車來回四小時尚可接受，每隔數月便前去採買補貨。直到五、六年前，在德國超市尋到德國自製的菜籽油，註明原材料為非基改油菜籽，製出的油為不含芥子甙的特優品種，大喜過望。日常生活最主要的食用油，終於獲得圓滿解決，開車採買來回不到一小時。

食用油，我們家使用最多的首為菜籽油，其次橄欖油，其他如麻油、葡萄籽油、核桃油等，偶爾點綴著使用。麻油，主要用來做三杯雞、涼拌菜，或調餃子餡料時點幾滴；葡萄籽油和核桃油則是替代橄欖油涼拌蔬菜沙拉，略微變化一下調拌的氣味，讓舌尖有新鮮的趣味。

中國朋友們聽說我們以橄欖油煎西式蔬菜、煎肉排、魚排、塗抹烤物，嚴肅警告：「橄欖油不耐高溫，只能用來涼拌蔬菜沙拉，加熱食用對身體健康有害。」

我笑了，一般人只知其一不知其二。我家廚房有好幾種不同品牌的橄欖油，其中一款義大利橄欖油，特別註明：混合三、四種不同品種橄欖，以純機械榨油，沸點高達攝氏二一〇度，適合烤、煎之用。

拌沙拉，選用哪種橄欖油？法國朋友來做客贈送的超市大眾化橄欖油，清寡如水，我覺得沒什麼味道。西班牙一種外銷極多的橄欖油（Hojiblanca 種純橄欖以機械方式榨出），拿來拌沙拉或塗麵包，聞氣味有點油膩，吃起來味道尋常無趣。

為求食之味美，唐效與我對拌沙拉橄欖油的挑選不免有些苛求。

用過希臘雅典機場免稅商店販售的義大利橄欖油，油香特別純粹，拌沙拉增添

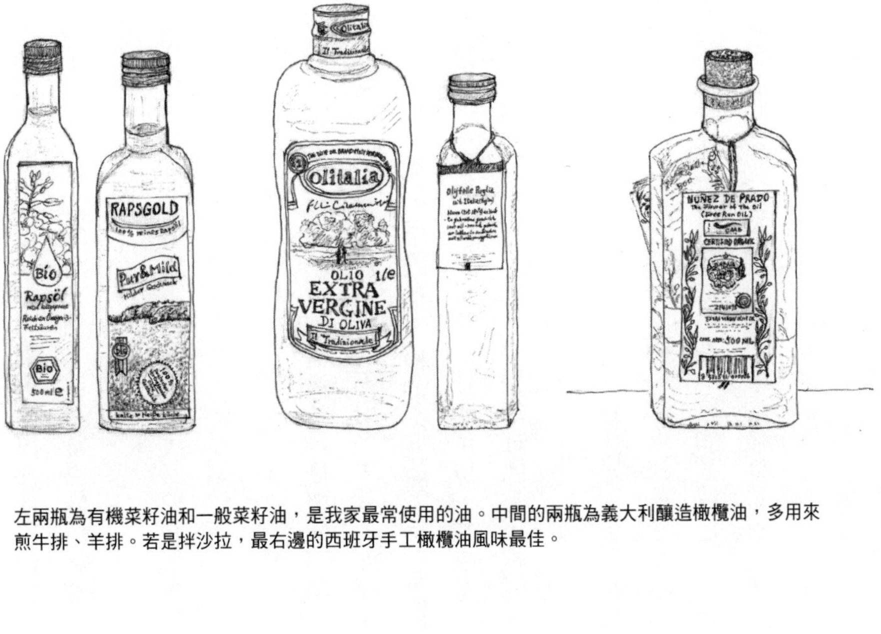

左兩瓶為有機菜籽油和一般菜籽油，是我家最常使用的油。中間的兩瓶為義大利釀造橄欖油，多用來煎牛排、羊排。若是拌沙拉，最右邊的西班牙手工橄欖油風味最佳。

了味道的豐富性。據說，這款商品的橄欖產於希臘，榨出油後出口義大利加工成產品賣出高價錢，希臘人爲此大爲不滿卻無可奈何。我非常喜歡這款油，可惜不易買到，總不能爲它專門飛去希臘的機場吧！

多年以來，嘗試荷蘭境內可買到的各式各樣橄欖油，其中我最推崇荷蘭餐館專門店內油架上的一種橄欖油，產於西班牙的 Baena，保存期爲四年。一瓶五百毫升裝，賣七、八歐元，價錢雖貴但非常值得。

Nuñes De Prado 家族自一七九五年開始生產橄欖油，橄欖樹不用化肥、不用殺蟲劑；以手工摘下樹上成熟合適的果實（掉下來的不用），當天即榨油。爲了豐富味道，混合三、四種不同品種橄欖，用純機械榨油（非離心方式榨油，以石磨二十一度攝氏冷榨），不過濾。二〇一一年是特別好的年份，共生產二十八萬一千公升，手工裝瓶，長方型玻璃瓶設計大方，軟木塞頂加紅蠟封，根據每瓶不同的編號可找出屬那一批出品。

自從二〇一二年買到二〇一一年出產的西班牙 Nuñes De Prado 有機手工橄欖油之後，唐效與我吃法國棍子麵包，喜歡在切好的麵包片上抹一層這種橄欖油，同時撒上少許海鹽；而我調製沙拉菜也慣用這款橄欖油。它的油液色淡青有氣泡，入目清爽；聞著清香，無一絲油膩味；入口，釋出的豐郁的橄欖香氣，久久盈繞鼻舌不散，確實爲難得佳品。

談過使用的植物油，再來說說動物油吧！回想小時候最喜歡吃的飯竟是豬油加醬油拌飯。沒胃口時，母親盛一碗熱騰騰的米飯，加一小茶匙豬油和適量的少許醬油，攪拌後遞給我，我居然很快就把整碗飯扒乾淨了，且胃口全開。

以前家中廚櫃，或是鄰居、親戚朋友家的廚房裡，總有一碗用豬板油製出的豬油。印象深刻，父親囑咐母親，清炒蔬菜一定要用豬油，炒出的菜才會香，尤其是菠菜，用豬油炒過吃起來才不會澀。童年記憶裡，豬油與蔬菜是聯想辭。

忘了是大學時代還是開始工作之後，媒體紛紛報導吃豬油對人體健康有害，容易引發血管疾病的訊息，很快的豬油在平常家庭裡幾乎消蹤匿跡；只剩下小吃店、餐館使用，父親因此一再提醒已經外住的我，盡量少在外面用餐減少油膩，還是自己花點時間以沙拉油做清淡的食物爲好。

當上家庭主婦後，很自然的對動物油的攝取變得更加小心謹慎：整理肉類，把能見到的脂肪部分切除；煮雞湯、鴨湯、排骨湯、牛肉湯、羊肉湯，湯面上浮出的油，必定撇淨。炒菜當然不曾使用豬油，菠菜會澀怎麼辦？採日本作法：水燙過瀝乾水，以芝麻、醬油、麻油涼拌，或是西方作法：水燙過瀝乾水，拌乳酪絲進烤箱烤。

平時以橄欖油煎肉排，只有買到上好的牛排才以純正牛油煎食，這樣的機會，一年大約就一次至多兩回罷了。

做蛋糕，則盡量使用植物油替代牛油。

總之，烹調食物少用動物油，是爲健康著想。可是這兩年有相反的理論出現了，專家研究指出，食豬油等動物油，非但對健康無害，而且還能減低老年痴呆的患病率。十年河東、十年河西，如何適從？

哈哈，不怕，我有妙招：西班牙東北部山區放養的伊比利亞黑蹄豬，屠宰前養膘期間豬群進圈調整進食，只餵食橡子和草料拌成的飼料，生出的脂肪層滲透入肌肉纖維裡，一半轉化爲單一不飽和脂肪。這種脂肪常見於最佳品質的橄欖油裡，和有爭議造成血栓的普通豬油完全不同。我把伊比利亞黑蹄豬肉製成火腿的肥油，收取下來煎出油來，炒菜、做豬油拌飯，絕妙非凡，勝於平常豬油；而熬成肉燥的美味則非言語所能描述了。

動物油裡，鵝油亦屬不飽和脂肪的難得好油。德國人吃鵝，德國超市都有冷凍鵝出售，我常買回煮食，將逼出的鵝油裝罐，放冰箱裡隨時備用。另外，我在荷蘭找到已製做好的眞空包裝「油封鴨腿」，一層濃厚鵝油包裹住整隻鴨腿外部。買回家烤熱或以沸水燙熱後，享受油汁、香料與軟爛鴨肉混合穿梭的迷人法國南方鄉村風味；留下鵝油，炒菜、煎烤馬鈴薯、調製油蒜味義大利麵，吃在口中塡進肚裡，油香繚繞令人飄飄欲仙，美不勝收哩！

說鹽

「我對您的愛，就像我對鹽的愛。」小公主對父王說。年邁的國王大爲忿怒，把最鍾愛的小女兒逐出國門，將國土及財產平分給以甜言蜜語表達愛意的大女兒和二女兒。不久，兩個女兒把無權無財無用的老國王趕走。這時小公主已與鄰國王子成婚，聞訊立刻接來父親。用餐，菜餚沒放鹽，父親難下嚥，老淚縱橫了然小女兒愛他的眞心。

幾十年做菜加鹽時，腦子常會晃過這個以鹽喻愛的童話故事。

逛一家特殊食材店，在調料部門展物櫃發現一式五個造型優美的圓形玻璃瓶，裡面裝著一粒粒小結晶體，不同的色澤吸引了目光：藍色粗鹽、粉紅晶體粗鹽、黑色鹽、橙色鹽、白色片狀鹽。獵奇心起，狠下決心各取一瓶。回家一路上眉飛色舞，唐效問：「買這麼多種鹽實在奇怪。眞的很開心嗎？」「試驗各種不同的鹽調味，一定很好玩，想著就開心得不得了。」我回答，同時笑得合不攏嘴。

裝在圓形玻璃瓶的「美食家」品牌（Gourmet）五種特殊鹽，在廚房的石板流理台上，以一字姿態依序排開；我看過來望過去的來回欣賞，感覺自己特別幸運和富足。

Persian Blue，古波斯藍色粗鹽，產自伊朗。稀有罕見的百分之百岩鹽，全世界僅有一個鹽礦脈。

Himalaya Pink，粉紅晶體粗鹽，產自巴基斯坦的喜馬拉雅山。百分之百岩鹽，爲世界上品質最純的鹽，有幾百萬年古老歷史。在喜馬拉雅山腳下以手工採集，傳說具有療效。

Black Lava，黑色岩鹽，產自夏威夷一個小火山島的純淨、柔和海鹽。成份包括百分之百海鹽、3％木炭，混合活性植物炭，色澤呈黑色，富含礦物質，具有刺激消化的作用。

Sweet Salt，橙色的甜鹽，產自美國猶他州的北美山脈深處。特殊的顏色來自火山殘留物，百分之百岩鹽，完全無污染，富含礦物質，含有自然的碘。

我的廚房收集了各式各樣的鹽。有的來自礦脈有的來自不同海域。一塊牛排、或魚，煎後撒上不同的鹽，就會有不同的味道。

White Flakes，白色片狀鹽，產於塞普路斯。爲百分之百海鹽，自然無添加物。結晶形狀，富含礦物質。以傳統方法生產，手工收穫結晶體。

打開五個瓶蓋，取鹽分別品嘗。一克拉鑽石般大小的晶體鹽入口，濃重的鹹味立刻瀰漫。不行，這樣試不出眞實的鹹味與層次。再赴商店，買回附帶磨碎功能的透明玻璃瓶五罐；將不同鹽粒裝入不同玻璃瓶後蓋緊，研磨成細小顆粒。

五種鹽各取少許分別以舌尖鑑別，鹹度與氣味相差極爲明顯。接著繼續展開烹調試驗，截至目前發現：

家中烹調使用的海鹽。

美國猶他州甜鹽：鹹味初始略顯誇張，但逐漸帶出一絲絲清甜，最能爲煎羊排提味。

喜馬拉雅粉紅晶體粗鹽：水晶般透明，滋味呈波浪般湧現，美妙豐富；清炒自然純淨的生菜，用這款鹽調味可謂天作之合。

伊朗古波斯藍色鹽：味道初嘗濃厚，很快變得溫和，有柔軟的回味；配搭肉或海鮮都能吹牛。

塞普路斯白色片狀鹽：透明扁薄，鹹味輕盈，很容易在舌尖融化；撒在涼拌沙拉上，宛如天女散花；據說撒在有香草醬和巧克力片的高級冰淇淋上，另有風情；如法炮製，果然冰甜的食物和偶然出現的少許鹹味互相撞擊，質感氣味頗有佛曰「不可說」的禪意和妙趣。

夏威夷黑色岩鹽：鹹中包含炭燻的氣味，讓食物透出淡淡炭燻味，唐效與我反倒不太喜歡；有的酒吧拿來做雞尾酒玻璃杯邊緣裝飾，倒是創意設計。

我下廚，一向習慣以法國生產的精製海鹽調味。

鯨魚牌海鹽標明：海水、陽光與風爲其來源。使用它時，彷彿親手把海水、陽光與風的顏色、氣味調和注入菜餚。偶爾，調味食物換用迷迭香鹽、義大利式混合調味鹽，或普羅旺斯香草鹽，立刻感覺融入了異國的地區色彩，遂有了當地的氣息與韻致。

如今，我的廚房除了法國海鹽，再增加「美食家」牌五種特殊鹽，做出的食物怎能不健康美味？又怎能不與藝術創作聯想？

鹽在日常生活中不可欠缺，它是愛的體現。多年廚房的經驗讓我深深領悟到：不論用鹽也好，給愛也罷，都要恰如其分，才能突顯出它的神聖。

糖

家裡請客，唐效很自然的跟朋友解釋：「台灣人每道菜都含糖，所以彥明做菜習慣加糖。」我心裡不服氣，反駁：「不對吧！江浙菜才是味道帶甜，台灣菜很多不加糖的。」

仔細回想，唐效的說辭似乎有一定依據；家中菜餚絕對不加味精（廚房裡沒有味精，唐效和我兩人認為：烹調加味精雖美味卻是做菜偷懶的一種表現，不能體現眞正的廚藝），做家庭主婦的最早幾年，我下廚確實不自覺的使用台灣經驗，常常以糖替代味精來提味。

涼菜，當然得加糖與醋醬油拌匀。炒青菜調好適度的鹽之後，起鍋前必定撒一點白糖略炒再熄火。雞鴨豬牛羊，先切妥肉片、肉絲，以醬油及少許糖醃攪後加配菜再炒。炸豬排、排骨，完全複製母親烹調的口味，調料除了適量的醬油外更加入大量砂糖；媽媽味道的甜豬肉，口齒留香從不曾吃厭倦。滷肉，怎能缺少黃冰糖？

烤鴨，外皮需均勻的抹上一層蜂蜜。買來魚尾做紅燒划水，放一定量的糖……果然，經我烹飪的菜餚幾乎無所不用其「糖」哩！

由此看來，做菜加糖曾經是我烹飪過程中的條件反射。唐效生於成都，長於四川，飲食習慣麻辣，突然接觸許多帶甜味的食物，反應自然特別強烈。於是，照顧唐效的口味，我每天做菜時小心翼翼不讓自己落入加糖的習性；但，起初總不知不覺會拿起糖罐，自我提醒克制，伸手取糖罐的動作終於逐漸減少，一年之後，自認已經戒掉台灣式用糖的烹調方法。

可是在唐效的感覺裡，我做的菜餚吃起來，依舊有偏甜的台灣味。猜測：菜餚裡明明沒擱糖，卻有加糖的印象，應該與我越來越講究採用新鮮與有機的食材有關，何況盡量使用展現食材本味的烹調方式，有時甚至連最基本的鹽也不加，如此食物的味道非常清淡甜美，不免引發添加糖爲佐料的聯想吧！這樣分析結果，唐效對我主廚的「台灣味」批評，在我心中反而成爲一種讚美，不免有幾分得意。

當然，現在我烹調並沒有捨棄糖做爲調料之一，做菜是否需要加糖？用量多寡？完全是仔細考量自己希望菜餚呈現的味道而決定。

如今家中餐桌上的家常菜裡，我固定會放點糖的是紅燒煎豆腐：豆腐切四公分長、二公分寬、〇・五公分厚，油煎讓外表呈金黃色，加適量醬油與一些糖，放幾小根蔥段，注入少許水，蓋鍋蓋煮至收汁。這是標準台灣菜，吳媽媽傳手藝給瑞美，瑞美又教給了我，做法簡單，卻是唐效和我都喜歡的豆腐菜。

當我想念母親的手藝時，甜甜的煎豬排就上桌了。另外，請客時若有小朋友在場，我的菜單必定會有這一道——媽媽味道的煎豬排；屢試不爽每次大受歡迎，小朋友吃後會央求他們的母親：「丘阿姨的煎豬排特別好吃，能不能讓她教妳怎麼做？」

洋蔥炒蛋這道菜：先炒熟洋蔥時，我必定加少許糖，提高洋蔥味道的甜度；然後雞蛋加少許醬油和水打散下鍋，和已變軟的洋蔥同炒，裝盤上桌。如此的洋蔥炒蛋入口，洋蔥多汁甜美雞蛋鮮嫩柔滑，特別下飯。

還有一道菜，我做日本雞蛋卷必得加糖，這是去日本旅行學回的手藝。唐效吃過後很讚賞，出差日本時，特別為我買了個專門做日本蛋卷的小煎鍋，形似兒童玩具，每次可攤成一個五公分長、二公分寬、一．五公分厚的雞蛋卷。做日本雞蛋卷材料、方法都簡單：雞蛋加適度醬油、糖與水，攪勻成蛋汁；小煎鍋置爐火上，塗一層薄薄的油，油熱，取一定量的蛋汁攤平在鍋上，慢慢捲成形狀即可。做日本雞蛋卷，主要是考廚師對火候的掌控，與不慌不忙的耐心。

日本壽喜燒是好友玥玢的絕活，她把功夫傳授給我。她的食譜特別簡單純粹：鍋內放少許油，炒少量洋蔥絲、香菇絲和蔥絲，加一點醬油與糖使入味。整棵大白菜洗好，切成大塊（約五六公分見方），一層、一層疊放在炒香調料的鍋子裡，至鍋子布滿爲止；淋上適量醬油和撒少許糖，加鍋蓋煮至大白菜葉軟塌出汁，啓鍋蓋鋪上切成薄片的梅花豬肉或牛里脊肉，讓滾燙的純大白菜汁把肉片煮至熟透後下箸。如此熱騰騰的肉片與白菜，吃起來香甜清爽，下肚後有暖胃之效，因而成爲家裡冬天不可或缺的美食。

還有一道唐效與我喜歡的加糖美食——白糖番茄。

番茄切片，平攤於碟子上放冰箱裡，吃前自冰箱取出，撒上一層細細的白糖，確實是炎炎夏日的開胃爽口涼菜，百吃不厭。

自製燻鵝：六百～七百公克重的整鵝煮熟備用；取鍋，鍋內底部放一湯匙茶葉、一至二茶匙蔗糖，再鋪隔架，架上放置煮熟的鵝，蓋緊鍋蓋，開大火燒鍋，至冒煙熄火，美味燻鵝便可出爐了。自製的燻鵝肉，散發出茶葉的芬香與蔗糖的甜氣，沁人脾胃。

仔細分析，糖在我家廚房最大的用途，應是煮冰糖白木耳，或是做蛋糕不可或缺的材料。其實，我自製的蛋糕，使用奶油及糖的分量，會比一般西方蛋糕食譜中的要求減少一半，有時甚至減少三分之二。這樣烘焙出的「家庭蛋糕」，甜美程度非但不亞於專門店出售的蛋糕，而且還少油膩、利健康哩！

隨著年齡的增加，我們持續吃冰糖白木耳滋補養身，糕點卻越吃越少；不論飲茶喝咖啡，也早已習慣不加糖、不加奶。因此，糖在我們家廚房裡的使用率越來越低：一公斤細白糖，可以用上兩年甚至三年。一盒黃冰糖，似乎七八年過去才少了一半。朋友送的楓葉糖漿，彷彿成了觀賞的紀念品。

最近西方研究報告指說，蜂蜜就是一種糖罷了。但，我仍願相信中國古老醫藥的講法：蜂蜜對滋補人體有益。常走幾步路去鄰居家購買蜂蜜；鄰人在後院養了十多箱蜜蜂，蜜蜂採擷村子裡菩提樹的花蜜，被提煉成蜂蜜，成分特別純正。蜂蜜買回家裡，有時拿來泡蜂蜜水喝，清肺潤喉；或是給唐效做午餐麵包時，取一小匙做爲其中一片麵包的抹醬，添補他工作消耗的能量。出外做客，買兩罐家庭作坊蜂蜜當伴手禮，很受歡迎。

做菜是否需要加糖、用量多寡，完全得仔細考量自己希望菜餚呈現的味道而決定。

醋罐子

中國人拿「打翻醋罐子」描述男人與女人情感之間的一種微妙反應。醋罐子打翻了，流出那麼多、那麼酸的味道，醋量多寡代表了不同程度的酸，用以譬喻深淺程度不同的嫉妒。

我對感情上的醋沒什麼興趣，不願意也不屑於做打翻醋罐子的女人；卻對烹飪調味用的眞醋充滿了無比的興味。

當家庭主婦的時間越長，做菜使用醋的品種越多，廚房裡的醋罐子也隨之累積起來，擺開來看十分有趣。我珍愛自己用心選購的每一種醋，若打翻掉將會懊惱傷心許久哩！

歐洲許多城市都有一專賣油與醋的特殊小店。我雖無逛街的癖好，卻喜歡踏進「油與醋專門店」，在店裡停留很長時間：取店鋪準備好的小塊麵包沾橄欖油、核桃油、葡萄籽油等各式不同的樣品油試吃，感受不一樣的油香；以麵包分別沾十多二十種酸度不同、釀製法不同的各類樣品醋試嘗，細辨其差異。待離開商店時，手中一定會提一瓶或兩三瓶當天感覺味道最豐美的醋，有時再加上一瓶特殊的油。

「油與醋專門店」裡的醋，種類眞多：有各種水果、各類不同香草、混合不同比例香草、香料，或紅葡萄酒白葡萄酒釀製成的醋；這些醋又細分出：當年釀造的新醋，或貯存三五年、七八年甚至十多年的陳醋。專門店的醋，大多以小玻璃瓶包裝，但有的或許銷量特別多，會被裝盛在大的玻璃瓶裡，安置龍頭開關，顧客可以挑選容量大小合適的瓶子，放在喜歡的醋玻璃罐龍頭下，打開龍頭開關，讓醋液傾注入容器，然後依量付費。

東方醋的原料主要是米、麥、高粱等糧食，西方醋主要原料爲水果和香草，彼此相異性很大。我的舌尖能清楚區分出新釀的東方醋與西方醋之差別；可是，卻很難區分出東方老醋與西方老醋味道的不同；因爲隨著時間越長久，西方老醋變化出類似東方老醋的濃郁香醇風味，十分奇妙。

中國大陸有四大名醋：江蘇鎭江香醋、四川保寧醋、山西老陳醋和福建永春老醋。鎭江香醋的釀製，糯米經浸漬、炒色、蒸煮、淋飯、拌麴的特殊工法，加砂糖，醋味不強，芳香氣突出，色澤較爲濃豔。保寧醋的釀製過程，加入約六十多種中藥材，色澤棕黃。老陳醋，以高粱、大麥爲原材料，經「夏日晒、冬撈冰」的特殊釀造過程，留下香郁的濃縮醋液。永春老醋，選取糯米、紅麴、芝麻、白糖，按

在荷蘭只能買到鎮江香醋，烹煮糖醋甜味時少不了它，甘醇的醋味能挑起更多的食慾。

千年傳統技術釀造，醋色棕黑，有強烈酸味與甘味。泛泛言之，北方醋以開缸固態發酵，醋色較深、不透明，適合水餃蘸食、做河鮮，或烹調淮揚、本幫菜時使用。南方醋以關缸固態發酵，顏色常呈淡紅透明狀、色澤清淺、醋香較薄；適用於涼拌、煮海鮮，尤其是炒蝦仁時使用。

中國四種名醋我皆有幸品嘗過。永春老醋的酸味濃，非我所喜。保寧醋因配方中有多種中藥，味道層次多，暗香浮動；單獨喝它總感覺口齒間留有餘韻，十分討我歡心；可是拿它來做菜或做沾料，會覺得它繁複的內涵，讓菜餚的氣味變得太過紛雜。老陳醋的滋味應是四種名醋中我的最愛，空口喝它，覺得富含渾厚單純與樸實無華的天地甜美氣味；拿它做餃子的沾料，餃子本身的香鮮似乎加倍提升。至於鎮江香醋，是在荷蘭中國超市裡能買到的唯一四大名醋，成爲我廚房裡烹調中國菜餚的主要醋品：做糖醋味的菜餚少不了它，調中國味的涼拌菜也不能沒它，而吃餃子、麵條呢？我則習慣加少許更精製的三年熟成鎮江香醋，讓甘醇的醋味挑動出更多的食慾……。

新蒜頭上市，歡喜的買下許多，將蒜瓣掰出去皮，每粒看起來白淨豐美多汁。取有蓋的大玻璃罐，傾入整瓶鎮江香醋浸泡剝好的蒜瓣，裝滿一大罐，靜置直至蒜瓣呈綠色；開罐，每日吃幾粒泡蒜，喝兩杓醋汁，說能殺菌解毒、降血壓、降血脂，但主要仍是愛其美味可口餘味無窮！

我常用的東方醋主要是中國醋，但做壽司時少不了用日本醋，所以幾十年來，廚房裡總備有一瓶日本製壽司專用醋。曾在德國杜塞道夫市的韓國超市買過一瓶韓國壽司醋，鹹味較重，混入米飯做成的壽司，缺少拌用日本壽司醋後米飯被激發出的清甜香氣，遂棄之不再使用。

家居烹飪使用的西方醋呢？

我主要拿西方醋調拌西式沙拉，挑選用醋時，腦子裡首先會翻出常用沙拉材料的圖像和氣味，再做選擇。大多數的西方醋原本就是爲調拌沙拉而釀製，故能融合或是突出材料的味道，唐效與我經常選買「新」或「奇」的不同醋品來使用，算是有趣的食物遊戲吧！

儘管我不停地玩醋——以不同口味醋汁調拌沙拉的食物遊戲，畢竟在實際廚房生涯裡，我的用醋方式多半時候還是維持安全保守的一角：廚房裡固定有一小瓶蘋果醋、一小瓶白酒

這三罐醋分別是蘋果醋、白葡萄酒醋，以及土耳其石榴精華醋。除了可拿來做菜，有時還兼具養生功能。

醋、一小瓶紅酒醋和一小瓶土耳其石榴精華醋。

從議今那兒學到使用蘋果醋。她是我的小朋友，曾畢業於瑞士著名的旅館學校，後定居義大利。她來荷蘭家裡做客幾次，二十年前還在學校學習，被唐效和我強迫表演，做一頓晚餐。採購食材時，她買了一瓶蘋果醋，說：「丘阿姨，蘋果醋採用蘋果釀造而成，營養好，況且價錢很便宜。」我輕輕嗅，聞出清晰的蘋果香氣；爾後取一小匙試其滋味，不刺口鼻的一股酸液緩緩流入食道，摻雜明顯的蘋果氣息，帶出略甜又稍鹹的口感。那日議今主廚的義大利晚餐，使用蘋果醋和橄欖油調出的蔬菜沙拉，非常清新可口，獲得我們高度的讚賞。

醋，雖味道呈酸味，在人體內代謝後呈鹼性，能改善人體酸性體質轉變呈弱鹼性，增強身體的免疫力。西方諺語「每日一粒蘋果，遠離醫生。」如此想來，蘋果醋的好處更勝於一般醋。自從議今介紹使用，蘋果醋在我家廚房占得了一席永遠的位置；蘋果醋除用來調拌沙拉外，偶感風寒喉嚨癢痛，我會取一湯匙慢慢吞嚥，果然症狀得到減輕的效果。

土耳其石榴精華醋，觀其名即知：一是土耳其特產，二是石榴釀製。

二〇一二年聖誕假期飛去土耳其地中海岸，住在三餐全包的濱海旅館，自助餐內容豐盛，沙拉菜更是新鮮多樣。用餐期間，沙拉吧台上，放有許多不同的透明玻璃大碗，內置沙拉調醬，其中一碗褐色濃稠的液體標名 Nar Ekşili，外貌頗似枇杷膏或梨膏，詢問得知爲土耳其石榴醋。試嘗，湧動出記憶中加拿大楓糖漿的甜味，醋酸反而極爲淡稀，回味到最後，口中除了甜蜜的醇厚香氣，還釋放出我剝開新鮮石榴時殘存手上的外皮汁味，以及咀嚼石榴籽時溢出的特殊味道。

純粹僅用石榴醋攪拌沙拉菜，似乎比用吧台上其他沙拉調醬，更能讓沙拉菜突顯甜脆香鮮的本質與口感，非但毫不搶功而且非常討喜。

離開土耳其的前一天，唐效和我專程從旅館搭二十多分鐘公車到附近的小鎮，咖啡館主人熱心的帶我至超市，買了兩瓶最佳品質的土耳其石榴精華醋，攜回荷蘭。咖啡館主人講，當地土耳其人認爲：石榴精華醋除了調味的功用，還有食療健身的效果。看來，中國人與土耳其人對飲醋的功效有類似的推論。

以前我做涼拌小黃瓜，拍過小黃瓜後，多半以鹽、糖攪過，加點醬油麻油；或淋嗆過蒜末與鹽的熱油上桌。買回土耳其石榴精華醋後，拍好小黃瓜，先淋上土耳其石榴精華醋，再加少許擁有西班牙 Nuñes De Prado 家族油莊編號的有機手工橄欖油；入口，眼睛一亮，哇！天下竟有如此渾然天成的清爽美味。幾分鐘，一盤涼拌黃瓜已全下唐效和我的肚裡，兩人讚不絕口，連聲稱妙。

不畏路途遙遠攜回土耳其石榴精華醋，即將用罄之際，不免發愁何處購買才好的問題。算是運氣吧，住家附近考克小鎮的土耳其商店，居然就在這時開始進貨石榴精華醋，又恰巧與旅遊土耳其時採買的牌子相同，自然欣喜若狂，感謝老天有眼眷顧有心人。

家中喝剩的紅葡萄酒、白葡萄酒，留下來放置一段時間後轉變成了紅酒醋與白酒醋，主要拿來做西餐的調料。紅酒醋拿來調味肉類，白酒醋用來調味魚類，放得適量效果都好。雖說平日主要以自製的紅酒醋與白酒醋來烹調，但廚房裡還是貯藏了買來的上好品質義大利紅酒醋、白酒醋各一瓶；遇到關鍵時刻做關鍵菜餚，還是選取這兩種中的任一種使用才能放心。

最後，當然要話說清醋。

廚房裡隨時備有一大瓶一·五公升的最普通清醋，醋色清澈如水，是我認識其他各種醋品前，烹調時的唯一食醋。直至家中擁有不同味道的各類食醋，清醋的食用價值大大降低，仔細想想，幾乎只剩熬骨頭湯時，加一小匙，讓骨髓中所含的鈣質容易釋出。

除了食用，清醋的用處很廣：開水壺燒水，一段時日壺底結出白色鈣垢，注入清醋加熱即可去除；偶爾將清醋放鍋中，開火煮出蒸氣，薰薰屋子殺菌；發現新買的衣物褪色，以適量清醋加水浸泡十五分鐘再清洗乾淨，衣物便能重新定色；還可拿來擦洗玻璃、清潔木製品……。

清醋能食用、除垢、殺菌、定色、當清潔劑，實在怪異，令人不可思議；在我的家庭生活中，它確實一直扮演這樣神奇的角色。

歷史記載，西方自古巴比倫時代已有醋的記載，古埃及時期出現了醋。通常中國人認為，中國從西周開始釀醋，但有人以為起源於商朝甚或更早。

感謝先人發明了醋，豐美一代接一代人間的飲食世界。

常用的醬料

郫縣豆瓣

廚房瓦斯爐台左邊流理台下方裝置一個細高的拉櫃，內分三層，擺放各種不同調味料，其中有一個抽屜空密封的大玻璃瓶，容量三公升，裡面裝了郫縣豆瓣。這是我們家做正宗川菜的祕密武器。

一九九〇年代，去香港住好友曉光家，一日她邀請了幾位女友和作家阿城來聊天，大夥兒東南西北的亂扯，不知怎的說到了麻婆豆腐，阿城一語下定論：「沒放郫縣豆瓣就做不出正宗的麻婆豆腐。」一群女子像聽新鮮事一般，紛紛詢問什麼是郫縣豆瓣？我在一旁微笑不語，心想：阿城是「吃貨」，對菜餚用料在行。

我原本不知郫縣豆瓣，嫁給四川人唐效之後，立刻學習到了做川菜運用郫縣豆瓣的巧妙。

清康熙年間，四川郫縣人氏陳守信始創以蠶豆、鮮辣椒、麵粉、食鹽爲原料製造成豆瓣醬，故稱「郫縣豆瓣」。郫縣豆瓣味道獨特，具有其他豆瓣沒有的濃郁醇厚乾辣香味，任何菜餚只要加入一點郫縣豆瓣，異於其他菜系的川菜氣味就彰顯出來了，因此獲得「川菜之魂」的美稱。

在荷蘭買不到郫縣豆瓣，因此每年一次返回成都探視公婆之行，必定要買幾包中華老字號的鵑城牌郫縣豆瓣裝箱帶回荷蘭家中。豆瓣醬的好處是能放，優質的鵑城牌郫縣豆瓣存放越久滋味越是悠長。

我們家用郫縣豆瓣做麻婆豆腐、回鍋肉、豆瓣魚、辣子雞丁、泡椒炒雜碎等四川家常菜，做爲配料的郫縣豆瓣必定在鍋裡以熱油略煎出辣香再下主料，以突顯它的別致風味；但，油炙豆瓣料切忌烈火煎久，出現焦苦味整道菜便可惜了。

郫縣豆瓣製法：精選蠶豆洗淨去殼，沸水中煮一分鐘，撈出以冷水激涼，浸泡三四分鐘後瀝掉水分曬乾，

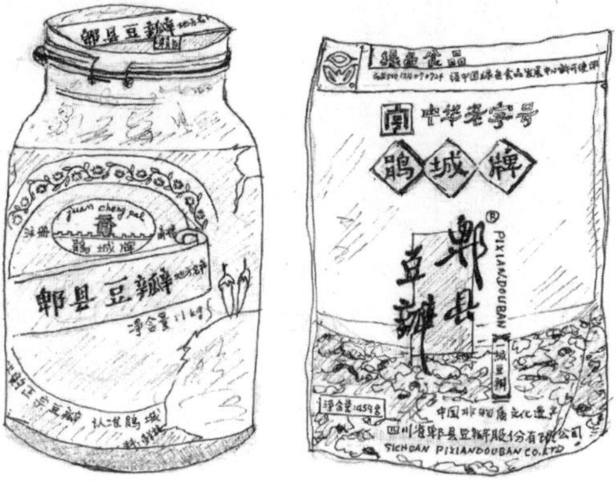

郫縣豆瓣醬是做正宗川菜的祕密武器。

加入適量麵粉，拌勻攤放發酵（溫度攝氏四十度左右）。約一星期，蠶豆長出黃霉，初發酵便已完成。將長霉的蠶豆放入陶缸，加入適量的食鹽、清水，混合均勻後進行翻曬，白天要攪動，夜晚要露天放置，但需避免雨淋。如此四十至五十天，蠶豆變成紅褐色，添進碾碎的鮮辣椒末及適度的鹽攪混均勻，再經三至五個月的貯存發酵，豆瓣醬就完全成熟了。品質好的豆瓣醬得自然發酵更長時間。由製作過程可知，郫縣豆瓣為不加防腐及其他香料的綠色純粹調味料。

我喜歡把郫縣豆瓣當禮物，送給開餐館或非四川人的朋友，期望他們做出的菜餚味道能更豐富且更多變化。有個朋友一拿到我送的一公斤包裝郫縣豆瓣，幾日之內把豆瓣醬裡的蠶豆全挑出，空口吃光了，說從沒吃過這麼醇美的豆瓣哩！

郫縣豆瓣除了做家常川菜，拿它發揮一下，偶爾在製作滷味時，將調料中去掉冰糖增添少許這一味，滷好的食物即流露出濃香豐郁、粗獷豪邁的風情，滋味的層次感更加明顯。

味噌

家中的冰箱裡永遠會存放一包味噌醬備用。

黃豆加入麴菌發酵製成綿稠的豆醬，日本人叫味噌，韓國人稱大醬，兩者實為同物。

味噌二字爲日本漢字寫法。台灣曾受日本統治五十年，受日本文化及生活形態影響很大。小時候，鄰居伯伯叔叔嬸嬸阿姨在家都以日語交談，唱日本歌，穿日本式的木屐。所以，我們從小以水稀釋這種麴菌發酵的豆醬，並添加海帶或豆腐、小魚乾煮湯來喝，習慣以日語發音叫味噌湯爲 Misosilu。

許多報導指出，經過研究發現味噌富含多種維生素，食用有排毒、抗癌、防高血壓、貧血，甚至減肥等功效，說得天花亂墜像神物似的；我不管它有沒有這些好處，喝味噌湯對我而言幾乎就是一種習慣，何況煮它最爲容易方便，只要手邊有味噌醬、水、一個小鍋和爐火，幾分鐘後熱湯就呈現在眼前了。

味噌醬按麴菌的不同：米麴、麥麴、豆麴之別，而做出不同種類的米味噌、麥味噌、豆味噌。醬內含麴菌多，鹽少味道較淡偏甜者，列屬甘口；醬內含麴菌少，鹽多味道偏鹹者，是爲辛口。依製作溫度的高低、發酵熟成期的長短，味噌顏色會產生區別，越高溫發酵期越長，成品色澤越深；醬色因此有從淡黃至深褐不等的差異，主要區分爲：白味噌、白荒味噌、赤味噌、田舍味噌四類。

我用味噌醬的經驗，捨韓國大醬而取日本味噌。就個人口感而言，韓國大醬太鹹而減損了發酵後的豆香，日本味噌鹹度比韓國大醬低，發酵後的豆香容易浮現。因爲口味喜清淡，選擇容易購買到的日本「信州味噌」，且多半挑甘口，偶爾改換中辛口。

除了煮味噌湯外，我常拿味噌醬抹魚排，來做烤味噌魚或煎味噌魚。魚，主要選擇荷蘭最常見的鮭魚，偶爾魚攤可以見到油魚，便更換魚種品味。當然，這也是標準日本口味的菜餚啦！

味噌醬在我家廚房的另一大用途是做韓國泡菜。家中菜地收穫大量紫蘇葉、洋薑，我會拿日本味噌醬替代韓國大醬，拌入剁碎的薑、蔥、搗成泥的梨、大量的韓國乾辣椒粉、一點魷魚露及糖拌勻，抹勻每一片洗淨晾乾的紫蘇葉，或切成一立方公分的洋薑粒，醃製成下飯的小菜；收穫紫蘇葉、洋薑的時令，晚餐桌上經常會出現這樣一小碟自製的韓國泡菜，唐效十分欣賞。

大量製作紫蘇、洋薑這兩種韓式泡菜，自給自足不說，更裝瓶分贈附近諸好友，大受歡迎。獨樂樂不如眾樂樂，乃是家居過日子中的開心美事。

台灣沙茶醬

我長期誤認沙茶醬爲台灣的地方特產，結果不是；沙茶醬是流行於潮州、汕頭地區的一種醬料，改良自馬來西亞和印尼的沙嗲醬。

沙茶醬是將花生、白芝麻、魚、蝦米、椰絲、大蒜、蔥、芥末、辣椒、黃薑、香草、丁香、陳皮、胡椒粉等磨碎或炸酥研磨，加油、鹽熬製而成的調味品。

台灣沙茶醬裡最著名的是牛頭牌沙茶醬，據說使用大量的整尾比目魚與赤尾青蝦入料，不放花生粉與黃豆粉，因而產生別於其他沙茶醬的獨特味道。我品嘗過各種沙茶醬，唯獨中意台灣沙茶醬，或許是鄉土口味與對品牌信任的關係吧！

高中時代有不能磨滅的沙茶醬記憶。住在牯嶺街婦女會的宿舍裡，不遠的南昌街上，馬路旁有一個布篷搭建的小店，專賣沙茶炒牛肉、沙茶牛肉炒飯和沙茶炒青菜。當年我曾在學校餐廳包飯，星期日不包括在內，便在宿舍附近的小吃攤打游擊。走過沙茶小吃店，空氣中永遠飄浮熱炒沙茶混合牛肉的濃香，饞得我不斷吞嚥口水。牛肉價格較貴，店裡賣的沙茶炒牛肉、沙茶牛肉炒飯，價格比一般小店炒豬肉、炒肉絲飯的價錢高；老想父母花錢送我上學不該浪費，能省就省，星期天用餐常選擇便宜的陽春麵或蛋炒飯，偶爾吃盤肉絲飯、肉絲麵，直到眞饞得不行了，方坐進沙茶小店，叫一份沙茶牛肉炒飯吃，感覺幸福至極。一學期結束犒賞自己，點一份沙茶炒牛肉就一碗白飯吃，每一口都如同漫遊仙境有飄飄然之感。所以我總說，我的高中生活因沙茶而有滋有味。

大學時代開始至進入社會工作，冬季每次同學或朋友們聚餐，大夥兒最喜歡的形式就是吃火鍋。找一家火鍋店，一群人圍爐，各自挑選肉片、蔬菜放進鍋中燙熟夾出，沾生蛋黃和少許醬油調混的沙茶醬吃，舒心爽口不曾厭倦。

成家掌廚之後，炒沙茶牛肉、沙茶羊肉、沙茶茼蒿菜、沙茶空心菜、煮火鍋沾沙茶醬都是常見的家常菜，唐效隨著我的喜好，認識了沙茶獨特的氣味，每次吃得歡快，認爲沙茶確是與牛、羊肉和茼蒿菜、空心菜絕配的醬料。

冰箱裡當然有一大罐沙茶醬，供我隨時取用；慶幸中國超市能夠買到，不需要千里迢迢親自從台灣扛到荷蘭。二〇一三年台灣爆發食用油造假的黑心油事件，二〇一四年續爆餿水油、廢食油、飼料油混入食用油製成香豬油事件，九月份從電子報閱讀政府公布受到牽連的廠家名單，我深愛的牛頭牌沙茶醬製造商赫然在列。大驚，趕緊把冰箱中沒用完的牛頭牌沙茶醬丟進垃圾筒。事隔數月，再到中國超市去擺放沙茶醬的貨架查看，新上架的牛頭牌沙茶醬仍是出問題時間製造的產品，只有搖頭嘆息。

在沒買到可食用安全的牛頭牌沙茶醬前，爲了身體健康，它的味道只能暫時在記憶中咀嚼了!

其他

辣椒醬、香港XO醬、中國甜麵醬、花生醬、芝麻醬、泰國蝦醬都是家中廚房裡找得到的調味醬料。

辣椒醬幾乎都是朋友送的，台灣、香港、大陸朋友來訪，惦記唐效是四川人必然愛吃辣，會刻意捎一罐當地或他們喜愛的辣椒醬當禮物。來到家中才發現，唐效在台灣老婆掌控廚房之下，多年下來已喪失吃辣習性，吃辣的功力也變得薄弱，不免唏噓一番。

唐效與我主要拿辣椒醬做為豆瓣魚的調味料之一。郫縣豆瓣與辣椒醬混用，加入大量薑粒、蒜末，適量的鹽與醬油，煮出的豆瓣魚特別能激起強烈的食慾，吃著吃著便欲罷不能。

香港XO醬，顧名思義源於香港，一直是我偏愛的醬料，主要材料包括：瑤柱（即干貝）、金華火腿、蝦米和辣椒，海鮮的鮮美味凌駕辣味之上，雋永的香氣在口內有繞梁三日回味無窮之感。

以前只要回台灣或去香港，我必定會買一瓶或數瓶XO醬帶返荷蘭。白飯裡或麵條裡，拌一小茶匙XO醬，吃起來就特別舒暢快樂。有時也拿來炒菜，整道菜似乎立刻從清炒的樸素變得華麗多姿了起來。

有一陣子發現家裡居然有不少干貝存貨，乃生出自製XO醬的主意。從那時起，每隔一段時日便花時間發泡干貝撕成細絲、蝦米剁碎、火腿（有時是金華火腿、有時是宣威火腿，或西班牙伊比利亞火腿，看存貨而定）、一點蒜蓉和些許辣椒，以熱油小火慢慢耐心炒製；自家生產，當然最後必加上最高級的XO白蘭地酒。

哇！那種香啊自己也陶醉了。

中國甜麵醬、花生醬、芝麻醬，在我們家廚房主要的功用，是與郫縣豆瓣、豆腐乳結合起來，做為炒回鍋肉的醬料；偶爾也混合著拌麵吃。其中甜麵醬有時拿油略略煎香，與切小粒的豬肉粒、豆乾粒炒成炸醬，拌麵、拌飯都能增加食慾。

留學生時期，唐效每日吃麵包幾乎都塗抹花生醬，說特別香。數年後，發現臉上不斷冒長痘子竟是吃花生醬所造成，從此不再食用麵包夾花生醬，雖然少去一種吃的樂趣，可是臉上的痘子不見了，還是很值得；改吃麵包抹果醬，甜蜜甜蜜的，口感不錯，所以家裡也總有一瓶果醬，輪流以草莓醬、藍莓醬抹麵包吃。

泰國蝦醬，顏色呈淡紫灰色，聞起來有腐臭的味道，十分怪異。但泰國蝦醬卻是調製泰國青木瓜沙拉不可或缺的調醬之一。

另外，泰國蝦醬是我做鍋塌豆腐的主要醬料：豆腐切〇．五公分厚度，沾上乾麵粉，再沾混入一個生蛋的蝦醬，入油鍋中煎熟。做法非常簡單，但如此一來，蝦醬原本的腐臭味卻搖身一變，流淌獨樹一幟不可抵擋的濃郁芳香，入口迷人。三不五時，唐效會問：「什麼時候再做鍋塌豆腐？」

飲水冷暖

不能想像沒有水的廚房。

廚房裡的水龍頭方便好用，開關從右至左水溫自動調整，由冷水逐漸變成熱水。冬日寒冷，打開龍頭立刻能有熱水洗碗碟杯子；能以溫水清洗蔬菜，雙手不會凍得發紫，甚或擔心老來容易有關節炎的毛病，實在幸福。

荷蘭的自來水可以生飲，打開水龍頭接了涼水就可以喝，難能可貴。相關機構做過水質調查，確證荷蘭各地的自來水皆可生飲，還做了品質優劣的比較，Uden 一帶的水質最佳，我的住家離 Uden 約二十分鐘車距，應歸屬荷蘭水質最優的地區，何其幸運。最有趣的事，消費者雜誌請專家飲用評比荷蘭自來水和市面上販賣的礦泉水，得出結果自來水比礦泉水品質更佳、口感更好。不像台北、成都的水，非但不能生飲，煮開後不論熱飲或待冷後再喝，都有強烈的消毒水味道，只好買礦泉水來喝，開水也用礦泉水加熱。

雖然廚房水龍頭一開就有好水流出，鑒於煮水的熱水器連續使用兩三個月後，壺底會結出一層白色鈣垢，總覺得心裡不踏實，何況還擔心萬一地下水管出了問題怎麼辦？因此小心翼翼者如我，特別購置了一個濾水壺，放在廚房流理台的水槽旁邊，方便接生水讓水經由過濾器濾除雜質（過濾器每隔一個月汰換更新一個）後貯存，供飲用、燒茶、煮咖啡、煮湯，或煮飯。

幾年前，玥玢來荷蘭探望唐效與我，帶來一片十元台幣大小、形如檸檬片的白色陶瓷，說是採用電氣石和瓷土爲原料製成，可產生眾多負離子，放射良好的遠紅外線，使水分子變小易於吸收，增進水的溶氧量，讓水瞬間達到天然山泉水般的甜口感。她幫我把這種稱爲「活瓷」的陶瓷片放入濾過雜質的水容器裡，我喝了改善過的「健康水」，可惜嘗不出不同於過去的水味，品不出宣傳所言的山泉甜口感。曾在台北陽明山深處喝過山泉，在冰島高山上飲過不少山泉，水的涼沁清甜記憶猶新，味道完全不同。玥玢說，反正放在水罐中沒有壞處就擱裡頭吧！心中惦著朋友的好意，直到現在水罐中仍沉著一片「活瓷」。

唐效笑我，對於飲水過於小心敏感；他絕對相信荷蘭政府對水源及供水安全的控制和保護，以及定時公布的數據。以他的口感，再製的加「活瓷」過濾水遠不及水龍頭直接出來的生水甜美，甚至有種怪味；因此他堅持打開水龍頭拿杯子接水喝。好吧！他喝他的龍頭水，我飲我的過濾水，只要彼此都健康就行。

中國人養生，講究喝水要喝溫開水，認爲對保障人體健康，有不可小看的作用；因爲溫開水具有某些特殊的生理活性，能促進人體新陳代謝，增強免疫力，加速消除疲勞。早晨醒來，喝一杯溫開水，能洗刷濕潤胃腸，增加胃腸蠕動，對正常血液循環也有益。常飲用有助於預防感冒、咽喉炎、腦溢血、心肌梗塞和某些皮膚病。

唐效和我在台灣、大陸的父母親友，住在荷蘭，以及住美國、英國和其他國家的中國朋友，幾乎90%相信喝溫開水一說，除了在家中信守喝溫開水的規律，出門也要帶個保溫杯裝滿溫水。旅行找旅館，房間配備熱水壺是主要考量之一，更有甚者自備小熱水器燒開水。

相對比較，外國人習慣喝涼水，煮熱水是爲沖茶、咖啡、可可而備。他們不懂得喝溫開水，卻不見得比中國人不健康。

唐效和我不曾講究喝溫開水，並非不相信溫開水的益處，而是懶得燒水（即便有電熱水壺，燒開水只是舉手之勞），同時也覺得溫開水難喝，不像冷水，飲下立即能感受清甜的液體順食道流下，精神隨之一振，舒暢無比。飲水，有老外做榜樣，不聽父母親朋好友勸說改喝溫開水，似乎心安理得。

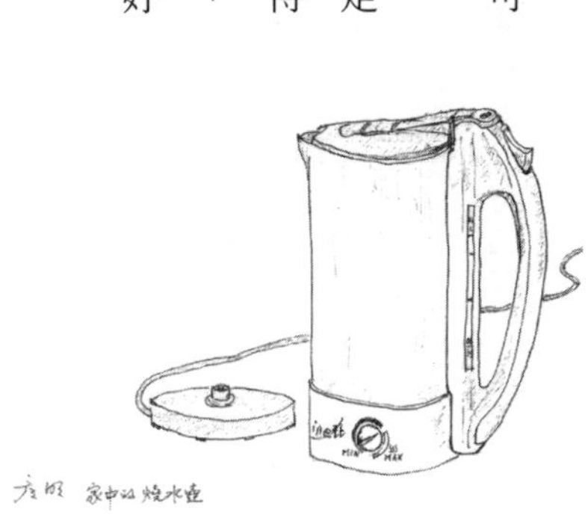

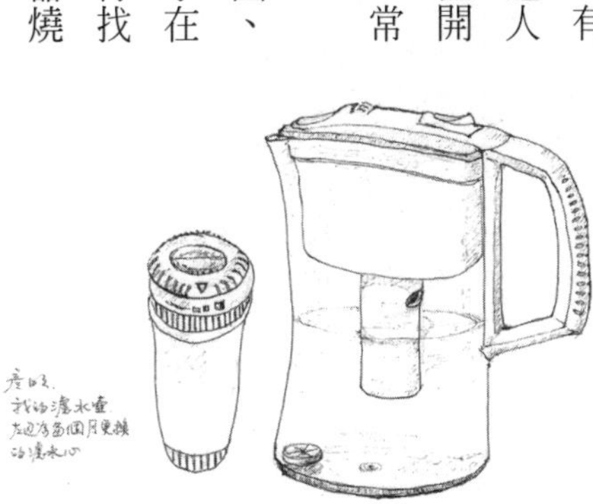

家中用來燒水的水壺，以及放在廚房流理台旁的濾水壺。

人是水做的，人體各組織靠水運作，水分占了人體重的60%～70%。日常生活中，人體裡的水經排尿、汗水、皮膚上直接蒸發等不斷在流失，估計每日流失量約兩千至三千公升，依個人活動量與環境不同而異；因此，爲了健康得隨時注意補充在這範圍內的水量。

我平日活動重心不是書房就是花園菜圃，爲了喝水，進出廚房成了每日最頻繁的走動。手端著盛滿水的杯子，從廚房進書房、花園、菜圃，隔一段時間再端著空杯子，從書房、花園、菜圃回到廚房，不斷重複這樣的動作，無聊嗎？不！已成習慣，何況經常換用不同顏色、圖案、造型的杯子喝水，挺好玩的。

酌酒

晚餐菜餚上桌，唐效問：「來點什麼酒？」

廚房壁爐前的地面上排了三列一公尺長的空酒瓶，是前陣子喝完較特殊酒的酒瓶。這些特殊酒包括英國、比利時、德國、荷蘭啤酒，法國、德國的紅葡萄酒和白葡萄酒。所謂特殊，有的是產地特殊，有的是味道特殊，有的是瓶子造型特殊，都是在家裡第一次出現有紀念性的酒；但，因爲不斷嘗新，酒瓶的累積速度快，若不適時採取行動很快會堆滿廚房。維持三列一公尺空酒瓶擺飾，只能採取汰舊換新法，原則上依時間來丟棄，少數例外，送玻璃回收箱以前先拍照存檔。

唐效與我對酒不曾鑽研，喝酒純屬喝著玩、喝著樂，什麼酒都喝，且沒有什麼量。一般而言，晚餐若選烈酒，唐效喝一小杯，我淺嘗幾小口，最多三分之一小杯；若喝啤酒，三百三十毫升瓶裝，唐效一次最多喝兩瓶，我飲淡啤酒就二百五十毫升一杯的量，濃啤酒減半；至於紅葡萄酒或白葡萄酒呢？唐效平均一次喝一至二酒杯，我多數時候喝半杯，偶爾喝完一杯。

烈酒

家裡客廳留出一塊角落存放不少白酒，威士忌、白蘭地、波特酒、伏特加、茅台、五糧液、水井坊、瀘州老窖、金門高粱等，都是出外旅行到產地買回的紀念，或是搭飛機在機場免稅商店依自己口味選挑購買的。

烈酒的酒瓶通常設計極具可觀性，唐效與我極難得喝烈酒，烈酒在我們家主要拿來觀賞，其次是替代一般的米酒、紹興酒，做爲烹飪的料酒。

平常的料酒混入食材，往往會含糊不清沒了風味；但以高級白蘭地、金門高粱、茅台、五糧液做菜，燒出的菜餚氣味完全不同，入口玩味，釋出的嫻靜幽雅或豪邁放縱風情清楚明確，實在絕妙神奇。做好菜選用好酒，讓我每次下手感覺特別痛快淋漓，得到極大的快樂。

當然，我家泡菜罈裡的老水，每隔一段時日會加入一匙茅台或五糧液，因此，我自認家中的泡椒、泡洋薑及泡豇豆，品質遠勝其他人家。

我的荷蘭雕塑家女友 Gonnie，每遇感冒，夜晚上床前必先喝一大杯白蘭地酒再倒頭大睡，說效果極佳。多年前她勸我嘗試，我聽了笑笑不曾接受建議。喝一大杯烈酒，我沒這個膽，想著彷彿胃裡已燃燒著熊熊火焰，不願受此煎熬。

不久前感冒，咳嗽有痰持續一個月沒好，唐效的英國客戶 Patrick 聽說，立刻提供祕方：「喝威士忌吧！立即見效。」「若不見效呢？」效反問。Patrick 回答得快：「一杯沒用，喝第二杯，仍不見效，再喝第三杯，反正喝醉睡倒也不知道咳不咳了。」

看來，烈酒在西方不僅是飲啜的享受，還是治療感冒祛除風寒的良方，或許豁出去，試它一試?!

葡萄酒

廚房下方有地下室，地下室冬暖夏涼，是貯藏葡萄酒的最佳位置。地下室裡放有酒架，架上擱滿一瓶一瓶的葡萄酒。

在荷蘭，探親訪友習慣送花或葡萄酒做禮物。因此，我們收到許多紅葡萄酒及白葡萄酒，同樣，也送出不少紅葡萄酒及白葡萄。

我們贈送的葡萄酒，首選是產自我們家居聖．安哈塔村的白葡萄酒。

從家門口朝西南方，沿村中小路走兩百公尺，就是「達爾哈德」酒莊（De Daalgaard）的釀酒小屋和葡萄園，占地一．二公畝。種葡萄、釀葡萄酒，氣候和土壞是影響很大的重要因素，因此荷蘭葡萄酒莊不多，規模產量有限。

一九九一年，達爾哈德先生因愛酒玩起了釀酒的業餘技術，釀出的酒竟頻頻在荷蘭得獎。他去世後兒女決定繼承，讓酒莊成爲凝聚家族的力量，共同管理葡萄園、採收、釀造葡萄酒、銷售。群體努力下，用心釀製的St Agather Cuvée白葡萄酒，果香清潤，以 bacchus 和 schöngurber 兩種葡萄混合，讓氣味絕對保持應有的質量，幾乎每年在荷蘭酒評中得到銀獎，深受唐效和我喜愛。二〇一〇年 Gewürztraminer 酒，採用 gewürztraminer 白葡萄精選研製而成，參加柏林國際評酒大賽奪得金獎，突顯豐富的果味，酒氣溫醇。對製酒者而言，二〇一〇年氣候惡劣是葡萄生產極差的年份，達爾哈德酒莊反用精選葡萄的方式，造出佳釀。

Riesling 被稱爲「葡萄之王」，果實飽含一種特異高貴的優美氣味，以德國摩梭河（Mosel river）一帶的雷司令酒（Riesling），最爲純粹著名，遇逢該地區酒節，住家附近的熟人會呼朋喚友，大夥兒開車三小時去度幾天假參加品酒，我們總是乘機大量選購，裝滿後車廂帶回家，認爲物美價廉。達爾哈德製出的雷司令酒與之相比毫不遜色，含在口中有一種被寵愛的幸福感，我特別偏愛。

每年十月慶祝國際葡萄酒節，酒莊開放一天。每年這日，唐效和我必定光顧，購置數箱 St Agather Cuvée 和 Riesling 兩款白葡萄酒，另外試品其他新款酒，若有合口者增加採買。

達爾哈德的白葡萄酒，由於地緣，與我們家連上了故事，成爲我們請客的佳釀，以及贈送親朋好友的極佳伴手禮（懂酒愛酒的朋友喝過後，都大加讚賞，更讓我們得意）。喝得多、送得多，達爾哈德白葡萄酒消耗得快，缺貨時只好到考克鎮上一家酒店購買，價錢略貴一些卻值得，因爲有故事的酒，喝起來永遠餘韻繚繞。

喝紅葡萄酒，立刻直接聯想的是法國。旅行法國印象最深的是餐館裡喝紅葡萄酒比礦泉水便宜，何況點葡萄酒會附贈一瓶「桌上白水」，飲料除了有酒還有免費的水，最爲划算。

法國到處產葡萄酒，以波爾多（Bordeaux）紅酒最爲聞名。波爾多地區自十八世紀始，便以生產優質的葡萄酒享譽世界。唐效和我喝過不少波爾多紅酒，但沒去講究五大酒莊。左岸赤霞珠（Cabernet Sauvignon）葡萄釀製的紅葡萄酒，它的酒香極易辨認，年輕的含有類似青椒、李子、黑櫻桃等的香氣，陳年後逐漸呈現濃郁的菸草、咖啡、香菇、皮革、黑醋果醬的氣味；但不論酒年輕或陳年，專家都建議用來搭配牛排、羊排和野味，我們依樣葫蘆後覺得它的口感似乎過於厚重。

數年前，在美國加州喝納帕酒谷知名酒莊釀製的好年份 Cabernet Sauvignon 紅葡萄酒，配上燒烤五分熟的兩公分厚五百公克 T-Bone 牛排，兩者共舞湧現自由奔放豪氣干雲的氣魄，才發現什麼叫做絕妙不可言。由於這次經驗，唐效自然把法國與加州的 Cabernet Sauvignon 紅葡萄酒拿來比較，做出酒註：「加州葡萄酒好是好，但像許多美國人一樣，表現得有些誇張。」姑不論酒的表現如何，說穿了喝酒吃菜最佳狀態就是一定要二者「絕配」。

說到酒與食品如何絕配，荷蘭朋友魯朗好酒，他家存有數千瓶葡萄酒。我們取加州紅葡萄酒宴請，魯朗看了看桌上的菜餚，篤定地說：「中國菜清淡，適合搭配白葡萄酒。」那晚，昂貴的加州紅葡萄酒被擱置一旁，純粹擺飾。

喝過多種法國各地的紅酒後，唐效和我反倒較偏愛勃艮第（Bourgogne）地區的葡萄酒。該地區的葡萄酒依葡萄園自然位置和風土條件劃分級別。難道真是那片地方的風、水、空氣、植物、土質，變換形貌滋養豐潤了我們的味覺、口感和心靈?!

應是十多年前喝到一瓶勃艮第紅酒，它典型的覆盆子、櫻桃果香，紫羅蘭花香，甘草的草香，橡木桶的氣韻，深深存留心底，非但忘不掉，那順口多層次的味道常常會回想起來。當時沒記錄年份與酒莊，後來只好試喝各種勃艮第出產的紅酒，卻一直沒能尋找到同樣味道感覺的酒。但正因此，對勃艮第紅酒有了不同的認識與感情。

二〇一四年，請廚師食材專賣商場專門人員推薦一款勃艮第黑皮諾葡萄（Pinot Noir）釀造的好紅酒，他毫不吝惜打開一瓶二〇一一年 Albert-Bichot 的黑皮諾，斟滿酒杯讓唐效與我試飲。聞之芳香，入口順暢，微微果酸、香草氣味中可以辨別出些許丹寧的苦澀，雖然仍不是我們尋找的酒味，卻是很合口的勃艮第紅酒，買回家搭配西式肉類菜餚、中式紅燒肉、陳年乳酪，效果頗佳。從此之後，地下室總會貯存一箱供隨時之需。這時，我們已經明白，每瓶酒的氣味都不相同，永遠找不到與記憶中相同的酒味，喝過喜歡就該心滿意足。

最近與居鄰城的中國朋友品酒，其中一人感嘆，住歐洲喝了二十多年紅、白葡萄酒，如今發現十五歐元以下的酒喝起來確實不行。讓我聯想到二〇一四年初去布魯塞爾與老友相會，他開了一瓶紅酒，我喝得順暢，歡喜它的典雅含蓄柔和的口感，不知不覺一瓶飲盡，不單沒醉還難得的清醒自在。老友說：「這瓶酒價錢很便宜，才三十多歐元。」看來酒的品質和酒的價錢還是有某種程度的關聯。唐效聽說笑道，如此推論，我們買酒的預算似乎該往上提高哩！

曾有懂酒的專家朋友介紹智利酒，說便宜又好喝；我們嘗試沒被吸引。喝過義大利、西班牙、南非、美國、澳洲等地的葡萄酒，都覺得不錯，也無心去繼續追蹤。我們喝葡萄酒的層次就停留在：餐館有什麼「自選餐館酒」就喝什麼，朋友送什麼就喝什麼。自己購買呢？主要選擇法國波爾多與勃艮第的紅酒，住家村子酒莊與德國摩梭河酒莊釀製的白酒。每年聖誕期間，絕不遺漏德國的藥草紅酒（Glühwien），加熱暢飲，渾身溫暖。

買葡萄酒與飲葡萄酒，有一定的信心和方向，省事多了。

啤酒

唐效與我喜喝啤酒。口乾舌燥時，喝杯清涼的啤酒，快意人生。

我雖然沒酒量，年輕歲月在台灣度過，大學時代跟著大學男同學、工作後隨著男同事，在暑熱時飲一杯台灣生啤酒，那冰鎮的微苦溶液，讓全身的燥氣立消，感覺美妙至極。

留學布魯塞爾，我才眞正認識啤酒。比利時是世界上眞正的啤酒王國，擁有兩千多種啤酒，種類味道的多樣性爲世界之首，每一不同的小城小鎭幾乎都有自己釀造的啤酒，大多數的啤酒還有專用的啤酒杯，造型別致可供收藏。

與比利時朋友同樂，我學到喝「Lambic doux」，一種製啤酒流程中途得到的飲料，流動黑麥的甜味，酒精度數很低，搭配沾黃芥末醬的煮香腸吃，鄉土風情濃厚。

左起分別是巧克力口味啤酒，來自牛津的啤酒、白葡萄酒，
以及世界最好喝的比利時安特衛普 seef 啤酒

但，我領會出喝比利時啤酒的精采，卻是在長住荷蘭以後；因陪伴唐效品味，慢慢嘗出了比利時啤酒出奇雋永的風格。比利時啤酒中有許多高濃度的黑麥啤酒，加入獨家祕方香料，入口尤其芬芳香甜。

荷蘭的酒專賣店、超市雖然買得到比利時啤酒，酒吧也有不少品牌可喝，畢竟選擇有限，難以滿足口慾。周末抽空，唐效和我會開一小時車過邊境去到比利時，找不同的小鎮喝不同的生啤酒，順道再採購一些特殊啤酒，包括現今尚留存的幾種修道院釀製啤酒，緬懷啤酒發明的歷史；同時享受一餐烹調講究的比利時佳餚，美食加啤酒是我們欣賞與鍾情的比利時。

遇有「啤酒迷」好友來訪，更要往比利時去了。一城兼一城的走訪，一鎮兼一鎮的停留，全心都在品味啤酒的專注上。見到朋友喝啤酒眼睛一亮，我們的歡喜猶如啤酒是自家釀造出來似的。大學同窗晉瑜自美國來歐洲，我們開車去比利時亞登納高地，沿馬士河岸一路喝釀造方法、口味濃度不同的比利時啤酒，直至尋見河流源頭。

除了比利時，荷蘭的另一鄰國爲德國，德國人製造啤酒與喝啤酒的形象舉世聞名。見到德國中年人，不自覺先瞧一瞧對方有無「啤酒肚」，即是德國人喝啤酒名聲在外的鐵證。

每年九月底十月初慕尼黑有聲勢浩大的啤酒節，我曾躬逢其盛。人人大杯喝酒、大塊吃肉（手扒雞、烤豬腳）、大聲歡唱，身置其中溫呑如我，也被群聚的氣勢激盪得豪情澎湃。

德國各處超市通常設有專門啤酒部門，或者緊鄰超市另有飲料專門店，供應上百種啤酒，任君挑選。貨架上差不多都是德國自產啤酒，德國人似乎習慣喝「國產」啤酒。唐效與我常利用住家位置的便利，開車十多分鐘過邊境去德國；最先挑不同牌子、不同濃度的啤酒買回家試喝，品牌太多喝得稀里糊塗，味道都不錯，覺得口感很相似。

住家距杜塞道夫城不算遠，得知「Alt」啤酒應屬這區域的特色後，對德國啤酒不再亂挑亂喝，專找 Alt 這種琥珀色德國經典風格的黑啤酒。又過一陣子，喝到德國白啤酒 Weihenstephaner（一〇四〇年開始），迷上它輕盈的口感，自此選喝德國啤酒時，白啤酒成爲首選。

說也奇怪，一過邊界返回荷蘭，德國啤酒幾乎絕跡。超級市場與酒專賣店裡賣的啤酒，要嘛是荷蘭啤酒，要不就是比利時啤酒。猜想過去戰爭被占領的恥辱仍是心結，荷蘭人對德國啤酒「不以爲然」的情緒錯綜複雜。

荷蘭本國也生產有不少種啤酒。漢尼根啤酒（Heineken）就是荷蘭的啤酒，廣告打得好，行銷做得棒，暢銷全世界。但，大多數外國人誤以爲漢尼根是德國啤酒，我認爲是市場戰略的缺失，荷蘭人卻很實際，大方的說：「無所謂，賺錢就行。」

就我的味覺而言，漢尼根啤酒略顯寡淡無趣；唐效的工作夥伴 Clive，有很長一段時間專情於漢尼根，因其寡淡可以容他整晚絕不空杯的狂飲，不醉的過足酒癮。

荷蘭啤酒的各種品牌中，唐效與我比較偏愛「Amstel」啤酒，雖然它和漢尼根同樣是淡啤酒，含百分之五的酒精成分，卻彷彿比較有味，成爲我們最常飲用及待客的荷蘭啤酒。同是淡啤酒的「Bavaria」，是我們居住省份北布拉邦省生產的啤酒，因爲這份關聯有了感情，也常會採購。偶然發現吃四川麻辣味小炒時，邊飲用冰鎮的 Bavaria，竟是出乎意料之外的絕妙搭配，大爲歡喜。

很多荷蘭人習慣到「Café」喝啤酒看足球賽轉播，特別遇到與荷蘭隊有關的大賽，不管那兒的「Café」都會多冒出一大群、一大群喝啤酒的球迷，這是文化特色，我們也深受這種「啤酒＋足球」獨特風格的影響，雖不去 Café，卻必在家裡打開電視，欣賞荷蘭足球隊出賽；手中握著斟滿啤酒的啤酒杯，邊喝邊隔著電視幫忙吶喊助威，其樂無窮。

自從迷上陪唐效喝啤酒的感覺後，旅行去「Pub」樂土的英格蘭、蘇格蘭與愛爾蘭，很自然的夜夜坐進「Pub」裡酌飲啤酒，享受醺醺然聆聽現場歌唱演奏的頹廢。

Clive 爲英國人，家住倫敦近郊，因與唐效共同經營公司，每個月得在荷蘭與英國之間往返數次，有時乘坐飛機、有時開車搭渡輪過海。荷蘭買不到英國啤酒，唐效請他開車時攜帶過來。他問，買那種啤酒？唐效回答，任他推薦。Clive 便找了十二種不同口味的英國啤酒帶到荷蘭，讓唐效試飲評斷好惡。

那段日子，每天晚餐時，唐效挑選一種英國啤酒開瓶品味，請我與他分享。怕忘記氣味，唐效喝盡一杯後，立刻筆記下口感並打分數。Clive 推薦的英國啤酒，大致說來算是酒精度數較高的濃啤酒，其中一種含有濃重的巧克力味道，很有特色但氣味十分奇怪，非我們喜好；其餘有的香味雖不錯，卻不是我們的趣味所在；評選十二種英國啤酒的最後結果，牛津生產的一款啤酒最受歡迎。唐效與我大笑，來自著名學府的啤酒畢竟與眾不同。

二〇一五年春天，我們居住的聖．安哈塔村印行的村報刊登最新消息，三位有心的村民花費長時間研究，合作釀造專屬於聖．安哈塔村的修道院啤酒，計畫生產各種不同口味，目前已研發出四種，其中一種品嘗過的人都讚美有加。這可是大好消息，唐效和我既有屬於自己村莊的新啤酒可享用，同時又增添一樁可以吹牛的事情啦！

小酒淺酌，浮想翩翩，關於酒的舊憶新事更是滔滔湧來，趕緊暫時在此打住！

輯二。。買菜的快樂

傳統室內市場

童年的新營市場

小時候家住台灣南部新營鎮（現升格爲新營市），我喜歡跟隨父親或母親上市場。

鎮上的商業街分布呈放射狀，印象最深的是三家電影院，鼎足而立；這三家電影院裡我看過不少電影，有國片也有西洋片，有的讓我笑翻天，有的讓我哭得眼圈紅腫。電影放映前有小販賣冰棒、煮花生及炒好的燒酒螺絲，影片放映中，銀幕旁往往會出現「某某人外找」的字幕廣告，散場時一地花生殼、螺絲殼。

市場正好位於放射狀商業街的放射點上，穿過一重厚實水泥築成的大拱門，走進小天井，中央有個小池塘，池塘有橋，踏過二公尺長的小石橋，再度進入室內，是個非常廣闊的室內空間，正是新營大市場的所在地，因為很大，光線不容易穿透，即使白天也點著燈。大市場內有南北雜貨鋪、布莊、裁縫店、餅鋪、肉攤、魚攤、水果店與蔬菜鋪等，種類紛雜非常非常的熱鬧有趣，要逛全還真得花半天時間。

市場裡賣肉是分類的，豬牛羊肉分攤賣，各有各的主。市場深處有一家羊肉鋪是我初中同班女同學父母親開的，除了賣生鮮羊肉，還在肉鋪旁邊開起羊肉爐店，擺了十多張桌椅，常常客滿，客人圍繞燒炭的火鍋爐，煮著羊肉吃得暢快，中藥材混雜生羊肉腥羶、熟羊肉香郁的氣味飄散在空氣裡。母親帶我去吃過一回，我嫌中藥味太濃，掩蓋了羊肉的鮮味。反倒喜歡位於市場入口附近另一家羊肉攤賣的羊雜湯；羊肉攤的店主，擺了兩張簡易收放的桌椅，支起一個火爐，上面放一口大鍋，以慢火熬羊骨湯。客人來，店主從案板上切一些羊肉絲、羊雜碎、與細長的薑絲放網杓裡，沉浸至湯內涮熟，舀到碗裡再加湯調味，熱騰騰的美味極了。吹寒風的冬天，吃上一碗，全身暖和，感覺非常幸福。

家居母親任教學校的教職員宿舍區，離市場有一段距離，走路約一小時，騎自行車約二十分鐘。母親原本不會騎自行車，上市場的任務自然落在父親身上。

每個星期天早上，固定由父親騎自行車上市場買菜。他把空菜籃掛在車把手上，我側身坐在前面的橫槓上，他跨騎上車，車子就蹬走了。前往市場的大馬路，路兩旁原本分段種植了木麻黃、鳳凰木、椰子樹；我坐在車上一路看樹、看行人、其他往來的自行車、建築物、藍天、飄飛的白雲，非常歡喜。我讀中學後，政府拓寬馬路把樹全都砍了，變成無趣的光禿禿馬路，讓我傷心許久。有時逆風而行，父親踩自行車費勁，不免嘀咕我：「不就是買菜，有什麼好跟的，唉！」刻意把「唉」字聲音誇張一下。等下次有風的日子，我要跟去，他會皺著眉頭說：「今天就不跟了吧！」我拗著非去不可，最終他也只好投降。

父親性格一板一眼，上市場買菜也一樣：去固定的肉攤、魚攤、蔬菜水果攤和豆腐攤，買同樣的東西、同樣的量。他往攤前一站，攤主招呼：「老師！兩塊豆腐，我包給你。」「老師！旗魚一片、吳郭魚一條替你去鱗去鰓。」「老師！今天的小白菜、菠菜、皇帝豆、豌豆、芹菜、豆芽都很漂亮，加給你一把蔥。」「老師！黃牛肉半斤。」「老師！和上次一樣，排骨、夾心肉再加一點五花肉，對不對？」父親含笑點頭，付了錢取了東西放進菜籃。有時我看見嘴饞的食材，要求父親買，多半時候父親裝做沒聽見，或直說不買，只有很少數幾次遂了我的心願。回到家母親整理食材，每次忍不住要抱怨父親：「嫁給你這種人實在沒有趣味，永遠買同樣的東西，變化一下有那麼困難嗎？」父親並不回嘴，臉上也無不快之色，反正一副妳講妳的、我做我的態度，走開忙自己的事去了。

雖然父親買菜過程永無變化，但我仍然喜歡跟隨，為了一路上的風景和市場的氣味、聲音、顏色和人情，多麼豐富的畫面！

受不了父親購物的一成不變，母親努力學習騎自行車。母親學車困難，一因她是左撇子，與一般人反向，從車左邊蹬上車；二是怕摔。等我小學四年級能騎車後，幫她掌車學習，終於在我五年級時母親能騎車上街了。

母親與我兩人，一在前一隨後騎車上市場，這是歷史性的時刻。母親買菜，必先問我想吃什麼？只要我點名母親幾乎都會買下。母親特別愛買水果，幾公斤、幾公斤的買，說：「以前妳外公從外頭回家會買一大堆水果，看妳姨媽、舅舅和我吃得過癮，在旁邊開心的笑。東西就要吃過癮才有意思。」母親還會帶我在傳統市場裡喝羊雜湯、吃肉圓、愛玉冰或包子、雲吞麵，但每次只點屬於我的一份，她一臉滿足的坐在旁邊看著我享用。

買完菜回到家門口，弟妹高興地迎上前搶提菜籃，知道會有一些點心：發糕、紅龜粿、豆沙包、蘿蔔糕、燕菜凍或仙草凍等。這時父親會皺眉嘟囔：「不乾淨、有色素的東西對小孩健康不好，不要買。還有，東西買太多，太浪費了。」母親回答：「像你，什麼都別吃，做神仙最好。」逕自走進廚房。

接著周日一到，父親早早提起菜籃，喊一聲：「我去市場啦！」推自行車出門。母親和我相視一笑，明白父親心疼錢花多了。

台北士東市場的肉鬆

長居歐洲後回國省親，市場是一定要報到的重要地方。購買國外吃不到的蔬菜、水果、海鮮等物，下廚煮食，彌補長期的想念；返回僑居地前更要走一趟，盡可能的買一些南北乾貨，帶回異國以備不時之用。

這時父母早已遷居台北，先住天母。士東市場內有一小攤，賣肉鬆、肉酥，因是自製，材料講究，成品特別酥香，除了原味還有加添芝麻與海苔的口味。我去購買，請店鋪老闆娘分裝，每包裝半斤，買四包或六包帶回，放在冰凍箱裡，省吃節用過一年，再返台北補貨。

從台灣搭乘飛機到荷蘭，按照規定肉類食品不許攜帶入海關。每次想方設法東藏西藏，運氣不錯不曾被查獲；但久而久之厭倦了忐忑不安的「偷帶」行爲，再者海關規定與處罰方式越來越嚴厲，何況父母亦移居文山區，士東市場距離遠了；這些年便改邪歸正，不再托運肉鬆、肉酥這類違禁肉類製品。

華山市場的阜杭豆漿

去台北忠孝東路一段的華山市場，唯一的目的是登市場二樓吃「阜杭豆漿」的早餐。「阜杭」經驗總是難忘：

六七年前第一次知道阜杭。回到台北，暫住北平東路的台北國際藝術村，朋友來看我，帶了一套阜杭的厚燒餅夾油條及一杯熱豆漿。一見面她連連爲遲到近一小時道歉：「對不起，阜杭排隊的人太多了。」從她，我不單嘗到阜杭燒餅的美味，同時知道這家市場內的早餐店大有名氣，許多人慕名去吃。

幾年前，唐效與我住在公園路的台大醫院景福招待所。一日上午，兩人決定走到華山市場去用阜杭豆漿的早餐。起床晚，慢慢悠悠晃到華山市場已近十一時，先逛地下室菜場、一樓日用品小鋪，並不吸引我們；再轉上二樓，看見二樓寬闊的大廳並不豪華但整齊乾淨，擺了幾十張桌椅，差不多坐滿了人，另有一溜排直線的隊伍大約有三十多人。開業時間清晨五點半至中午十二點半，十一點半居然還有許多人排隊，吃了一驚。唐效見狀原想放棄，經我說服勉強留下，一邊耐心排隊，一邊欣賞一個大玻璃房間內師傅們專注揉麵團、做餅、貼餅、烤餅、炸油條等現場忙碌的工作情景。等待約半個多小時，終於享用到早餐。事後朋友們聽說都講：「你們去得晚才有可能半小時吃到哩！」語氣似乎帶著些羨慕。

一日，見有位穿戴整齊、持拐杖的老人，坐在玻璃工作坊與櫃台之間的一張椅子上，長時間望著排隊與吃食的客人。餐後，下樓梯前又遇見這老人，我好奇地問：「你是老闆嗎？」他點頭答是。我誇：「你這店生意眞好！」老先生沒再回話，臉上無喜亦無不喜，拄著拐杖走開了。據說老闆姓徐，原籍江蘇阜寧，隨軍來台，後住台北杭州南路，三十多歲創業開燒餅油條豆漿店做出信譽，從小店鋪擴大到現在紅火的生意，店名即出自原籍與居住地名稱。

二〇一三年底，唐效的父母及姊姊從成都赴台灣自由行，決定帶他們去華山市場見識，品味阜杭豆漿的早點。上午八時許走到市場附近，這下眞正見到排隊的人潮了，隊伍沿樓梯而下從紹興南街轉向忠孝東路一段，大概有三百公尺長。我們跟隨隊伍往前慢慢挪移，前面不見人插隊，後面排隊不見縮短，每個人守規矩不急不慌的等待。這種現象眞是難見，居然有這麼多人心甘情願的長時間排隊等待，就爲喝一杯濃郁的豆漿、米漿，吃一碗豆花、一套燒餅、油條、蘿蔔絲餅、或飯糰等，應可算世界奇蹟吧！

回國必報到的南門市場

台北羅斯福路上的南門市場，地下室的蔬菜攤似乎菜色永遠比其他市場多而新鮮，總可以找到一些稀奇古怪的蔬菜豆類瓜果。有兩家熟食店，小菜幾十樣，有葷有素、有清爽有濃重，單看盤子裡盛著的菜餚已直吞口水。選買十多樣小菜，配搭買饅頭、包子、粽子或米飯，不必下廚足夠請一桌像樣的客。

一樓水果攤，擺出來的陣式不一般，種類特多，每個水果色美個大，做客送禮不會丟臉，留著自家吃也是上選。

其實一樓鱗次櫛比的攤子主要賣乾貨：火腿、臘肉、香腸、肉乾、肉鬆、筍乾、烏魚子、干貝、香菇、木耳、蝦米、海帶、鹹魚、各類豆子、醬料、沖泡的穀類粉末、瓜子、糖果、蜜餞等，琳琅滿目讓我如入寶庫兩眼發光，精心挑選想帶回荷蘭的食材，大袋小袋的購買，這時只恨飛機規定的托運行李公斤數越降越低。

最美的瑞典斯德哥爾摩市場

瑞典文 Östermalmstorg Saluhall，中文直譯「東城食品交易大廳」。這所斯德哥爾摩市場於一八八八年開幕，至今有一百二十七年歷史。

兩位年輕建築師 Isak Gustaf Clason 和 Kasper Salin，一八八〇年代中期獲得獎學金，旅行德國北部、法國、義大利考察，受到磚牆建築的啓發，特別是法國艾菲爾鐵塔給予的靈感，選用當時最新建材，設計出這幢內部大廳爲挑高的鑄鐵結構，屋頂覆蓋大片玻璃，外觀爲中世紀風格的紅磚建築物；保證了大廳宏偉的高度，通風的良好，以及光線的穿透。

市場內部大廳裡，每個攤位設有統一的木雕門面，深褐色的高級木材，透露著古樸的韻致。並非每家店僅擁有一個門面，有的店鋪生意好，甚至承租好幾個相連的以及對面的鋪面。

順著攤位遊走一圈，有鳥類及野生動物肉品專賣店，位於正中央，四周木柱懸掛各種野生動物標本，從大廳每個角落往中間看去，都能見到它的存在。山珍野味的意象，很自然的映入腦海，事實上，攤位確實販賣各種稀奇的野生飛禽走獸肉品。因爲它耀眼的姿態，這個斯德哥爾摩市場已與其他市場有了不同的神氣架勢。

環繞野味攤四周的攤位，包括：蔬菜水果鋪、乳酪鋪、海鮮鋪、鮮肉鋪、火腿香腸鋪、烘焙坊、手工巧克力店、咖啡廳、茶葉專賣店、熟食小鋪等。每家攤位賣的貨品幾乎都不重複，而且新鮮豐美，也成就了這個市場與眾不同的特質。

聞不到一絲魚腥味、辛膻的肉味、腐敗的蔬菜水果味，也看不見飛舞的蒼蠅，市場呈現整潔有序的風貌。

魚攤上有龍蝦、貝殼、螃蟹，各種新鮮海魚，差不多都是我熟識的海味；但，其間擺了一尾大魚的後半截，目測若是全魚應有兩米長；魚肉呈白色，少說二十五公分寬，十五公分厚。我正在研究這半尾魚時，一位老先生領了幾個人過來，介紹說：「這魚肉鮮嫩，是難得的美味，小時候祖母做過，好吃極了。」

市場內有幾家餐館，排列的麵包、蛋糕、沙拉、湯品等，賣相都很吸引人。唐效問我最想吃什麼當午餐？我脫口而出，最想品嘗魚攤上那半尾大魚的魚排，究竟是怎麼樣的鮮美滋味？當然這是痴人夢話。

記得前一日中午，在老城的小巷裡曾找到一家瑞典傳統菜百年老店，點了淋chanterelle 黃菇汁的煎麋鹿排、燻野鮭魚片（比平時吃到的好吃多了）、澆巧克力醬的紅莓軟布丁，味道做得好極了，餘韻無窮。瑞典有名的肉丸子，常在IKEA的餐廳點來吃；IKEA 爲瑞典家具公司，其餐廳招牌菜肉丸子來自瑞典，雖非現做的新鮮肉丸，仍能聯想。因此，決定選擇 Tysta Mari 小館，試試聽說了許久、最平民化的北歐美食：開口麵包。

Tysta Mari 的玻璃櫃中，開口麵包好幾種口味，有肉的、魚的、蝦的、素菜的，每種最下層是一片麵包，麵包上層疊五、六公分高的不同食料。

唐效和我挑選了蝦仁開口麵包。燕麥麵包片上放了生菜黃瓜、煮雞蛋的切片、許多北極蝦的蝦仁。雞蛋片襯托出蝦仁的甜美，生菜黃瓜使口腔生津，吃得心滿意足，果然有北歐的豪放情調，與三明治的風味完全不同。小店貼心，提供免費飲水，可以依需要自己添加冰塊或檸檬。當然這樣一份蝦仁開口麵包價格並不便宜，一百六十瑞典法郎差不多十七歐元。另點一份巧克力蛋糕和一杯咖啡，咖啡濃郁，巧克力蛋糕捨得用最好最足的材料，味道純美柔潤，是值得舉大拇指讚賞的難得甜食。

不少人和我們一樣坐在市場小館裡，神閒氣定的享用餐食；魚店、肉鋪毗鄰，非但不受影響，反而更增生活的眞實感。

據說，市場裡的肉店老闆原是學化學工程的大學生，學到一半卻對方向產生懷疑，於是休學尋找自己眞正的目標。一日來到市場，發現對食物的喜愛，進入市場小食攤打工，大學教授的雙親支持他的決定；最後竟成爲肉店老闆，在市場生活了三十多年，非常愉快。

在這個市場內，咀嚼的不單有美食，還有人生的故事，內容都是溫馨的。

曾經旅行過五十多個國家，踏過上百的城市，我見過的市場就數斯德哥爾摩的 Östermalmstorg 市場最爲和諧美麗，讓人充滿了喜悅。日常生活的環境與氛圍，竟然可以這般融合，流淌出濃厚的現代生命活力，清潔舒暢的秩序，和古典高雅的美感！自然流連忘返，難以忘懷。

倫敦的傳統市場

居住荷蘭，經常車一開、飛機一搭旅行去了！玩遍歐洲各國，傳統市場是我必不可少的重要觀光景點。久而久之歸納出一個似是而非的定律：歐洲大城市的傳統市場幾乎都位於市中心，大部分是十九世紀初「新設計」理念下的產物，使用鑄鐵和玻璃做爲建築材料。這些建築整體結構，門面造型線條優美，內部高挑且寬敞大氣，又因爲玻璃遮蔽，陽光能夠穿透內部各個角落，市場顯得特別明亮。

我對歐洲傳統市場另一個總體印象是：花特別多。凡是市場，近門處一定有花店，各種切花新鮮燦爛、千嬌百媚；客人買花，店主隨手便紮出美麗的花束來。進入市場先見滿目鮮花，心情怎能不歡欣跳躍？

傳統市場的貨品通常與當地的生活習慣與特產有明顯的關聯。

印象極深的是倫敦的傳統市場，不是它賣的物品特殊，而是環繞市場周圍全是一間間小酒吧。一到午餐時間或是下班時刻，酒吧門口、市場周邊走道，聚滿了年輕的年老的、男男女女的上班族，各自拿酒杯或酒瓶，或站或坐，喝啤酒聊天；這時的他們穿著雖依然正式卻形骸放浪，那種互相矛盾的不調和景致，讓我聯想翩翩，必有多少故事深藏其中。

葡萄牙波多城的市場

葡萄牙本土波多城的市場，每家肉攤除了賣鮮肉外，幾乎都在攤上兩側撐起細長支架，拴上牢固的鐵絲，上方吊掛火腿、香腸；定睛再細看，居然間雜懸吊了風乾的豬耳朵與豬舌頭，讓我難以置信。好奇心驅使，買了風乾豬耳朵、豬舌頭各一只帶回荷蘭；煮後切食，品嘗味道發覺，雖與中國人製做的臘豬耳朵、豬舌頭口味不同，夾雜了西方香料的特殊氣息，但非常美味。台灣香腸、四川臘肉不准帶進荷蘭，歐洲境內肉品卻可互通不受限制；這時不免後悔，早知如此應該多買些回家。暗下決心，再有機會赴波多城時，一定買它一箱回來，庫藏外也能分贈好友品味。

葡萄牙馬迪拉的市場

聖誕假期飛位於大西洋的葡萄牙海島馬迪拉。當地盛產水果，傳統市場樓上一圈水果攤，每家水果攤高高堆疊著酪梨、釋迦。這裡的釋迦果外皮沒有小塊狀突起，果皮極薄，熟透的果實果皮一撕即開，裸露出呈小圓錐狀的白色果肉，味道綿甜如蜜，黑色種子極少；不像台灣產的釋迦果，每個小圓錐狀的白色果肉中均有一粒種子，吃起來非常麻煩。近年在台灣看到改良種釋迦，形狀味道類似馬迪拉釋迦，稱爲「鳳梨釋迦」。

馬迪拉海域盛產帶魚，漁獲主要是帶魚。市場樓下有一大區魚攤，整齊排列十多二十張磨石長桌，賣的是一公尺長擺滿桌面的帶魚，隻隻魚眼明亮、魚皮黑得發光、魚肉肥厚。相較之下，台灣銀白色的帶魚既扁平又短小，簡直小巫見大巫。在馬迪拉上餐館，最佳選擇就是點吃煎帶魚或烤帶魚，魚肉鮮甜，價格低廉，只需付其他魚類價錢的一半。島上度假一星期，美美的饕餮帶魚、酪梨、釋迦，心滿意足。

希臘雅典的傳統市場

希臘雅典城大，傳統市場占地也大，攤多人多，因通道不寬顯得特別擁擠；小販熱情叫賣，顧客大聲討價還價，整個市場人聲鼎沸。是我去過的室內市場裡，吵雜度排第一名的市場。

雅典市場內海鮮攤特別多，漁獲種類豐富，攤前通道濕漉難行，隨時得小心腳下滑溜或被踩，無法盡情欣賞不知名的海魚和貝類，頗爲遺憾。市場中心有一個玻璃小屋，販賣咖啡、茶，也賣一些地方特色的小吃及熱湯。想不起當年究竟在裡面點了幾樣什麼小吃，只依稀記得滋味挺好，可到底是什麼樣的味道，則記憶不清了。

法國巴黎的傳統市場

法國巴黎傳統市場，留存在腦海中的影像是一排接一排宰好的整隻雞。高盧雄雞象徵法國，法國人吃雞特別講究，雞肉種類極多，什麼春雞、黃牌雞、紅牌雞，一隻雞價格從幾歐元到十幾二十歐元不等，因孵化、養育、飼料、屠宰不同而有差異。曾在布列塔尼羅瓦爾河流域一家餐館吃飯，點雞肉做主餐，端上來一隻淋黑松露醬汁佐料的烤雞腿。雞腿不大，入口肉質結實，肉味鮮美散發清甜氣味，是不曾有過的吃雞經驗。吃過美味絕頂的雞肉，方才意識到法國人雞肉學問的深奧。

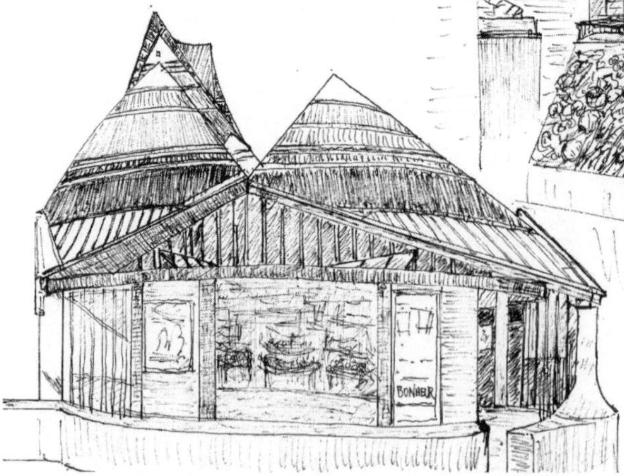

法國Rousa城裡的傳統市場，外觀形狀特殊，室內的魚類、貝類鮮美，令人垂涎。

突尼西亞的傳統市場

去到北非突尼西亞，傳統市場裡只賣牛肉、羊肉，沒有豬肉攤，先沒轉過彎後來一想，是人民信仰伊斯蘭教的關係，不由訕笑自己一時的糊塗。

土耳其伊斯坦堡的大巴札

大巴札（Grand Bazaar），土耳其語 Kapaliçarşi，爲壯觀的室內市場。

土耳其伊斯坦堡城內的大巴札，非常古老，首建於一四五五年至一四六一年間，聚集五千多家商店，食材、小吃店、衣服、皮貨、珠寶、鞋襪、掛氈、日用品雜貨、土耳其浴等應有盡有，許多商家更是明目張膽販賣眾所周知的各類假「名牌」，訂價高得坑人，顧客得狠心狂砍價錢才行。

進入大巴札如同一頭扎進迷宮，不知身置何處。站在大巴札裡，我完全迷失了，不只迷失在結構如迷宮的龐大建築裡，而且迷失在人類價值究竟如何定位的迷惘之中，不知何去何從，既迷人又有些叫人恐懼，心情呈現極大的紊亂。

伊斯坦堡的埃及香料市場

但，改換場所走進伊斯坦堡的埃及香料市場，我便深深的沉醉了。每家香料店幾乎都有「新藝術」時期的彩色鉛玻璃壁飾——美麗繽紛的圖案、婉轉曲折的線條，加上溫柔的燈光；每家鋪子的裝潢擺設均叫人流連。店鋪裡擺滿一摞、一摞各種顏色、各種不同種類的香料，香氣彷彿融合在一起，細聞卻又能分辨出氣味的差異。

香料中最令我感興趣的是「沙漠金子」番紅花（safan），多年前，從突尼西亞旅途中學會了使用法，即為之著迷。煎烤魚排，撒下一些番紅花絲，魚肉馬上融入一種金黃色澤的特殊香氣。煎羊排，使用它便增添出郁香。烹煮西班牙海鮮炒飯，番紅花是提升氣味與色澤的主要功臣。

品質最佳的番紅花屬伊朗番紅花，躺在透明的扁圓盒子裡，深紅色花絲稀稀疏疏數十條，三公克要價十歐元，一分錢不肯減；土耳其自產的番紅花，金紅色，輕飄飄沒重量似地，一大包一百公克才賣一歐元。為了廚藝為了美食，我毫不猶豫地買下伊朗生產的番紅花，德國朋友柏楊忍不住大喊：「你們家太有錢了！」

香料市場也賣土耳其燻火腿肉。土耳其人篤信回教，火腿肉用的是牛腿肉或羊腿肉，自然與歐洲其他國家燻火腿的豬肉味道相去甚遠。肉店老闆鄭重推薦的燻火腿肉肉片，外面裹一層很厚的混合香料，因此燻出來的肉味含帶極重的香料氣。土耳其燻火腿肉的肉質較軟綿，鹽分也重一些；入口覺得大不如西班牙的燻火腿肉，也不及義大利和德國的燻火腿肉。但食畢隔一陣子再細想，似乎餘香殘存，耐人回味。

回味中國大陸溫州的市場

回憶至此，念起二十世紀九〇年代初期中國大陸溫州的傳統市場。溫州市場到處都是木棒敲打「督！督！督！督！」的聲音，此起彼落自成節奏，不急不緩，聽著有如敲木魚似的，不但不覺吵鬧，反而給予我心安心定的力量。溫州人的敲魚片、敲蝦片有名：先把整魚剔出魚排、蝦子去殼存肉，加澱粉敲打成薄片。敲魚片、敲蝦片切絲，不論煮湯或油炒，皆是別致的地方特色小吃。正因深受當地人喜愛，市場裡賣貨供不應求，木棒敲打聲音當然持續不斷。我記住溫州市場的敲打聲，這些年來多次從市場買魚自製敲魚片，溫習「督！督！」的敲打節奏。

雖然時光荏苒，不停歇的木棒敲魚、木棒敲蝦聲，應該仍充滿在溫州傳統市場內吧！但願永遠依舊！

露天市集

平日考克鎮上的中心廣場空空蕩蕩，就是一塊圓形的堅實黃色泥土地，旁邊不遠處立著區政府辦公大樓還有幾家商店。

無風無雨或陽光燦爛的日子，兩家咖啡店和一家麵包店的服務生，把桌椅擺出門外，一直擺到廣場邊，成了一大片露天咖啡座，經常滿座。廣場臨馬路的一邊，有幾棵樹、幾張鑄鐵休閒椅，這免費的椅子反倒很少人去坐。每次去鎮中心，看露天咖啡座的人潮，百無聊賴面對空曠無趣的廣場，覺得有些傻氣、滑稽。

但，每個星期三上午十一點之後，廣場上會臨時搭起許多木板攤位，也會停進一些拖車，變魔術般的拉開車廂展現出貨品櫃。中午十二點，區政府大樓鐘塔的鐘聲一響，彷彿童話裡仙女的魔杖點過，鱗次櫛比的活動攤子、車廂貨櫃井然就緒，

市集是購買食材的主要場所，也是生活不可或缺的一環。

分別擺滿水果、蔬菜、海鮮、肉品、乳酪、糖果、餅乾、麵包、堅果、盆栽、鮮花、皮包、衣服、布匹、鈕扣、桌布、鞋子、卡片、家用小工具等，五花八門，色彩繁多。原本閒置的空地，此刻物品豐厚，人來人往熱鬧至極，直至傍晚收攤。夜幕低垂前，攤販們以迅雷不及掩耳的速度收拾離去，廣場重新恢復原本的空與靜。每周固定一次的廣場市集，就這樣存在於小鎮，存在於荷蘭人的生活裡，來有痕去無蹤。

荷蘭境內各城市與鄉鎮的中心，幾乎都擁有這樣的空曠大廣場，荷蘭文名稱「markt」，中文翻譯爲「市集」，顧名思義就是爲露天市場而特別存在；有的大城市更稱「groot markt」（大市集），意味著規模的壯觀，甚至一周擺攤兩回。

超級市場興起之前，市集是荷蘭人購買食材的主要場所，農人把蔬果、肉販子把肉類、魚販把海鮮、布商把布料等集中到人口聚散之處進行買賣交易，是生活不可或缺的一環。有了超市之後，市集原本的功能減低，有點變成延續傳統與生活趣味點綴的味道。

我喜歡逛市集，喜歡在大自然的空氣下觀看農產品的新鮮富足，喜歡看小販爲生存殷殷推銷的活力，還喜歡看一般婦人、老太太購物的滿足喜樂；當然我更享受自己的滿載而歸。

前往住家附近小鎮的市集，是我做爲家庭主婦的一部分生活，它讓日復一日的平靜產生周期性的變化。像海浪一樣，它每隔一周翻騰過來一次，雖然是小小的一道浪，總還是會帶來一些新奇的東西，讓我驚喜。

遇周末，偶然唐效與我會去大城市逛大市集，場面是平日光顧小鎮市集的五、六倍大，我的目光會不斷被不尋常的食材吸引。例如：奈梅根市集的野菇攤，販賣黃色、紫色、紅色、黑色，形狀大小各異的菇；阿納姆市集魚攤陳列的大螃蟹和活鯰魚；阿珀爾多倫市集裡，魚販叫賣一箱箱摞疊的大閘蟹；芬洛市集裡賣水果的獨特方式：各類水果挑集成一大袋，一律以五歐元賤售；馬斯垂克市集裡的蔬菜攤上，不同顏色、不同品種的蘿蔔類、參類等根莖蔬菜…都讓我陷入急切購買的欲望之中。當然，每次逛大

考克鎮上每週三下午在中心廣場有露天市集。開來十多輛卡車為成圈，貨櫃箱打開，伸出支架就變成貨攤。

市集便是一晃不自覺的兩三小時過去，也因此爲收穫豐富而興奮愉悅，並開始湧動烹調美味的激情。

其實全世界各地都有市集，旅行走訪不同的市集，是我的賞心悅事，其中不少經驗一直牢記心頭，成爲燦爛美麗的往事。

非洲吉力馬札羅山腳下的周末市集

記憶最深的露天市集，首推非洲吉力馬札羅山腳下的周末市集。

一九九二年十二月，飛去肯亞、坦桑尼亞住一個月，拜訪無疆界醫生的荷蘭朋友 Loan 和 Stan 夫婦。他們的小木屋就在吉力馬札羅山腳下，任何時候走出屋子，抬頭即能仰望非洲第一高峰，山頂上堆積著白雪，整座山顯得那麼孤傲，卻又有種親和的魅力。

構造簡單的木屋裡，Stan 以一人之力，利用暇時，取木板釘製成室內所有的桌、椅、櫥櫃、物架；屋後釘出一個有頂蓋的木板陽台，在陽台邊的一個角落放了個爐子，Stan 撿來院子裡母雞剛下的雞蛋，攤在鍋裡放爐火上，煎給我們當早餐吃。

星期六清早天濛濛亮，Loan 和 Stan 就把唐效和我喊醒，說趁太陽高起，日頭太曬之前，去趕一周一次的露天市集。我們翻山下谷之際，放眼望去，群山中每條不同的山路上，都有不少男女老少從不同方向往同一谷地趕路。女人身穿的紗籠顏色鮮豔，頭頂簍筐亭亭玉立，在山路起伏之間移動，婀娜多姿，格外好看。

群山中盤旋一個多小時，我們來到有幾棵大樹蔽蔭的寬敞谷地，早有許多農家各占地盤，把收成的瓜或果，放在泥土地上五個一堆、五個一堆的整齊擺疊，自己蹲著或坐著，靜候顧客的到來。後來，擺地攤的人家越來越多，幾乎占滿了整片谷地。第一次見到以五為單位的買賣交易，感覺特別新奇有趣。

賣牛肉、買牛肉是這個市集裡別致的風景。屠夫不問顧客購買那一部位，而是詢問需要的重量。說明之後，他隨即取刀，就著整隻牛身上每處不同的部位及內臟部分，平均割出需求的數量來。沒想到非洲人竟如此公平合理，不免嘖嘖稱讚。

趕完市集，再度翻山越嶺走回住處，紅燒一鍋牛肉，請醫院裡的幾位當地醫生吃晚飯。

為了節省柴火，這鍋牛肉一滾熟立即起鍋。晚餐，牛肉配飯，我嫌牛肉太硬嚼不爛，非洲醫生們不以為然，七嘴八舌的說：「開始吃飯時，先取一塊肉放進口腔深處，這樣一餐飯從頭至尾都有肉在嘴裡，多幸福啊！」

桑給巴爾島的市集

Zanzibar 中文譯名桑給巴爾，是坦尙尼亞位於印度洋上的群島，距離非洲大陸二十五～五十公里，由許多小島和兩個主要大島組成。唐效與我造訪過其中的安古迦島，通常直接被叫做桑給巴爾島，全島面積一千六百五十一平方公里。

記憶中的桑給巴爾島，像是偶爾不小心掉入水裡變成的海上仙島：天那麼湛藍無雲，水那麼碧綠清澈，樹上結著碩美的果實，人的臉上堆滿開懷的笑容。

這是一個盛產水果與香料的島嶼，我們參加一個植物觀光團，導遊 Mitu 帶領我們認識島上各種特殊的植物。車子行駛入不同的村落時，村裡會跑出大群的小孩，追在車後揮動小手喊：「Mitu！Mitu！」這時 Mitu 咧嘴笑著，從衣服口袋中掏出大把的銅板拋撒出去，孩子們便停下追趕，歡天喜地的彎下身去撿錢。

桑給巴爾島的露天市集，與吉力馬札羅山腳下的周末市集一樣，也是席地置放貨品；只是這兒瓜果不是以五計量，也不是直接擺在泥地上，而是集成一大堆的放在大布巾或者大塊塑膠布上。

市集裡賣得最多的是香蕉、芒果和木瓜。香蕉一整串、一整串的賣，品種非常多；最稀奇的是紅皮香蕉，果肉的肥美香甜非一般香蕉能比，至今我仍能清晰記得咀嚼它時，在口中散發出獨特清香芬芳的氣味。台灣盛產香蕉，但我單看過普通的黃皮香蕉和芭蕉，在桑給巴爾島眞是大開眼界長了知識。芒果，有的像台灣品種的海頓、愛文，有的像南洋芒果又長又黃，也有小小的青黃相間的土芒果，因爲都是熟透方才採摘下來，個個汁滿甜美。木瓜堆積如小山，每顆皆個大、顏色金黃油亮；這般盛產，難怪旅館裡每日早餐供應客人半個木瓜，瓜瓤柔軟甜如蜜，多吃不膩。

島上到處種植椰子樹，丈高的樹幹上結著纍纍果實，椰葉在頂端搖曳。市集裡椰子多，走著看一攤攤的椰子，就像海浪一浪翻一浪滾來，接近到腳前。唐效和我，不但在市集站著喝椰子水解渴，更常坐在海邊沙灘露天咖啡座上享用椰子汁；點畢飲料，見小孩子猴子似的，嗖的一下，立即竄上了椰子樹巓，以手上的刀子砍下一粒青皮的果實；一會兒的工夫，綠色的大椰子，上端被削出一個洞口，插入吸管送到面前。海風輕輕拂面，吸吮透明的椰汁，微甜清涼的汁液，含蘊大自然新鮮的幽香，緩緩順食道而下，帶給我無限的放鬆、愉悅與舒暢。

桑給巴爾島的市集裡，還有許多迷人的香料。

拜 Mitu 教導之賜，我能在攤子上辨認出香草（vanilla）的果莢，呈細長型，長度約十二公分；果莢中所含的香草精，經過殺青、發酵、烘乾、陳化，可以製成香氣濃郁的甜品香料。輕撫過香草果莢，彷彿香草冰淇淋在嘴裡剛剛融化開來。

能一眼認出阿勃勒樹成熟了的褐黑色果莢，長約三十～六十公分，一．五～二．五公分寬，爲長棍棒狀不開裂莢果，一年成熟，莢果分室，每室有一粒種子，呈扁圓形有褐色光澤，種子有甜味，Mitu 講可做口香糖。

阿勃勒樹花開時節，滿樹一串串黃色的花朵，紛紛下垂，在陽光下閃爍、在風中搖曳彷若黃金，故亦稱黃金雨。我在台灣見過阿勃勒樹，曾爲它花色的嬌美久久立於樹下讚嘆，卻不知它的果實另有妙用。

認出人心果不難。小時候鎮上的水果攤偶然有賣，買回堅硬的棕色倒卵型果實，放置米缸中催熟，柔軟後食其褐色漿肉，比蜜糖還甜。

桑給巴爾島市集裡人心果多得不計其數，攤上的果實都已成熟柔軟，可見是當地人喜愛的食物。

人心果樹的汁液稱爲「樹膠」，是製造口香糖的主要原料，市集裡倒沒見賣。

我還能認出可可樹成熟的果實，形如蘸滿黃色顏料的毛筆，內有幾十粒種子，果實收後發酵數日，會產生濃郁的香氣，剝開果肉取出紅褐色種子即可可豆。

靠著香草、可可豆、阿勃勒種子的香氣，椰子、人心果、紅香蕉等的甜味，桑給巴爾島市集深深的留在我的腦海裡，永不遺忘。

威尼斯的市集

威尼斯位於義大利東北部，主城區建於離海岸四公里的淺水灘上（平均水深一．五公尺），以鐵路、公路、橋梁與陸地相連。由亞得里亞海岸威尼斯潟湖的一一八個小島組成，一七七條水道、四〇一座橋將其連成一體，以舟相通。

世界上僅此一個水上都市。我坐在前往威尼斯主城的輪船上，眼看建築物漸近，仙境一般。登臨島上，到處是橋與橋間行走的人們，縱橫交錯的水道裡：船夫優雅划行呈下弦月形狀的剛朵拉船（Gondola）；偶然出租快艇破浪，飛駛而過；或是水上巴士不慍不火的沿岸滑行。這兒沒有汽車，沒有汽油柴油的污染；這兒遺世獨立，所以沒有賊。

當威尼斯的露天市集遠遠的一小角映入我的眼簾時，就聽到嘈嘈切切、大珠小珠落玉盤的人聲傳來，嗯，是個人群活躍之處。再略走近些，看清鱗次櫛比、色彩鮮豔的布篷，混合層次分明的蔬果色澤，止步了，多美的畫面，先畫一幅素描再遊觀。

市集裡菜攤的蔬菜、番茄、青椒、紅椒、西葫蘆瓜、大黃瓜等個頭特別大而且奇形怪狀、色彩多變，知道是土地裡自然無拘長成的結果；不像荷蘭的蔬果，整齊劃一的形狀、相同顏色和大小，全是溫室裡嚴格控制培養出來的產物。義大利涼盤：橄欖油煎烤蔬菜片，內蘊豐郁滋味甜鮮，應該就是醜怪外貌蔬菜賦予其獨特清香的新鮮氣味吧！

除了蔬菜攤吸引我的目光之外，幾攤海鮮更令我喜愛：擺在檯面上的魚種類多，每條魚身鱗光閃閃、鰓色鮮紅、頭部眼睛清亮；各式各樣的貝殼分別成堆，外殼覆蓋光澤，蠔、淡菜、蛤蜊、海螺等不必說，還包括我非常喜歡的海瓜子和蟶子；而大盆裡、水箱中的生猛游水魚、活螃蟹及龍蝦，更讓「吃貨」的唐效和我興奮雀躍。

離海鮮攤幾步之距就是一條水道，有石階可供上下。看見漁民搖櫓把船渡過來，也見到漁民駕駛小馬達漁船停到石階旁，提了剛打撈回來的漁獲遞交給小攤老闆，這種景致實在迷人。

站在攤前，看人來人往買賣魚鮮，羨慕至極。真想買一些到中國餐館請廚師代爲烹煮，可是人生地不熟，拉不下臉來請求，若遭拒絕豈不尷尬；只有期望於未來，當下與唐效做出決定：下回遊威尼斯，一定事先租好附帶廚房的公寓或旅館套間，每天上市集買蔬菜海鮮，親自烹調，大快朵頤一番。

這裡的市集還有一道難忘的風景，就是攤販本身。女性多是圓胖豐滿的大媽，男性多是矮胖強壯的大叔，卻個個行動利索；他們嗓門大，臉上散發樂天知命、自然憨厚的容顏。目睹他們每分每秒皆活力充沛，積極正面過日子的神情模樣，銘記在心，多麼溫暖動人的圖畫啊！

歐洲海港邊的魚市集

抵達挪威西南海岸的伯爾根市（Bergen）。

千里迢迢從台灣飛到美國轉到西歐再北上挪威，原本是衝著城市北方布呂根老區瓦根灣而來，主要爲追尋十八世紀早期重建的中世紀風格木屋；其次是緬懷現代戲劇之父易卜生：他一八五一年被推薦入卑爾根劇院任編劇和舞台主任，開始職業劇作家生涯。作爲作家、導演，他在此地居住六年，參加了一百四十五部戲劇的製作。伯爾根期間他雖沒寫劇，但後來寫出《玩偶之家》、《野鴨》等二十六個劇本，皆因在此工作獲得許多實際經驗，幫助很大。到此重踏他的足跡，更堅定自己寫作的意志。

可是，走進沿著海港畔的一大片露天魚市場，立即暫時將赴伯爾根的目的遠拋腦後。

數十攤的海鮮篷攤，每個攤子既有新鮮的魚貨，更有煮熟的海鮮，尤其螃蟹殼盛裝堆滿剔好的雪白蟹肉，更叫我食指大動；不問價，二話不說花錢買了一個吃將起來。一大口一大口吃下扎實有彈性的蟹肉，實在鮮嫩甜美滿嘴生津；忍不住續一個後又再買一個。如此大量享受純粹的蟹肉，眞夠奢侈有勁。回想及至今日，只有在伯爾根吃到這般豐美無欺的蟹肉，後來在其他國家港口露天魚市，少見以蟹殼裝盛剝出蟹肉的熟食，即使有分量也極少，且摻雜蔬菜絲、蛋黃醬等，純美的海鮮之味完全無法比較。

法國諾曼地、布列塔尼地區沿海，許多小漁村臨著港口設有露天魚攤，幾個魚攤連接排成一直線，氣味和海港的味道揉混，空氣中飄散著略帶鹹度的魚腥味。

在這裡看到最多的是淡菜，紫黑色貝殼形狀的淡菜堆積成小山。與比利時、荷蘭海鮮攤所賣大粒肉肥的淡菜不同，這裡的淡菜顆粒小貝肉也小，吃起來像啃瓜子似的，頗

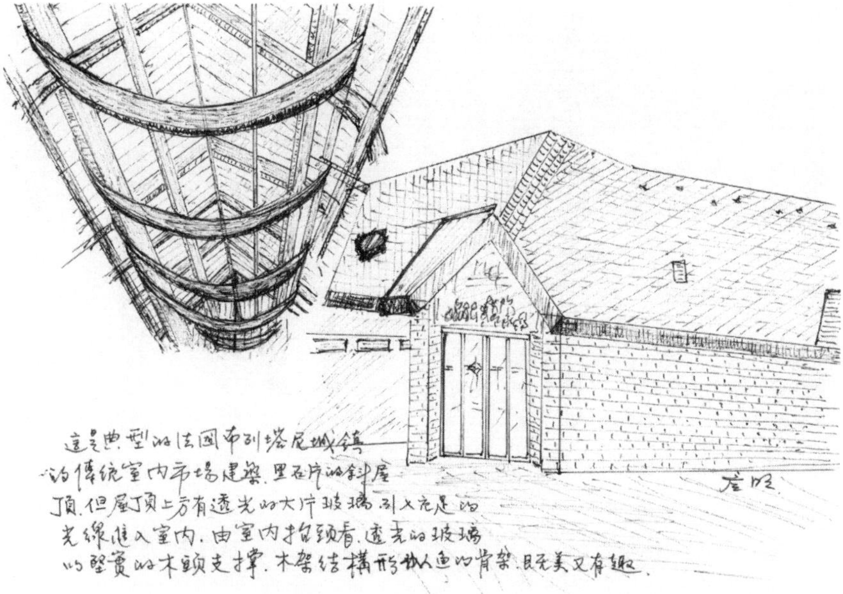
這是典型的法國布列塔尼城鎮
的傳統室內市場建築．黑石片的斜屋
頂．但屋頂上方有透光的大片玻璃引入充足的
光線進入室內．由室內抬頭看．透光的玻璃
以堅實的木頭支撐．木架結構形如人魚的骨架．既美又有趣．

有遊戲的趣味。於是，吃淡菜不像吃正經的海鮮餐，反倒像無所事事吃零嘴逍遙度閒日。

比利時臨北海的奧斯登（Oosdent）小城，沿著內港傳統魚市場的兩側堤岸上，搭設海鮮攤，綿延長達一公里多。

海鮮攤販賣各種海鮮沙拉、夾海鮮的棍子麵包、炸魚、燻魚、煮蝦、煮螃蟹等。與其他地方海鮮攤最大的不同處，幾乎每個攤子旁邊都放有一桶瓦斯氣罐，開著小火，上面放個大深鍋，鍋內以白葡萄酒和洋蔥粒、芹菜粒、胡椒煮著蝸牛肉。買一小碗六~八粒蝸牛，大碗十二粒，加上熱騰騰的湯汁。煨了長時間的蝸牛肉，肉質柔軟，慢慢咀嚼，能品味出逐漸釋放出的酒香與芹菜、洋蔥的氣味；飲湯汁則是蝸牛肉與白葡萄酒、洋蔥粒、芹菜粒、胡椒融混的奇妙滋味，醇美迷人。

在比利時首府的布魯塞爾的露天市集，也總會有一、兩個攤子賣這種煮蝸牛。煮蝸牛，應算是比利時獨特的小吃美食，也是我在比利時留學生涯的愛戀之一。

重慶偏岩的露天市集

偏岩位於舊重慶通往華瑩的故道上，清乾隆二十四年建場爲鎮。二十世紀九〇年代末，自重慶搭乘公車前往，山路顛簸，人在座位上左右搖晃、上下振動，需折騰一個多小時方能抵達。

唐效的先祖自廣西入川定居偏岩，父輩爲了革命遠離家鄉。唐效生於成都，直到中年終於說服父親帶領返回故里尋根。

漫走偏岩鎮：北邊有岩壁懸空陡峭，黑水灘河緊緊環抱古鎮，河水澄清緩緩自青石橋下流過、盤根錯節的雄偉老樹遍布河岸，枝葉繁茂綠蔭遮天蔽日、街道建築純樸幽雅；雖經數百年變遷，依舊古鎮風情：臨水人家後門有小石梯與河灘相接，男人河中取水、女人河畔洗衣、小孩河裡戲水。

唐效與我立刻被這古樸自在的風土人情打動，問父親：「怎麼從沒告訴我們，老家是座漂亮的古鎮？」父親不以爲然答道：「古鎮，沒錢整修就成了古鎮。」

露天市集位於古鎮的中心，一大塊空曠的泥土地上。

這兒眞熱鬧，豬叫、雞啼、鴨呱呱，趕集的山裡人把豢養的家禽關在竹籠裡提到鎮上，把田裡種的蔬菜、紅薯、深山中採得的草藥背到鎮上，希望賣個好價錢。這些山民個個膚色黝黑，歲月在他們臉上刻畫出深深的皺紋，手腳粗糙；但也正是歲月的淬煉，他們神色平和說話毫無火氣，一副「好歹日子這樣過就是了」的認命。

這個市集裡最有趣的貨品當數菸葉了。不少老頭坐在市集邊大樹前的低矮石牆上，有一句沒一句的聊天閒話，金黃色的菸葉成捆放在各自身前的地上；每片菸葉有A4紙那麼大，甚至更寬大些。

老人說，田地播下種籽，約一百日可採收荷葉般大的綠色菸葉，用鐵絲拉線穿過菸葉的葉脈吊在竹竿上曝曬後，再置放菸樓裡去燻烤烘乾；烘製時需日夜看緊爐火控制火候，才烤得出上好的菸葉。

我拿過一張菸葉放近鼻下聞嗅，主要聞到的是火的氣味，菸味反倒極淡，要很仔細的嗅了又嗅，才會自火味裡竄出來。

黃昏時刻，特意再經市集廣場，眾人與貨物皆已散去。菸葉賣出了多少？不能得知，讓我一直記掛至今。

超級市場

荷蘭超市面面觀

超級市場是一般荷蘭人最常去採購食品及民生用品的地方，也是我最常光顧之處。

住家小村沒有商店，我大多去村前的考克鎮採買。兩萬多居民的小鎮開設有七家超級市場，分散在住宅集中的北邊地區、中心與南邊。

荷蘭人節省，不少朋友習慣先看廣告，得知那家超市有降價貨品就往那兒跑。當然也有「很酷」的朋友，認定質量最高的超市，物品價格貴一點也無所謂。唐效和我的荷蘭媽媽最為講究，在她眼中超市的物品原本屬於次等，她早年只光顧專門小店：水果蔬菜專賣店、海鮮店、肉鋪；後來，小專門店一家接一家倒閉，她不得已只好上超市，大嘆美好時代不再。

我挑選上考克鎮內不同的超級市場，並非爲降價品，而是爲特色食品。多年的經驗，得出結論：

購買奶製品得遠征考克鎮最北角的 Jumbo 超市。因乳醣過敏，我吃一般奶製品會引發腹痛的問題；鎮上各超市中唯有 Jumbo 設專櫃，賣數種不含乳醣的奶製品。

既然採購了奶製品，順手買一包切好薄片的滷牛舌解饞；再走到水果區。水果架旁邊放置了一台專榨柳橙汁的機器，讓顧客自助，現榨果汁裝瓶；自然要玩玩機器，並帶走一大瓶100%的新鮮橙汁。曾經買過該連鎖超市中央廚房熬製的龍蝦湯，湯汁濃郁鮮美，買兩次後不再看見，詢問工作人員，說停產了，大爲遺憾。

ah 超市臨近火車站，有人說它是荷蘭有錢人的超市，貨品種類多，質量好。我倒覺得它價錢挺合理的，也常推出極好的特價商品。

譬如它自製的蘋果派，原已價廉物美，還常常降價優待顧客，二歐元就能買個直徑十五公分的圓形蘋果派，不買太對不起商家了。巧克力蛋糕雖不便宜，但以比利時巧克力爲原材料，香甜可口，是饕客的好點心。它的早餐燕麥糕是我的最愛，柔滑潤口帶有燕麥特有的氣味，家中不能缺貨。

加了法國普羅旺斯省香料的整隻雞，買回家放進烤箱烤熟，香味四溢，雞肉嫩而味道豐富。唐效與我一向對外國烤雞不太感興趣，因爲多半雞隻外皮烤得金黃好看，雞肉本身卻不入味，且經常烤得過度，肉質乾柴，難以下嚥。唯獨 ah 的普羅旺斯省香料烤雞屬於例外，我們兩人一餐可吃掉一隻全雞；但，故意留下一塊純雞肉，撕出一碗雞絲，連同烤出的雞油汁炒飯，香氣四溢；雞骨架加上黃瓜熬湯，既有雞的鮮味又有黃瓜的清香。一雞三吃，既塡飽了肚子又滿足了口慾，絕對値得。

夏天，水果架上外皮光鮮的酒紅色杏桃，是家中必備的水果。ah 的杏桃來自西班牙，又大又甜，非其他家超市可比。

鎮中心商場內有一家超市，名叫 Em-Té，規模頗大，日用食品種類齊全。由於停車後需走一段路才到得了，我即使進去逛一圈亦很少購物，說穿了，懶得提。

考克鎮南邊及北邊住宅區內各有一家 Lidl 超市。南邊的 Lidl 先開張，生意興隆；這地點原先開過好幾家連鎖超市，貨品不錯卻吸引不了顧客，住宅區內的居民寧可走遠到鎮中心去購物，導致這位置的超市頻頻易主，直到 Lidl 入駐。

荷蘭 Lidl 超市屬於德國連鎖超市系統，但針對荷蘭人的生活習慣需要而布貨，與德國境內 Lidl 的貨品有些差異。例如酸模派是其一，德國 Lidl 有，荷蘭 Lidl 沒有。酸模派的麵皮裡包裹厚厚的、淺粉紅色的酸模醬餡，顏色好看，味道帶點微酸卻又甜蜜。一個二十五公分直徑的圓形派，標價二歐元多，如此價廉的美味糕點不買也難。當然，荷蘭 Lidl 銷路極好的比利時火腿肉片，在德國 Lidl 則遍尋不著。

Lidl 的貨品沒有其他超市種類那麼多，擺架也沒有其他超市那麼漂亮；但，Lidl

Lidl超市每天烤新鮮的麵包。
麵包架就在入口處。一進超市
就是剛烤好麵包的香氣。
麵包分裝在玻璃格裡。
自己取紙袋選取。
我最愛其中的方形南瓜
籽麵包。拿它做早餐。
日日吃。從不厭倦。
蘋果餡餅也好吃。酥脆
的外皮內是一塊塊烤軟的
蘋果。不能常買。因糖油。
唐效

標榜，凡能在其超市買到的物品，必定質量好且價格低廉。

質量好、價格低廉，爲 Lidl 帶來了人潮，不單考克鎮南區住宅區居民樂於光顧，鎮裡其他住宅區和周邊小村居民紛紛刻意前往。因此，當北邊住宅區的超市決定歇業時，Lidl 在那兒多開了一家。由於空間寬大，北邊 Lidl 的物品比南邊種類多，更設置了烘焙房，現烤麵包，隨時有新鮮麵包出爐，我自然捨棄離家較近的南邊 Lidl，往略遠的北邊 Lidl 超市採購去了。現烤麵包裡，南瓜籽麵包，咬下去，每口皆有幾粒香脆的南瓜籽；蘋果餡酥皮麵包，咬下去，烤融的蘋果泥混合糖漿流入口中，甜蜜柔軟，加上油潤香酥的外皮，是唐效和我的最愛。

Lidl 物品除了價美，標榜蔬菜、水果特別新鮮。眞不是自吹，連續獲得幾年的最佳品質獎，包括去年在內。或許是人流多，進貨的蔬菜、水果賣的速度快，容易保持新鮮度；因此，只要能在那兒買到的蔬菜、水果，我盡量在那兒採購。

這家超市生冷箱裡有急凍的鮭魚排，兩塊魚排包裝成一盒，是我固定採購的食材；總在自家冰凍櫃保持一至兩盒的存量，以備不時之需。這鮭魚排解凍方便，拿來煎、烤、清蒸、紅燒，與豆醬湯同煮，甚至熬粥，營養且滋味鮮美。

新鮮的豬里脊肉質量好，拿來做肉片湯及水煮肉片，百吃不厭。新鮮的豬肉香腸調味恰到好處，蒸熟後切塊，與洋蔥同炒，加醬油燜煮，是下飯佳肴。

此外，調好味的五百公克裝雞翅，買回家略添加海鹽、韓國及印度辣椒粉，烤出或煎出的辣雞翅，成爲家裡別致的零食，看電視影片時拿來啃，感覺特別享受。

Lidl 超市不定時推出一家法國食品公司製作的半成品牛排、羊排、野味或是甜點，不論那一種，只要按照包裝上的說明烹調，都能成爲法國美食。想偷懶又想吃法國餐時，是極討好的選擇。

Lidl 的橄欖油、巧克力、礦泉水、運動飲料、廁所用紙、面紙、洗髮液、沐浴乳、洗衣精等，都是高品質卻價錢便宜的商品，省去了我到家用雜貨店挑選的麻煩。

結帳時，只要櫃台有五位以上顧客在線上排隊，立刻增開新結帳台，絕不讓顧客久候。

超級市場能做到這麼靈活、有吸引力，顯示出經營理念與運作方式的成功，非常不容易。

鎮圖書館旁有一家 Aldi 超市，它與 Lidl 類似，屬德國連鎖超市系統，亦不講究貨架上的陳列，走物美價廉路線。

Lidl 入駐考克鎮前，我是 Aldi 的忠實客戶。Lidl 設點初期，我仍遊走於兩超市之間採購。

直到有一天，我走進 Aldi 購買一盒半成品的義大利千層餡餅及一袋十卷裝的廁所紙；付帳時，收銀台職員態度不友好的指導我，說：「要懂規矩，即使單買一個物品也得推購物車。」這是什麼規定？沒任何一家超市有此規矩。從此之後，至少三年時間，Aldi 成了我的拒絕往來戶。最近，思念起它的半成品義大利千層餡餅，比其他家的產品鹹淡調味要恰到好處，才重新踏入。可是再見 Aldi，已不習慣它的貨架物品次序，也無心去弄清，匆匆取了千層餡餅即付款離去。

離家最近的超市，名叫 Jan Linders。從村口沿河堤直走一公里，然後拐個彎就到了，非常方便。我很少進這家超市，除非去買只有這家進貨的一種全麥餅乾（唐效固定的早餐食品之一），或烹飪中途急需添補某種調料。

這家超市連續奪得荷蘭最佳超市的榮譽，我卻對它興趣缺缺。為何捨近求遠？仔細分析：或許平日不出門，一旦出外就希望盡量走遠些，滿足外出的心態；也或許是曾經一回，在這家超市的停車場內，失神將其他顧客的一部汽車撞壞，從此有了心結吧！

德國超市的特色

周末時，唐效與我會就地利之便，過邊境到相鄰德國城鎮的超市遊逛採購。

德國人的飲食習慣與荷蘭人有異，德國人習慣吃豬肉，超市豬肉特別多，豬腳從不缺，也有豬絞肉；荷蘭超市見不到賣豬腳、絞肉只賣半豬半牛絞肉，或是牛絞肉，見不到純粹的豬絞肉。荷蘭超市不賣鴨肉、鵝肉，德國超市的冰櫃裡總有整鴨、整鵝待沽。要買鴨肉、鵝肉，德國特色的豬腳、白香腸，必得上德國超市。此外，許多德國人選擇油菜籽提煉的菜籽油做為食用油，各德國超市都有供應；荷蘭人不吃菜籽油，荷蘭超市自然尋無其蹤影。

德國麵包混合多種穀類麵粉，做得扎實，唐效說有嚼頭，非常喜歡；荷蘭麵包相較之下，質感鬆軟，他評說好像吃空氣。每次去德國超市，我們總會選一、二條適合口味的麵包，帶回家。

或許地大人多的關係，德國大超市的面積往往比荷蘭大許多，貨品種類更豐富，價錢更便宜，身置其中更能享受被眾多食物及日用品擁抱的富足感。因此，許多和我們一樣鄰近邊界而住的荷蘭人，常選擇去德國超市採買，爲德國的經濟做出貢獻。

法國、比利時超市的吸引力

偶爾因度假或陪唐效公差，開車去比利時、法國，返家之前，我們一定光顧他們的超市。

在法國超市當然要買在荷蘭見不到的、不同口味的法國乳酪；尋找摻雜橄欖片以橄欖油烘焙出的橄欖麵包；以純豬腿肉冷燻製成的香腸、豬雜碎調製而成的香腸等；但，主要還是購買法國葡萄酒——紅、白、粉紅葡萄酒，裝滿整個後車廂，回家慢慢品味及贈送朋友。

進比利時超市呢，除了選切一些火腿肉片（阿登納山區製作的火腿肉片特別美味），最重要是採買啤酒（比利時的啤酒種類多，味道濃郁香醇），尤其修道院釀製的啤酒，各有各不同凡響的獨特風味，令人回味無窮，盡可能的買全。滿載比利時啤酒而歸，尚未飲卻已有醺醺然陶醉的愉悅。

台灣超級市場的美食

飛台灣探視父母，返回荷蘭前，雙親居家附近的超市不可不去。逛著超市，嘆惜我所愛的肉鬆、豬肉乾、牛肉乾、香腸等肉類食品不許攜帶入關。效喜歡的傳統老牌煎餅、綠豆糕、羊羹、蜜餞、豆腐乾，這些零食皆不遺漏，各買幾包，好在異國聊解思鄉之愁。

欣喜發現，我異常偏愛的台灣綠竹筍、桂竹筍，居然處理好，真空包裝擺在冷藏的蔬菜架上，保存期長達一年。對我而言，這簡直喜從天降，當然能多買就多買，能多帶就多帶。如此，我在荷蘭家裡的餐桌上，能吃到綠竹筍沙拉、排骨鮮竹筍湯、桂竹筍絲炒肉絲，真是幸福洋溢。

成都超市購買川味食品

陪唐效在成都探望公婆。所住的小公寓，位於中心熱鬧的紅星路、春熙路附近，幾家大超市都在步行幾分鐘、十多分鐘的距離上。飛返荷蘭之前，分別跑不同的超市，而且連跑好幾次，拎回各式各類的補給品：郫縣豆瓣、熟油辣子、花椒、乾辣椒、草果、家常豆豉等正宗川菜調料，榨菜、碎米芽菜、白菜腐乳、湯圓心子、楠竹筍乾、川明參、木耳等食材，川味花生、豆乾、核桃片等零食。一定裝滿皮箱才甘心。

旅行逛超市的重要目的

去到其他語言文字不同國家旅行，下機之後，我總是盡快尋找到當地超市，進去閱讀重要食品、日用品的標牌，對照實物記下用語，以應付未來數日所需，非常實用；順便購買幾瓶礦泉水，少許水果、糕餅備不時之用。

超級市場是我生活中不可或缺的一部分，也是我遊逛不厭，充滿意趣的地方。

大賣場

荷蘭有三個供應食物及日用品的著名大賣場，分別是：Makro、Hanos 及 Sligro，皆需持該賣場發放的專用卡才能入內購物。Makro 服務對象以公司行號、餐飲業者爲主，Hanos 與 Sligro 則以服務餐飲業者爲重心。公司行號、餐飲業者在此購物商品可以預先免繳增值稅。

Makro，中文名叫「萬客隆」。二十世紀九〇年代，台灣曾有過萬客隆大賣場。萬客隆在台灣設的點倒是對全民開放，初開業盛極一時車水馬龍，不料數年後卻營運不下關閉了。萬客隆位於郊區，起先百姓覺得有大停車的購物大商場新鮮有趣，逐漸發現與日常生活的步調與需求不合，何況物品價格不便宜，就不再光顧。

Makro 在荷蘭本土卻越開越旺。據調查資料，雖然它的物價不便宜，甚至比某些超市、商店價錢高一些，但是它平日營業時間長，星期日亦不休業，物品種類多且齊全，停車方便不需停車費（不少城鎮停車得付費或有二小時免費停車的時限）；因此，不少持有進場卡的荷蘭人寧可多花一點錢，換取購買過程的方便和愉悅。

十多年前，一對好友夫婦成立個人小公司獲得兩張 Makro 購物卡，每張卡規定攜帶兩人入場，友人把其中一張贈送我們。那時，距我們家開車二十分鐘的奈梅根市工業區內的 Makro 連鎖賣場尚未開業，我們得開車約一小時才有 Makro 賣場，偶然去一次，對不愛逛街的愚夫婦等於逛個街看個新鮮，並不覺得有什麼特別要到那兒才能購買的物品。

唐效成立公司，Makro 自動寄發購物卡申請表。這時，奈梅根市的 Makro 已經營業，海鮮部分有別於其他連鎖賣場，種類眾多是其特色，唐效與我經常光顧。在這裡可以買到平時在海鮮專門店、市集魚攤難得見到的海鱸魚、蟶子、花蛤、游水龍蝦、活螃蟹，有回工作人員甚至拿出整箱的大閘蟹。

進了賣場，除了購買海鮮，順便把蔬菜、肉類、奶製品、早餐的穀類食品也買了。後來，因懶得逛街，連換新電視、咖啡機、電腦打印機、衣服鞋襪全在那兒置辦，幾年下來也覺得挺省事的。

但，待進了餐飲業者的大賣場 Sligro 之後，一日，我突然感覺 Makro 的食品普通，價錢又貴，就自然而然地轉換陣地，很難得再進去 Makro 了。不過，若有中國大陸朋友來訪，想購買男士襯衫，我還是領去 Makro；雖說賣的男士襯衫不是名牌，但是質量好，特別是遇到降價季節，打五折甚或低至三折二折，與大陸這種高質量襯衫的價格差價極大，絕對値得。

Makro 大賣場內：食品、飲料、廚具、家電、兒童玩具、服裝、臥室用品、花園工具、旅行物品、辦公用品等，與平日生活有關的器物全有，五花八門；相較之下，Sligro 大賣場貨品單純多了，單賣食品和廚房用具。

會進到 Sligro 純屬意外。我跟隨開餐館的朋友去過幾回 Hanos（也是供貨餐飲業者的大賣場），看見肉類、海鮮花樣多，尤其可以買到高級純正的美味鵝肝醬，還能買到新鮮鵝肝回家烹調，對身爲吃貨的我而言，吸引力太大了。當然，日後得知肥美的新鮮鵝肝，是用殘忍餵食得出的飼養鵝脂肪肝，便盡量不再食用，這是後話。

記得唐效與我迷戀油煎新鮮鵝肝的滋味時期，能弄到 Hanos 購物卡是我朝思暮想的期望。唐效的公司剛成立，我們立刻去奈梅根工業區與 Makro 右側相鄰的 Hanos 連鎖賣場辦公室遞出購物申請表。

Hanos 規定嚴格：餐飲業者（不論店大店小、人員多寡）只要有工商登記紙證明，皆可得到購物卡；而一般公司行號，則必須擁有十二名以上員工，業主方可有資格擁有其購物卡。唐效公司初始只有八名員工，申請立即被拒。

這時，Makro 左側的 Sligro 連鎖賣場，剛剛重組大做廣告，它的性質與 Hanos 相同，供應餐飲業的食品和廚房用具，申請購物卡的要求卻不嚴苛，餐館、公司行號不論大小，只要是負責人就具有資格；唐效便去要來了購物卡。

第一次與唐效踏入 Sligro 大賣場，眼花撩亂，太多太多吸引我們的特殊食材與新奇食品，有如進入人間天堂，滿心幸福喜悅。

依荷蘭語的發音，我把 Sligro 翻譯成中文爲「使力割肉」。因爲，每次進入這個大賣場，便不惜大花銀子；明明自己被大塊大塊的「割肉」，卻被剮得心甘情願，故稱其「使力割肉」。

成爲 Sligro 的常客之後，唐效與我的飲食水準一下子提高了起來。Sligro 不但貨源講究，而且還每月出版雜誌，提供食材資料、編寫食譜教育客戶，我們極爲受教，從而深入研究食材，並且經由食譜激盪出創新發揮。

每周光顧 Sligro，很快的輕車熟路：一進門是擺放洗滌劑、打包用品、餐巾紙這些物品的貨架，不看，直接穿過。進入軟飲料、啤酒區，也不停留；荷蘭出產的啤酒，我在住家旁邊小鎮的超市就近購買；德國啤酒過德國專門店採買；比利時啤酒則去比利時挑選（但安特衛普生產的 Seef 啤酒爲例外，這個牌子這幾年幾乎摘光了世界各種啤酒大賽的頭籌，Sligro 有貨供應，順手取買非常方便）；英國啤酒由唐效公司合夥人從倫敦開車運來。接下來是烈酒、紅白葡萄酒區，也難得停下。我們旅行多，烈酒多從機場免稅商店挑選；荷蘭白葡萄酒，在我們小村及馬斯垂克的酒莊購置；德國白葡萄酒，開車去德國摩澤爾河生產地，成箱成箱的購買運回，存放地窖；紅葡萄酒與粉紅酒，趁每年去法國出差、度假之便，裝滿後車廂攜返。

基本上，我們逛 Sligro 的路線，大多直奔到蔬菜、水果冷藏室。這裡有一盒、一盒的食用花，看見美麗繽紛的花色，已先心曠神怡。在這部門，我主要是挑選特殊的野菇，外皮黑色、細長被稱爲洋牛蒡的婆羅門參，紫皮、紫心的特種馬鈴薯，新鮮青綠的羅曼沙拉菜，整箱精選的西班牙大柿子，陽光曬乾的油浸義大利番茄乾，以及稀有的新鮮調味香料葉；其他一般常見的蔬果就不在這兒多花錢了。

緊接著目力集中於肉類區，這兒可是要花費許多時間做研究並選挑。

與平常肉鋪最大不同之處，Sligro 的肉攤賣西班牙黑蹄豬的新鮮肉和伊比利亞生火腿肉。伊比利亞血統黑蹄豬放養於西班牙西部德埃薩山區牧場，終日吃橡樹果實長大，遠比其他豬肉的肉質腴嫩且味道香甜。Sligro 也賣荷蘭林堡省飼養的修道院豬屠宰後的豬肉，這種豬肉雖比黑蹄豬肉的鮮美差幾個等級，還是比平常的豬肉美味許多。

牛排種類不少，來自美國、巴西、阿根廷、澳洲、紐西蘭、愛爾蘭的不同部位的牛排，我們幾乎全嘗試過，沒有讓我們眼睛一亮。它的德州牛排不及我們在美國、德國吃到的味道，愛爾蘭牛排也不及我們在德國一處超市找到的愛爾蘭總匯牛排（club steak）（肉質肥嫩，味道豐郁）。

至於羊肉，Sligro 從紐西蘭、愛爾蘭進口的小綿羊肉，不如我在土耳其商店購買的羊肉味鮮，或許因爲屠宰方式不同之故?!試買過一次後就回到土耳其店採購了。可是，剛剛推出小山羊肉，宣稱是難得的肉品（過去歐洲人不吃山羊肉的）。唐效和我去到 Sligro，試吃了低溫烤過、再以橄欖油略煎的小山羊肉串，驚訝其特別柔嫩的質感與特殊鮮美的羊味。禁不住誘惑，隨即買了兩長條小山羊排回家烹調，再次回味，重新細賞其別致的肉味。從此，在土耳其店買小綿羊排，在 Sligro 購小山羊排，對此分配頗爲自得。

雞肉品種不少，包括比一般雞價錢貴的法國紅標雞——在法國特殊地區、特殊方式飼養的高質量雞；甚至偶爾見到價格嚇死人的法國布烈斯雞——以奶粉和精細的天然穀物爲主要飼料飼養出的雞。去年，負責肉品的工作人員向我推介荷蘭北部放養的小公雞，宰好的子雞比一般雞幾乎小三分之一，價錢多出一倍餘。我買回家，烹製「白斬雞」，入口即品嘗出皮脆肉嫩，還帶有嚼頭與濃甜的肉味，一點不輸台灣放山雞製成白斬雞的滋味，大爲歡喜。自此，只要去 Sligro，必看有無荷蘭子雞賣？若有貨源，常買兩隻或三隻，才足以解饞。

冬天，Sligro 的肉櫃非常精采迷人，推出種類繁多的新鮮野味；野鴨、野鵝、雉雞、野鴿、野豬、野鹿、野兔等。美國德州來的野豬排爲其中翹楚，以橄欖油煎熟，略撒些海鹽，烹調簡單，卻實爲人間難得的美味。

除了生鮮的肉品，Sligro 的肉攤還供應不少肉類半成品。燻鴨胸肉，極獲我心，但，最令我嘖嘖讚賞的是「法國油封鴨」，以鵝油油封製作的鴨腿，真空包裝，買回家加熱後即可食用，呈現入口即化的質感與香甜。

另外，貨架上各類肝醬琳琅滿目。只是欲買之時，常因擔心造成膽固醇高的風險而放棄；還是偶爾上餐館時點做前餐，略略解饞吧！

Sligro 大賣場裡的海鮮攤，可說是我的最愛。

舉例而言吧！它賣的鱈魚不一般，是長了五年，從冰島洄游往挪威準備產卵的鱈魚。冰島水域的海水存活一種浮游螯蝦 krill，和一種細長型約二十公分的小魚 lodde，冰島鱈魚以這些群聚的小魚蝦爲食，魚肉因此味道較甜美，不像一般的挪威鱈魚沒什麼鮮甜味道。Sligro 賣的是海釣獲得的鱈魚，釣起後第二日已擺在店裡的魚櫃上了。據工作人員的說法：使用魚網捕撈的鱈魚容易受傷和死去，不及海釣的鮮活完整。

一日，看到 Sligro 供應北極鱈（Skrei）的廣告，馬上飛奔前去。

挪威北極鱈對挪威人而言，相當「新生鯡魚」之於荷蘭人。Sligro「試吃園」的廚師烹調北極鱈，先將海鹽、黑胡椒粉撒在魚柳上，再以麵粉沾裹，然後用橄欖油煎熟，與蒸熟的古斯米（couscous）一同裝盤。我嘗試後，並不欣賞其味道：魚肉質感好，但鮮味被黑胡椒搶走，而且古斯米搭配沒起到相互提攜的效果。

我認爲失敗的食譜不足借鏡，還是回家自己琢磨做法爲是。取一部分北極鱈魚柳清蒸，入口，立即感覺魚肉鮮嫩中隱含有勁的彈性，比冰島鱈釋出更多滑潤的魚油感和香甜多層次的魚肉味，實乃難得上品。

另一片北極鱈魚柳，以橄欖油（可加熱至攝氏二一〇度的產品）煎至金黃，熄火，撒上美國猶他州山脈開採出的橙色甜鹽。品味，似乎比清蒸更突顯原味的鮮香和肉質的潤滑彈性。假若評分給冰島鱈九十分，北極鱈則接近一百分了。

北極鱈平時生活於北冰洋的巴倫支海，每年一~四月交配期，洄游挪威海岸至Lofoten 產卵孵化幼魚，成爲傳統的捕撈季節。這期間挪威有道名菜「MØlje」，是將北極鱈魚肉、魚卵、魚肝分別烹製，再放同一餐盤的特殊美食。可惜 Sligro 不賣北極鱈的魚卵與魚肝，思想至此，突然心中一動，或許該在季節飛去挪威見識「MØlje」，饕餮一番，眞正過個癮。

在 Sligro 賣場，我能買到最頂級扁平外殼的生蠔，淡菜的質量也勝於其他地方。新鮮干貝眞正新鮮，鮭魚可以做一流的生魚片，其他：海鱸魚、梭鱸魚、龍利、鯛魚、鯰魚（荷蘭人將兩種不同的野生鯰魚交配，培育出的新品種，在北布拉邦省大量養殖）的供應，均有講究。每次站在魚攤前，我不免遺憾家中只有兩口人，不能盡情多買。

海鮮攤還提供盒裝的法國馬賽魚湯，內容豐富，調味極佳，加熱後即可食用，是我喜愛的 Sligro 美食。龍蝦濃湯雖無龍蝦肉，蝦香深郁餘味繚繞，亦爲所愛。海鮮攤進貨的燻鮭魚有好幾種不同品牌，製品分別來自阿拉斯加、蘇格蘭與挪威等不同國家，味道差距頗大，我較偏愛阿拉斯加與蘇格蘭的產品。

賣場內擺有許多冷凍櫃，櫛比鱗次排成兩大長條，櫃內的海鮮比新鮮海鮮攤上的品種多數倍，但我們沒興趣，偶爾買一袋蝦仁放家中凍箱，以備萬一之需。

冷凍櫃旁邊放了一個玻璃水箱，水裡有生猛的龍蝦及螃蟹。龍蝦是從北海捕捉來的，螃蟹則來自法國。其中一隻龍蝦雖僅剩一螯，卻列歸非賣品，視爲海鮮部門的「鎮攤寵物」。

轉到專賣乳酪的部門，乳酪繁多：一年熟、二年熟和三年熟的都有，有軟的也有硬的，味道由淡至濃臭均不缺，選擇性特別多。找得到做乳酪火鍋的瑞士乳酪，也有與番茄搭配的水牛乳酪。聖誕期間更製作兩種特殊節慶乳酪：以英國 Blue Stilton 乳酪泡波特酒、Blue Shropshire 乳酪泡威士忌酒而成的酒味乳酪，前者呈酒紅色、後者呈奶黃色，不單顏色美麗，乳酪在口中慢慢融化的質感與氣味，實在美不勝收。西方人說，乳酪是上帝送給人類最好的禮物；我願意說，泡波特酒的 Blue Stilton 乳酪與泡威士忌酒的 Blue Shropshire 乳酪，是 Sligro 爲唐效和我準備的最珍貴的聖誕禮物。

這個餐飲業的專賣場，販賣有世界頂級的各類食用油、特殊鹽、米、義大利麵條、各種稀奇古怪的香料、茶、咖啡、巧克力、餅乾……。我逐一嘗試、品味。發現 Sligro 挑選的巴黎廠家製造的多種口味馬卡龍，是迄今我吃過最棒的馬卡龍，外殼乾脆內餡柔軟並有濃厚的堅果香氣，口味純正不會甜膩。它所供應，混合堅果與無花果烤成的法國普羅旺斯麵包，正是人間美味，入口即欲罷不能。吃 Sligro 賣的法國普羅旺斯堅果麵包，完全是味蕾的享受，相對之下，吃其他的麵包彷彿變得只是果腹罷了。

走在 Sligro 的食品架之間，就像穿梭在寶藏庫裡，往往捨不得離開。

每有新產品出現，Sligro 會推出試吃活動；另外，每一大類食品攤前，總會有一至

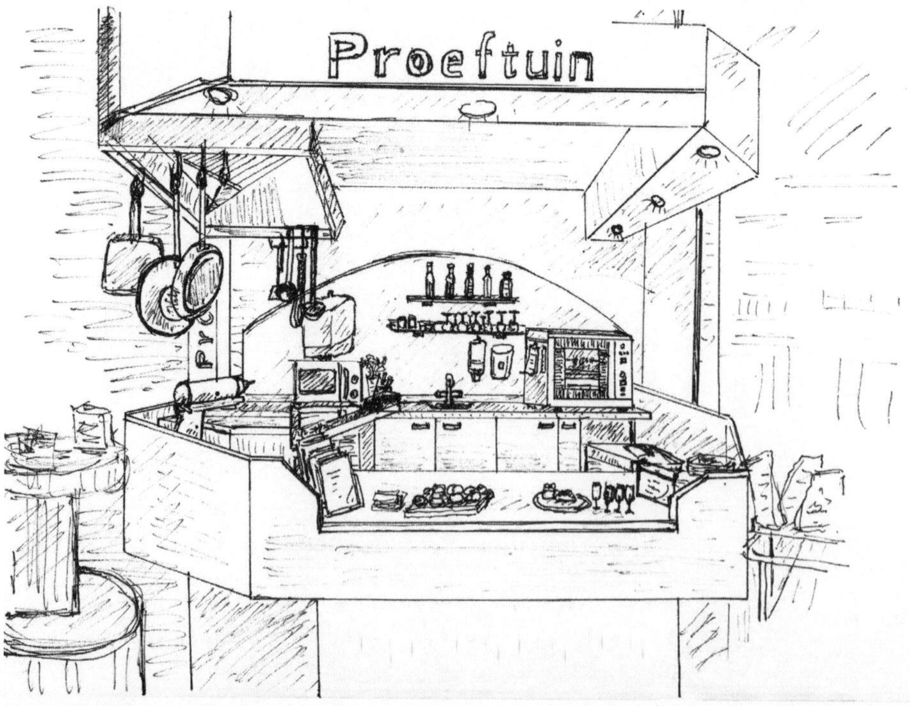

二種促銷商品，烹調好裝在盤裡、鍋中，任顧客自由取食品味。唐效和我經常東吃一口、西嘗一下，待逛完一圈已經吃得肚圓了。

Sligro 賣場裡設有個小餐廳，免費提供顧客咖啡、茶、巧克力、軟飲料和沖泡的速食熱湯。早上十點半以前推出二歐元的廉價早餐，包括法國麵包、牛角麵包、煮雞蛋、火腿肉片、乳酪片、果醬、果汁與咖啡。一份早餐裡有五種不同口味的熱麵包，外酥脆內鬆軟，好吃極了。其他時間小餐廳也賣各種簡餐，經常變化，推出新花樣，食譜配搭照片放在桌上可免費取走；這些餐食，賣相美、味道佳，價錢便宜，食材皆可在賣場中買全。唐效和我認爲，這是很聰明的營銷手法，刺激餐飲業者不斷翻新餐單，同時促銷自己的產品。

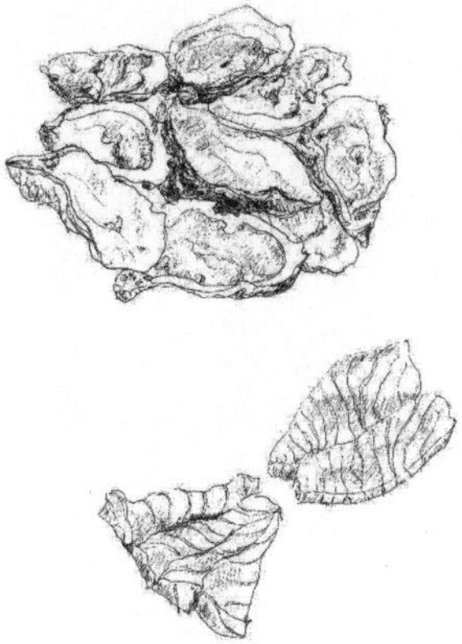

（右頁）Sligro 設有試吃園，每週推出新的食材烹調。
（左頁）Sligro 賣場裡的海鮮攤，魚貨非常新鮮。逛累了，也可坐下來喝一杯免費的咖啡或濃湯。

悅。

每周去一次 Sligro，離開時總會買不少特殊食材來烹調，享受做爲饕餮者的愉悅。

成爲 Sligro 的顧客後五年，一日，唐效問我：「公司員工已增加到幾十人了，要不要幫妳去申請一張 Hanos 的購物卡？」想也不想，立即回答：「不必！我有 Sligro 已經滿意了！」

獨特的商店

爲了取得特殊的食材當然得上獨特的商店。在獨特商店尋找特殊的食材，像尋找寶藏，心中不斷湧動急切渴望的顫動。

風車磨坊

沿馬士河河堤出聖・安哈塔村往考克鎮，得先通過個十字型馬路。馬路口左邊聳立著一座風車。

Jan van Cuijk 風車始建於一八六〇年，風車名字與建築年代清晰的顯示於形同帽子的蘆葦草頂邊沿上，見證它一百四十多年的歷史。古老的風車曾廢棄多年，一派垂垂老矣的殘燭姿態。二〇〇一年夏天，史蒂凡・威廉斯替下寬上略窄的圓柱形車身漆白色油漆，車身上幾扇窗戶的木框，細薄內框漆黃色、寬厚外框漆紅色。黃色、紅色在白色上醒目亮麗，讓風車重振雄風，展現顧盼光彩的精神，史蒂凡把祖先留給他的遺產還了魂。

每個星期六早晨九點半，史蒂凡踏上風車底座土坡，觀看風向，而後移動絞盤輪，牽引楨桿、車尾與撐臂，將風葉轉移至迎風的方向開始轉動。隨即，步入風車車身，把一大袋、一大袋的穀類，傾倒入磨斗中，借風力帶動翼桿和翼板，啓動軸承、引動輪、頂軸、齒輪、制動器、升降器、起重器、中心軸和石磨，將穀物磨成細粉，經由輸送管流入麻袋。

他將風車磨出的各種穀物粉，混合成許多不同成分的麵粉：普通麵粉、精麵粉、蕎麥粉、油煎薄餅粉，以紙袋盛裝出售，每袋重一公斤；兼賣特製發酵粉與考克風車餅乾。風車工作至下午一時停止。

看見輪轉的風車葉，我常就近繞到風車來買麵粉烙餅、做蛋糕、餃子皮。相信剛從磨石磨出的麵粉，比超級市場賣的麵粉品質好，每次不買多以保證新鮮。這樣烙出的餅子、烘焙出的蛋糕、擀好的餃子皮，質感當然不一般，且多了麥香。

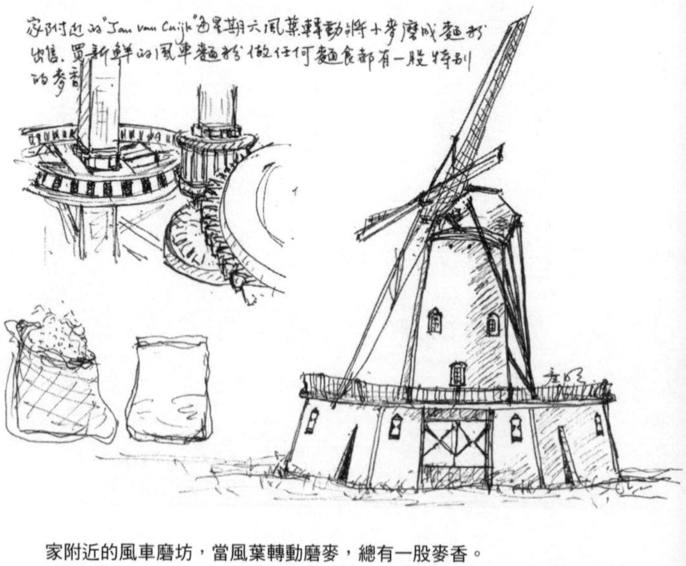

家附近的風車磨坊，當風葉轉動磨麥，總有一股麥香。

在磨坊裡總會遇到一些父母領著孩子來看風車磨麵粉，我喜歡追逐孩子們流露的欣喜眼神、傾聽他們不斷的好奇提問。這是童年幸福的一部分。

站在風車下仰望風車葉旋轉，明明捲起花粉在空中飄散，在我眼中卻已幻化成捲著麵粉飄散，多麼美麗、多麼富裕！

土耳其商店

考克鎮上住了不少土耳其與摩洛哥人，要認出他們很容易，不僅外貌不同，而且裝束相異，婦女多身穿長袍、頭裹圍巾。

鎮中心有一間土耳其語學校，周末聚集了許多學習母語的土耳其小孩。小鎮北邊建了個清眞寺，規模雖小，卻撫慰了他們的心靈。

聚集了一定數量的土耳其、摩洛哥人，鎮上自然開起了賣土耳其烤肉餅（Doner Kebab）的小店、土耳其咖啡店、理髮店、裁縫鋪以及土耳其雜貨店了；不過要上土耳其餐館還是得去相距十五公里的奈梅根城。

我初到小鎮時，鎮中心與鎮北各有一家土耳其雜貨店，規模皆小，貨品倒五臟俱全；只是顧客有限，兩家同樣的店顯然多了，極難經營，常換老闆。終於在公元二〇〇〇年後數年，鎮中心的土耳其雜貨店關閉了。鎮中心雜貨店老闆不單把北邊的雜貨店頂下來，而且把緊鄰的一家店面也拿下，擴大成一家大土耳其商店。地方寬敞了，貨品內容增加了，客人開心，尤其鎮北乃土耳其人居住的大本營，他們走路便能購物特別方便，從此店主一家獨大，安心經營。

每星期我至少上一次土耳其雜貨店。家中一直買土耳其米，煮熟後吃起來質感與台灣的蓬萊米相像。這兒蔬菜、水果彷彿比荷蘭超級市場看起來新鮮一些，而且有許多當地超市沒有的品種，有些甚至與台灣產品類似。

十多年前，荷蘭人不懂西瓜，只有土耳其店才買得到從店主祖國進口的大西瓜。十幾歐元買一個兩公斤重的西瓜，雖說瓜甜沙脆，花錢心痛，必吃到接近西瓜皮實在啃不動了才停口。最近幾年，荷蘭果商大肆宣傳推廣西瓜，現在夏天一到，各超市都有西班牙進口的西瓜，西瓜瓤既沙又甜且無籽，一個約一公斤重兩塊多歐元，我買得歡天喜地。適應競爭情勢，土耳其店的枕頭西瓜，雖然賣價早降下來，可是畢竟是有籽西瓜，吐籽麻煩，何況西瓜過大，無法放入冰箱；爲享受冰鎮西瓜的清冽，遂不再選買。

土耳其商店可以買到不辣口的青色小尖椒、紅根綠葉的土菠菜、十公分長的小黃瓜、味道似台灣A菜的土耳其沙拉菜、香菜、茴香等。春末夏初，有黃橙多汁的枇杷果；夏天，石榴果又大又紅。虔誠信仰伊斯蘭教，土耳其店牛、羊、雞肉的屠宰方式不同，賣的形式也不同，我喜歡在這裡買羊腿，剔下肉來烤羊肉串，羊排拿來

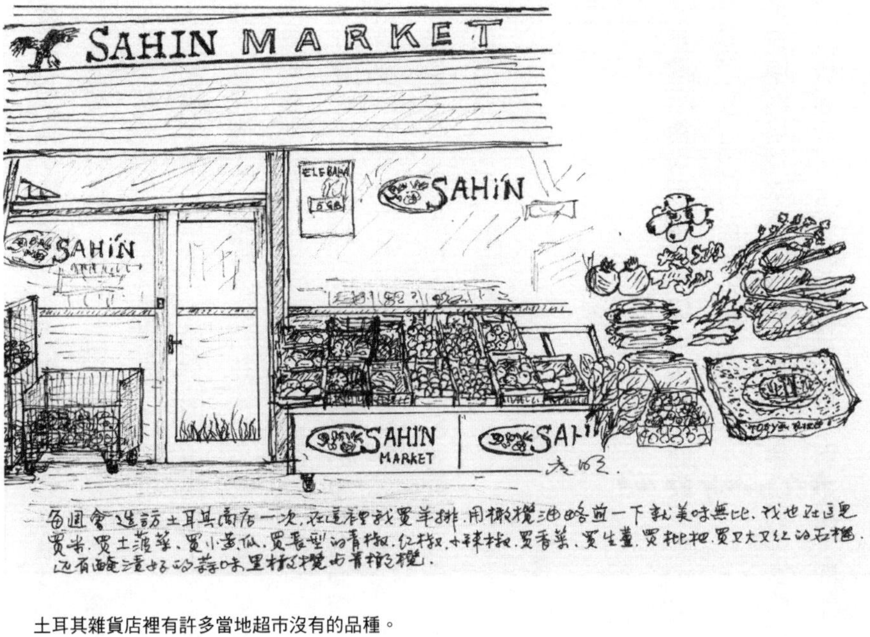

土耳其雜貨店裡有許多當地超市沒有的品種。

煎，羊頸肉、羊排骨混合熬湯；順便捎一些牛肉，回家切絲爆炒。此外，醃製的蒜味橄欖是美味小食、芝麻圈麵包齒唇留香、石榴精醋別有風情、蘋果茶粉沖泡出的蘋果茶芬芳可口……，都是道道地地的土耳其口味。

既然土耳其商店的物價，平均起來比一般荷蘭超市便宜不少，做為精打細算的家庭主婦，我先踏進土耳其商店，選購入眼的蔬菜水果及肉類，然後才轉赴荷蘭超市，購買其他短缺的食物和家用品。

二〇一五年春，小鎮中心又新開了一家規模相等的土耳其商店，新店老闆看來頗有來頭，神采意氣風發，請來考克大行政區的首長爲開幕剪綵。北邊土耳其商店一家獨大的好日子明顯過去。我去購物，感受到了顧客數量減少了，老闆夫婦仍然親切招呼，但我在他們的笑容裡讀出隱藏的憂慮。

屠宰場

荷蘭每個小城、每個小鎮均規畫出一塊工業區招商設工廠，增加地方稅收、方便當地居民工作，對於城鄉的均衡發展極有幫助。

跑過不少國家，荷蘭的居住水準難得的平均，很難看到極富的地區與極破敗屋舍的差距，幾乎到每個城鎮鄉村，看見的都是大房子與小屋子間雜，但不論面積、體積的大小不同，建材都好，也都整理布置得有格有調。

考克鎮的工業區裡有好幾家與食品有關的工廠，幾家與工業鑽石的應用有關，還有車行、電纜、電腦公司、石材場、園藝工具與自助建材賣場等。唐效原來在工業區中的工業用鑽石公司E6任職，E6隸屬於戴比爾斯（De Beers）鑽石的工業部門。二〇〇八年，E6決定停止荷蘭分部，光學部門遷回英國靠近工業總部，其餘部門結束。唐效不忍心自己研發多年的成果從此消失，便和同事 Clive Hall 合作，把熱沉部門買了下來，成立 Mintres 公司自己經營，繼續研發並生產。

二十年，唐效在住家與考克工業區來去，注意到必經的工業區路線上有一家屠宰場 Derks，每周四、五開放對外營業，把訊息轉達給我：「妳去屠宰場商店，或許可以買到一般肉店沒有的豬牛特殊部位。」

這一發現，改變了我在荷蘭多年買肉的習慣，成爲 Derks 忠實的主顧已有十多年了。

配合荷蘭人的生活飲食習慣，荷蘭一般肉店與超市不賣豬絞肉，只賣純牛絞肉、豬牛各半的混合絞肉，若想要豬絞肉得先買豬肉再請肉販代工，而很多肉店和超市不做這項服務；Derks 屠宰場的周四、五商店，卻永遠可以買到一公斤包裝的豬絞肉，一包一包整齊排列存放於冷藏玻璃櫃內一角。

在這裡，我可以買到一般荷蘭人聞之側目的豬耳朵，師傅還會幽默問道：「想

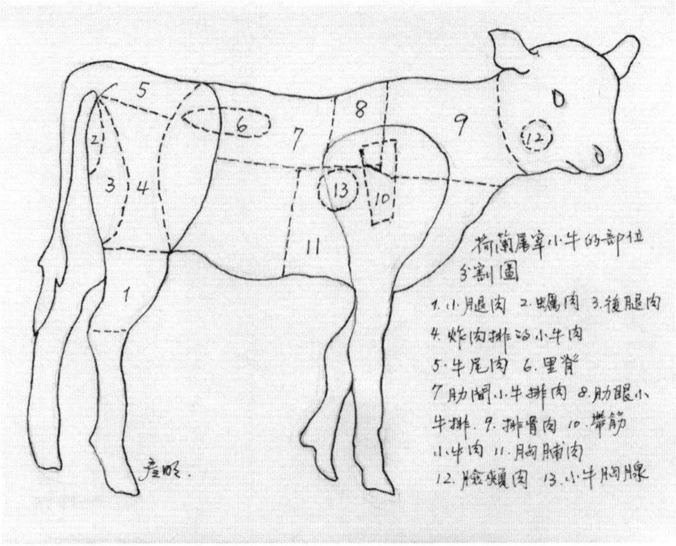
荷蘭屠宰小牛的部位分割圖
1.小腿肉 2.蠾肉 3.後腿肉
4.炸肉排的小牛肉
5.牛尾肉 6.里脊
7肋間小牛排肉 8.肋眼小牛排. 9.排骨肉 10.帶筋小牛肉 11.胸脯肉
12.臉頰肉 13.小牛胸腺

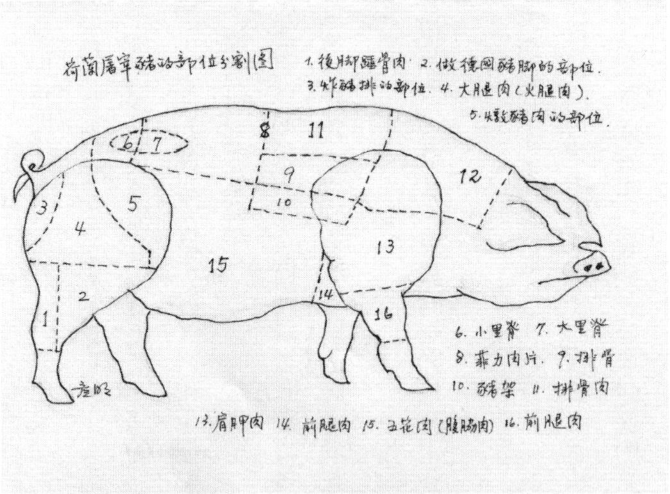
荷蘭屠宰豬的部位分割圖
1.後腳踵骨肉 2.做德國豬腳的部位.
3.炸豬排的部位. 4.大腿肉(火腿肉).
5.燉豬肉的部位.
6.小里脊 7.大里脊
8.菲力肉片. 9.排骨
10.豬架 11.排骨肉
13.肩胛肉 14.前腿肉 15.五花肉(腹腸肉) 16.前腿肉

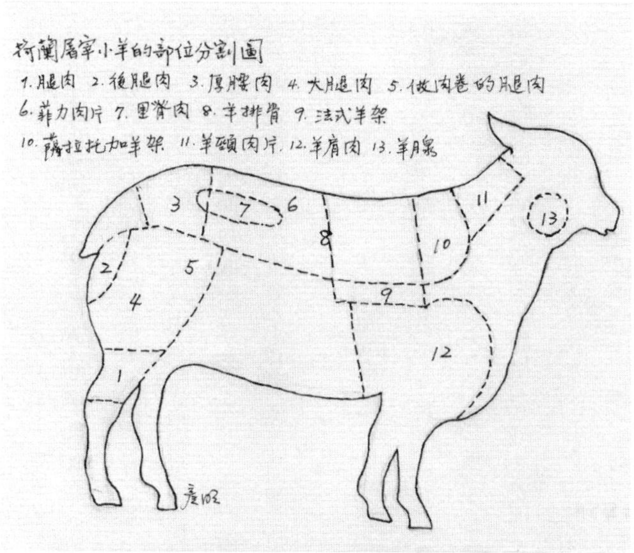
荷蘭屠宰小羊的部位分割圖
1.腿肉 2.後腿肉 3.厚腰肉 4.大腿肉 5.做肉卷的腿肉
6.菲力肉片 7.里脊肉 8.羊排骨 9.法式羊架
10.薩拉托加羊架 11.羊頸肉片 12.羊肩肉 13.羊腮

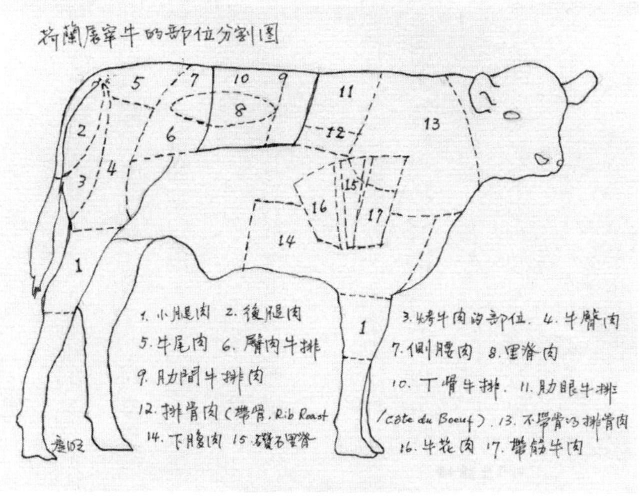
荷蘭屠宰牛的部位分割圖
1.小腿肉 2.後腿肉
5.牛尾肉 6.臀肉牛排
9.肋間牛排肉
12.排骨肉(帶骨, Rib Roast
14.下腹肉 15.礦石里脊
3.烤牛肉的部位. 4.牛臀肉
7.側腰肉 8.里脊肉
10.丁骨牛排. 11.肋眼牛排
/côte du Boeuf). 13.不帶骨的排骨肉
16.牛花肉 17.帶筋牛肉

屠宰場裡的牲畜切割圖。

要左耳還右耳？」可以買到唐效點名的二刀肉做四川回鍋肉；二刀肉指屠夫旋掉豬尾巴那圈肉後，靠近後腿的肉，因是第二刀故稱。這塊帶皮肥瘦肉搭配的部位，是正宗回鍋肉用料，炒出的質感味道確實有特色。

荷蘭人屠宰豬牛的刀法與分類和中國人不同，但去到 Derks，只要說明清楚，工作人員總樂於滿足我的要求。可以在 Derks 買到做糖醋排骨的豬排骨，並按期望的大小切斷成小塊。可以指明買製作萬巒豬腳的豬下蹄。買豬肥幫肉，沒問題，只是我得收下一大塊整個臉頰肉，回家自己慢慢把肥幫瘦肉一小塊、一小塊的整理出來；剔著肥幫肉，我無奈的嘆氣：荷蘭屠夫不如比利時屠夫，還沒學到吃肥幫肉的學問哩！

屠宰場商店買肉最大的優點，即肉類新鮮價格便宜。Derks 買的肉燉湯、紅燒、煎炒烤，似乎都比超市及肉品專門店味道來得香美，有些部位價格甚至可以少到三分之一。但是，我到 Derks 消費卻省不到錢，因爲一進店鋪，各種烹調肉類的想法開始在腦子裡活躍起來，於是要這、要那，買一大堆，幸虧家中有個大冰櫃存放。

親友勸說：「吃太多肉類對身體健康不利，少買少吃吧！」

我笑道：「趁能吃時盡量吃，努力節制大半天後，眞得病了，想吃也不能吃，多遺憾！」

最近接觸到一種自然食品健康療法，最核心的理論是：食物要吃得均衡，吃的方法要對。這健康療法提到飲食次序，一日三餐每頓食物要均衡，肉包括在內不能欠缺，且第一口應該吃肉。

這種飲食方法深得我心，想著就舒坦，吃肉因而吃得理直氣壯。

有機商店

Anica 是考克鎮上唯一的有機商店，躲在中心一條名叫 Tuigleerstraatje 的偏僻巷子裡。

巷子早年曾是小鎮製革工業群聚的地方，故名之，意思是「皮革機器小街」。巷道前與教堂街交接口有個很深很寬的大型拱門，爲何製革之處要設七八公尺寬的門洞？我一直想不明白。門內緊接一露天方型小廣場，通向僅容二人並行的小巷，巷子兩旁製革房舍相接，不同的小空間做不同的用途。巷子另一端銜接鎮中心的主街。不少老機器保留下來，擺放在拱門內、小廣場、巷子中央（特別闢出約四平方公尺的空地）、毗臨主街口的空地上，其中幾台機器甚至是荷蘭僅存。我很喜歡到這條小巷子遊逛，每回看到巨大的鞣皮機、壓製機、浸泡桶等，即沉浸於充滿歷史的想像趣味之中：彷彿工人們仍穿著圍裙、塑膠靴子忙碌地工作。大約十年前，露天展示的製革機器全被拆除，據說有的捐贈給了博物館。從此，再走這條巷子總是悵然若失。

小巷子裡有兩家小店，一家是咖啡店兼賣土耳其烤肉餅和披薩餅，少見人光顧，我看店裡黑暗也沒敢嘗試。另一家就是Anica有機商店。

Anica店面不大，目視大約四十平方公尺吧！麻雀雖小五臟俱全，從新鮮蔬果、奶製品、麵包餅乾糖果、穀物豆類、豆製品、飲料、食用油、調味料、乾果、營養品、咖啡、茶、洗浴乳、香皂、染髮劑、清潔劑、面霜、防曬油、蠟燭、芳香劑、一些藥品，如：過敏藥、止痛藥、簡單的外用藥等，都能在這裡找到，而且價錢比一般超市貴得不多，或許多幾毛錢，或許多一、兩塊錢。

台灣或中國大陸有機商店的顧客，從另一層面來說，好像是有經濟實力者的代名詞，物品價格比一般商店可能多一半、一二倍甚或更多，貴得離譜；但在荷蘭，進入有機商店感覺主要是爲特殊體質者、或某些對農藥具有不可抗拒心理恐懼者、或堅信自然主義者服務的商

考克鎮上唯一的有機商店，Anica。

店。當然，這得感謝政府對食品質量嚴格的檢驗和控制，以及農家、廠家自覺自愛的結果。

Anica 有機商店每周一至六，在皮革機器小街默默的營業，開店時間燈照明亮溫暖，主要由兩位中年婦人輪流主持銷售，數十年如一日，她們臉上永遠帶著安詳寧靜的微微笑意，迎客送往，絕不干擾觀看選購，若有需求則立即協助。

荷蘭因乳牛擁有盛名，生產的牛奶品質好價錢便宜，可惜我被診斷有奶製品過敏問題，多年來無福享受鮮美的早餐牛奶，只有喝自製的豆漿。一般荷蘭超市不賣黃豆，想當然耳，前往鄰城的東方雜貨店購買，直到一次，發現店中販賣的黃豆，每個袋子裡總摻雜一些發霉的豆子，心中不安，再加上讀報導警告注意基因改造黃豆的問題，遂不敢再進東方店購買。打探後得知，原來我一直捨近求遠，鎮上 Anica 就有得賣，從此黃豆質量有了安全保障，何況店鋪在家附近，不必備存貨，隨時可採買較新鮮的產品，更加歡喜。

造訪 Anica，主要是購買黃豆，但一踏入店裡東張西望的結果，難免多買一些感覺稀奇與獨特的物品。曾經買到香草，一根黑褐色的豆莢，形如一把細長的小彎刀，我把它放在廚房裡，時不時的取來看一看，放鼻子下聞一聞，香草的甜氣與芬芳便吸入體內了。

南美巴西生產，宣稱完全手工榨取的一〇〇%蘆薈汁，味道特別純美清甜，價錢也不貴。

最近則買到一條一・五公分厚、十二公分長、上寬一・五公分下寬三公分呈梯形的「生巧克力」（raw chocolate），索價二・九九歐元令我咋舌；因爲平日買一盒四百五十公克裝的比利時巧克力，也不過這價錢，甚至更便宜一點。何謂生巧克力，乃製巧克力的溫度不超過攝氏四十五度，其中所含可可成分不得少於75%，據說是有益於身體健康的食品；不像一般巧克力，需經攝氏一百多度以上加熱再製，可可成分少，奶及糖的成分極多，是爲甜品，純爲口慾的快樂而對健康無益。買一條生巧克力來試嘗，果然可可的味道濃郁純正，餘香裊裊，價格卻實在貴，自己雖愛其味，畢竟捨不得再買來自己享用。八十多歲的荷蘭媽媽最愛巧克力，買各種不同口味的「生巧克力」做爲伴手禮送她，倒是最受歡迎、最貼心的見面禮。

每回返台灣，我必在 Anica 選購母親想給孫輩吃的葡萄乾、早餐的沖泡穀物等；父親、婆婆皮膚老化乾癢，針對預防皮膚過敏，我也在 Anica 尋找合適的洗髮精、沐浴液及護膚乳。

Anica 的存在對我而言，除了必需的黃豆，久而久之反成爲探親訪友添置蜂蜜、果醬、蠟燭等禮物的美好去處。鄰近居家擁有一家有機商店 Anica，是幸運亦是福氣。

乳酪農莊

休曼（Heumen）、魏享（Wijchen）與奈梅根三地交界，有一大片森林與草場，草場上坐落一戶農莊——迭歐和伊娜（Theo & Ine Hopman）經營的迪爾弗特乳酪農莊（Kaasboederij de Diervoort）。

原本是數百年歷史的傳統農莊，耕種、飼養雞鴨豬與牛羊，直到一九七〇年，承傳至迭歐父母，做出重大改變開始飼養乳牛。一九八四年，迭歐協助父母牧養乳牛，並經營起作坊生產乳酪。一九九六年，迭歐和伊娜夫婦繼承產業，興起新的主意，一九九七年五月乳酪農莊的商店正式開業了，販賣自製各種口味的車輪狀乳酪，以及附帶的奶製品：全脂牛奶、無脂牛奶、酸奶、香草味的軟布丁（vla）、巧克力奶和凝乳（kwark）。

我稱爲軟布丁的 vla，是具荷蘭特色的奶製甜品，以一公斤牛奶加四十公克玉米粉、糖、蛋黃與少許奶油調和煮滾後放涼，就變成濃稠的美味甜食。價錢便宜又好吃，是有名的荷蘭學生請客甜點。

凝乳，即新鮮乳酪。鮮牛奶加入乳酸菌和凝乳酶，使牛奶的pH值逐漸下降至四・六，待奶中乳蛋白沉澱後，就會出現白色嫩豆腐般的凝乳。

乳酪農莊商店有一面牆，目測約四公尺高、十公尺長，牆上等距釘了十層木板架，長架子上整齊擺放黃色蠟膜包裹的車輪乳酪，包括傳統口味的年輕乳酪、中度乳酪與老乳酪，另外則有義大利香料口味的、法國普羅旺斯香料味的、蒜香的、農家口味的、丁香味的、青椒味的、辛辣味的……，全是作坊調味製造出的乳酪，具有獨家風格。自產乳酪，在農莊商店櫃台上永遠能看見擺兩三盤不同口味的乳酪，乳酪切成一．五立方公分的小方塊，堆滿盤子，方便顧客試吃；顧客要求嘗試其他特殊味道的乳酪，伊娜會大方的切下一大片。

喜歡迪爾弗特乳酪農莊的乳酪，覺得原味乳酪中牛奶的氣味格外濃厚香醇。最常購買直徑十五公分、四公分厚的小車輪型年輕原味乳酪，送親友當禮物很受歡迎。完整的小車輪乳酪，一次吃不完，我會提醒親友將剩餘的切好分裝在食物保存袋裡，放入冰箱的冷凍室，想食用時取出，放置一小段時間退冰就可吃了。送禮給特別癡愛乳酪的朋友，我會選四、五種不同香料配方的乳酪，請伊娜切取（自車輪乳酪的圓心切出三公分寬的長三角型）再眞空包裝，如此在一般室溫下可保存六星期。

迪爾弗特乳酪農莊的位置好，離高速公路交流道不遠，與奈梅根城擁有大量民宅的 Dukenburg 區僅一座陸橋之隔，又緊鄰規畫了散步道、騎馬道的自然保護樹林區與湖區，周末及假期遊客不少，農莊商店的奶品生意越做越好，販賣的產品範圍便增加了，但都保持農家作坊的特色，有：麵粉、麵條、餅乾、堅果、果醬、蜂蜜、紅酒、白酒、雞蛋、生凍牛肉、季節性水果、蔬菜等。

前兩年，迭歐和伊娜把商店旁邊一間五十平方公尺的空房整理裝修成咖啡屋，典型的荷蘭農家裝潢，放置木桌木椅，桌面鋪紅色方格子檯布、放一盞小蠟燭、一小瓶新鮮草花，供有興趣的過客喝杯咖啡，或熱湯，或乳酪、果醬夾麵包。有次我領二三好友，先在商店購買了七、八種不同口味的乳酪，再坐到咖啡室，點了鮮奶、麵包，同時把乳酪分切了，吃得不亦樂乎！

陪唐效出差，不論去德、法、英、美或台灣、中國大陸，或自己探親訪友，行前一日我必前往迪爾弗特乳酪農莊採購。仔細一想，這個本土的農莊小鋪不知不覺還爲荷蘭做了不少外交宣傳哩！

蘆筍農莊

白蘆筍，潔白如玉，荷蘭人稱其「白色的金子」，可見珍愛。

每年四月下旬至六月下旬是白蘆筍收穫的季節，荷蘭各市集、超市蔬菜攤上放置著不同粗細、不同價錢的蘆筍，買菜的婦人多會選購一些回去。各市集、超市賣的蘆筍，切口已乾，外皮亦失光澤，我看不上眼；買蘆筍當然得到蘆筍人家的作坊裡，那兒蘆筍可是每枝水靈、水靈地光潔滋潤。

春天土壤解凍之後，不少農地隆起了一列列四十、五十公分高，五十、六十公分寬的長土堆，四月初這些土堆覆蓋上了一層黑色厚實的長條塑料布。一般而言，四月二十日之後，一批批的東歐工人，男男女女湧了過來，專門來幫忙收採蘆筍。這段季節，除了空曠牧場上悠閒吃草、隨處坐臥的牛羊，民工挽籃持細彎刀弓腰挖割白蘆筍的畫面，則是荷蘭北布拉邦省東邊、林堡省特殊的田園風景。

未收割的蘆筍莖尖，只要衝出地面接觸陽光，白嫩的芽尖即會轉變成粉紅色，雖說味道沒甚差別，身價卻因此一落千丈。歐洲人執著於無瑕白玉、象牙白的蘆筍美，仔細想來其實是挺無聊的吹毛求疵，但已約定俗成。蘆筍工每日清晨掀起塑料布，見到剛衝出土隴的蘆筍嫩尖，即以刀具撥開沙土，挖出約十五公分長的蘆筍莖尖丟入提籃，再重新將塑料布覆上。翻起、覆蓋黑色塑料布必須快速，盡量減少陽光照射；觀看白蘆筍收成便像觀看海浪，一波接一波湧滾過去，工人手腳熟練，動作呈現急快板的節奏，虎虎生風非常好看。

我居住的北布拉邦省與馬士河對岸的鄰省（林堡省）是荷蘭白蘆筍的主要產區，附近蘆筍田延綿。每年四月下旬至六月下旬蘆筍季，居家附近河流兩岸，到處可見蘆筍農莊出售蘆筍的廣告招牌，餐館紛紛推出全套蘆筍大餐，還有專門針對蘆筍田而規畫的參觀旅遊路線，蔚爲一景。

自一九九三年入住蘆筍產地，我即以自家做爲起點，由近而遠挨著蘆筍農莊採購，比較品質。前十三年，我一家接一家的探訪採買，直到二〇〇六年，開車二十多分鐘去到史蒂芬貝克小村（Stevenbeek），買了「美味蘆筍」（Lekker Asperges）蘆筍專業戶的蘆筍之後，便視其爲固定買家不再遊蕩。

成爲固定買家一年後的某個周末，唐效陪我同去採購白蘆筍。見到精神奕奕、笑臉迎人的瘦高男主人，唐效很自然的說：「我太太非要大老遠開車來這裡，說你種出的蘆筍就是比其他人家生產的美味。」

男主人眉毛一揚，以讚賞的眼神歡快的看我，對唐效點頭道：「你太太確實有品味，我家生產的蘆筍得到蘆筍比賽冠軍獎，許多家米其林星級餐廳都在我這裡訂購。」

以前我並不知道布魯斯家的產品拔得頭籌，且一向是多家米其林星級餐廳的供應商，無大量生產，不賣給超市，僅在自己家與女兒家附設的小店銷售；待知道來龍去脈，不免對自己味覺的挑剔與敏銳有幾分得意。

引用主人頓與瑪莉巧．布魯斯（Teun en Marietje Broess）夫婦的話：「或許上帝特別眷顧，送給我們一塊最佳的蘆筍田。」面對住家與作坊正前方十五公頃蘆筍田，土質特別疏鬆，能讓蘆筍毫不費力直挺伸長，而且是富含某些特殊微量元素的砂質壤土，加上陽光、水量適切、管理得當、採收及時，生產出的白蘆筍經專家盲試後，評審為品質最佳，奪得第一名。

誇讚蘆筍好，布魯斯先生聽後高興極了，從冰櫃取出一冰盒遞過來：「送你們試吃看看，這是我請星級廚師製作的蘆筍濃湯。」回家，將凍結成冰塊的蘆筍濃湯加熱，入口果然蘆筍清香與奶油的濃馥混合得恰到好處，鹹淡適宜，味蕾非常享受。

這蘆筍濃湯是由馬士河畔布里埃南餐廳（Brienen aan de Maas）主廚雷諾．布里埃南（René Brienen）和他領導的廚師團隊製作的。雷諾嗜愛蘆筍的滋味，所以把餐廳設在維爾（Well），位於蘆筍產區之中，每逢蘆筍季自然推出各式他精心設計烹調的蘆筍餐。二〇一〇年著名的烹飪專業雜誌——《季節性烹飪》雜誌（*Culinaire Saisonnier*），介紹了雷諾和他的餐廳，封雷諾為「真正的蘆筍大使」，自此聲名大噪。熬煮蘆筍濃湯並不難，似乎人人都會做，但雷諾製出的蘆筍濃湯喝起來卻特別迷人，因爲他的手法不張揚，用最樸實的烹調方式突出好白蘆筍的原始美味。試吃蘆筍濃湯後，整個蘆筍季我去「美味蘆筍」農莊小店，除了買新鮮白蘆筍，一定兼帶冷凍蘆筍濃湯。

次年白蘆筍季開始，問布魯斯先生：「今年有濃湯賣嗎？」「有，我太太自己熬的，我覺得特別好喝。」他得意的回答。

晚餐上湯，才入口效與我皆皺眉，再喝數口，兩人嘆氣批評了：湯料豐富，但用力過猛，味道太鹹而混濁，完全是做給勞動者吃的厚實粗湯，絕對管飽；相較起來，星級廚師雷諾的蘆筍濃湯，味道顯出了一種難能可貴的滑潤高雅。

再隔一年，見布魯斯先生忍不住問：「今年還有濃湯？是你太太做的嗎？她放的材料很實在，不過我覺得放多了。」他毫不介意批評，笑著：「今年濃湯還是原來星級廚師的手藝。可惜啊！我老婆太忙，沒時間做蘆筍濃湯了。」我聽完眉開眼笑，一次多買下好幾盒。

荷蘭人煮蘆筍很講究，使用特殊的專門鍋子。鍋型細長，分內外兩層，外鍋置水，內鍋豎立削皮的白蘆筍一至二公斤，開火將蘆筍蒸到完全軟熟。傳統吃法：煮好的白蘆筍六、七根，排列碟中，淋上奶油加麵粉、牛奶熬製的濃汁，再配以火腿肉片、切片的白煮蛋與煮熟的馬鈴薯。

我的西式白蘆筍做法，取用大一點的普通不鏽鋼鍋，鍋底墊滿削出的白蘆筍外皮，冷水淹過外皮，層疊一公斤去皮蘆筍於其上，蓋鍋蒸八分鐘熄火，再燜兩、三分鐘，掀鍋蓋取白蘆筍擺盤，不加任何調汁，只放幾片特選的上好火腿肉片。

這樣烹調出的白蘆筍軟中帶脆，且完全保特住原味。火腿肉片是布魯斯先生的小店代賣的，由波克士梅爾鎮（Boxmeer）一家老字號肉鋪燻製，既香又美與蘆筍特別相合；兩者混搭著吃，絕對人間難得美味，清爽可口，餘香繚繞。

冷水與蘆筍、蘆筍外皮蒸煮出的蘆筍汁，傾倒入玻璃杯，可熱飲亦可冷飲，我偏愛後者，欣賞涼後加深的清甜香氣。削淨蘆筍外皮頗費時間，布魯斯家小店賣有削好的蘆筍，他多次推薦說省事多了，我試買一次後堅持購買帶皮蘆筍，爲了烹飪蘆筍過程得到的蘆筍汁滋味能更濃郁有味；再者，削蘆筍皮對我而言，也是快樂的事情：享受以刮刀去皮時顯出蘆筍汁飽的豐足感，享受日子可以慢悠悠度過的閒適。

白蘆筍季時親友來訪，我必定帶著同赴史蒂芬貝克村，造訪「美味蘆筍」農莊，參觀蘆筍田，買蘆筍、濃湯、肉片。夜晚，盛滿白葡萄酒的酒杯交錯中，共享回味無窮的「白蘆筍大餐」。

玫瑰人家

莉亞興沖沖來按門鈴，邀我踩自行車出遊，拜訪培植玫瑰的五代承傳人家；猜想我一定感興趣。

「距離有多遠啊？」我沒表現出她期望的欣喜。

「不遠、不遠，七、八公里吧！騎過考克鎮、維亞那村（Vienne），再沿公路騎到哈浦斯村（Haps）。位於快出哈浦斯村往聖修伯村（Sint Hubert）的路旁。」

我堅決搖頭：「不行！那麼長的距離。」我那二手便宜貨自行車只有三檔變速，若加上逆風，肯定騎得氣喘噓噓。

莉亞失望道：「以爲妳會很高興去的，眞不想去？」「當然有興趣，但得開車。」

我常開車經哈浦斯去聖修伯，從沒注意該村有大片的玫瑰園，原來它躲在與小村主道銜接的一條小路裡，離主道其實才十多公尺，因爲被幾株大樹濃密的枝葉擋住，變得隱蔽了。

掛著「Het Roosenhuys」的荷蘭文名牌，直譯中文即「玫瑰人家」。從寬闊開放的入門起始，便是精心設計迤邐遠去的玫瑰花園，各色玫瑰花盛開。一幢二層樓房坐落於離門口一百公尺的地方，牆面漆粉紅色，房屋牆角下也都種植玫瑰，向它走去彷如步入童話世界。

哈浦斯培植玫瑰的故事始於一百多年前。

話說一八六七年，漢斯・佛修倫（H. A.（Hans）Verschuren, 1844-1919）先生從德魯梅冷來到哈浦斯擔任鄉村學校的校長。他把公餘時間都花在校長宿舍旁邊的綠房裡，從這裡他開始了玫瑰的繁殖。深紅色玫瑰「荷蘭之星」（Etoile de Hollande）就是他培育出的品種。逐漸嗜好發展成小生意，栽培玫瑰成了他真正用心所在，不免影響教學。學校的督學終於向他攤牌，讓他二選一：教書或種玫瑰。漢斯跟隨內心的呼喚，選擇了玫瑰。

漢斯・佛修倫後來成爲荷蘭玫瑰培育的重要大師，一八八八年發表：《在『玫瑰』名下，培育玫瑰》，成爲荷蘭第一位寫下玫瑰論文的人。廣博的知識加上經驗，讓他贏得了「荷蘭培育玫瑰第一人」的綽號。他的半身雕像因此被放在荷蘭阿森古堡花園裡，紀念他是世界上最好的花卉栽培者之一。一九二五年，他的玫瑰育苗房被授與「荷蘭皇家供應商」的頭銜。至一九七五年間，他於一八七五年創辦的玫瑰公司（H. A. Verschuren & Son）被允許從此冠上「皇家」的徽號，這時，「玫塊人家」已承傳至第四代了。他家培育的玫瑰早已行銷全世界，包括一些王室，甚至一九五三年華德狄斯耐的電影《玫瑰戰爭》中的玫瑰。

「玫塊人家」現今由第五代的馬克和喬瑟夫婦接棒經營。馬克興致高昂的引領客人參觀玫瑰花園，園內每株玫瑰都插了小標牌註明名稱。佛修倫家幾代培養出的品種收羅齊全種植於此（有的品種荷蘭已經沒有，馬克設法從其他國家，甚至遠從澳洲重新引進回來），他們搜集的世界名種也分別栽種（包括極老的玫瑰品種，在其他花園已失去原本色彩和香味，但在這兒仍保留住了原貌）。在我眼裡有的看來極為普通，也無花香；但有的確是儀態萬千，香氣迷人。

大片玫瑰花園之後，是一片草地，中央架起一個大的白帆布印第安形式的大帳篷，草地對面有一片果園，蘋果、梨子果實纍纍，與果樹相鄰有一個以數千白玫瑰布置的敞放大廳，提供新人婚禮及婚宴之用。草地、果園後面是一望無際的玫瑰苗圃。

玫瑰園中樓房的底層開放參觀，牆上掛滿玫瑰之家與玫瑰相關的歷史照片與文件，設了一片咖啡雅座，還經營了一個玫瑰相關產品的專賣櫃。

女主人喬瑟嫻雅的穿梭在雅座之間，招呼客人喝玫瑰花茶、玫瑰香氣的咖啡、品玫瑰蛋糕。精緻餐具繪製玫瑰、以玫瑰裝飾、坐墊、桌巾繡著玫瑰、插花是玫瑰、牆紙是玫瑰、窗外亦玫瑰⋯總之坐在雅座上，整個人完全浸潤在玫瑰的世界之中。

二〇一二年開始，「玫瑰人家」在玫瑰盛放的季節對外開放。我與莉亞先坐在室內雅座上，喝玫瑰茶吃、玫瑰蛋糕，品嘗玫瑰的滋味，體會浪漫的玫瑰裝潢；同時觀看其他客人站在專櫃前，精心挑選玫瑰花苗、玫瑰花束、玫瑰香精、玫瑰蠟燭、玫瑰香皀、玫瑰餅乾糖果、玫瑰小飾品等，屬於玫瑰禮物的趣味。待盡興之後移轉陣地，坐到室外面對花園的露天陽台遮陽篷下，優哉游哉享受屬於大自然玫瑰的美麗人生。

從此，每年玫瑰季節，我擇天高氣爽的閒暇日子，前去「玫瑰人家」幾回，沐浴於玫瑰香氣之中，享受一杯玫瑰茶、一塊玫瑰蛋糕，偶爾帶回一小玻璃瓶純玫瑰香精，算是犒賞自己吧！

東方超市

一九九〇年後長居荷蘭。最前頭三年，住中部的舒思特鎮（Soest），缺醬油、買豆腐便往阿姆斯特丹跑。一九九三年遷居東部考克鎮，需要醬油、豆腐得到奈梅根城裡採購，市中心有一對越南姊妹花，合開了家小小的東方雜貨店。

住在荷蘭的前五、六年，每次回台灣大量補給有家鄉特色的各種乾貨貨源，朋友來訪也是大包小包的幫忙攜帶。偶然去巴黎，必定造訪中國城，回家時，汽車後車廂裝滿了各種解饞的滷味、糕點、蔬菜與長期思念的家鄉水果等。

隨著香港回歸港人海外投資、台灣電腦業發展開設歐洲服務點、中國大陸經濟突飛大量留學生的湧入，中國超級市場在荷蘭幾個大城開起了連鎖店，物品豐富。

離家開車約四十多五十分鐘的阿納姆城（Arnhem），十多年前，在離火車站不遠處，開了一家東方行的連鎖超市；另外，車程差不多的道芬（Duiven）工業區內，與宜家（IKEA）、萬客隆（Makro）相呼應，也設了東方行的大賣場，憑公司登記證可辦理出入卡。

唐效和我到阿納姆城或去宜家、萬客隆遊逛，也順便踏進東方行補充食品：中式麵條、中國蔬菜、豆腐、醬油、醋、麻油、罐頭、雲吞皮、魚丸、冷凍帶魚、蝦仁等，總是滿載而歸。這種超市多是中國人光顧，可能遇見久久不見的熟人，歡喜的彼此聊聊近況；或是碰見點頭之交，則互笑一下，表示：啊！又見面了。

但，畢竟嫌路程有些遠，總是久久去一回。唯一必須在中國店購買的醬油，通常一次至少購置六瓶放在地下室，以備不時之需。不過，逢年過節還是要特意跑一趟，新年的

離家開車約20分鐘有一家大中國超市東方行，
在那兒可以買到新鮮豆腐、豆腐干、松花皮蛋、魚丸、
空心菜、芥菜、莧菜、茭白，還能買到老婆餅、豆沙餅、椰
子汁等，感覺很幸福，可以隨時尋到家鄉的味道。

年糕、端午節的粽子、中秋節的月餅怎麼能缺席？人在國外，中國傳統文化終究要繼續承傳。

住家離德國邊境不遠，加上台灣家的鄰居在德國杜塞道夫（Dusseldorf）設有公司，我們有時前去相聚，因而熟悉了城裡的日本商店和韓國商店，會進去採購豆腐、黃豆芽、豆醬、清酒、麵條、小魚乾、泡菜及小點心。

二〇一四年六月，奈梅根城Dukenburg區的大商場裡，東方行增開一家連鎖中國大超級市場，立即前去，因爲離家開車僅二十分鐘。

這新超級市場空間大，設備、布置和荷蘭其他連鎖超市可比，裡面的中國食品不論生鮮、冷凍、乾貨，或是廚房用具十分齊全，其他日本、印度、韓國、泰國、印尼的特色食物與調料也不少，充分感受到這些年東西方物流快捷的氛圍。

一圈逛下來，手舞足蹈，買了滷豬耳、鴨翅、新鮮糕點老婆餅、豆沙餅。蔬菜部門擺放二十多三十種蔬果，都是平時荷蘭超市、土耳其商店見不到的中國特色蔬果，卻單選買了一把空心菜。其他的食品，也是看了很當然的想：下回再來買，反正距離家近，隨時可光顧嘛！採購變得有節制，不像過去只要進入中國超市，搶貨似的大量採購。

最近有親友將從美國、台灣來訪，問：「有什麼需要可幫你們兩口子帶去的？小吃？乾貨？」我隨口答道：「不必！什麼都不必帶，附近新開了家中國大超市，什麼東西都買得到。旅行，輕裝簡從的來吧！」

自從有了 Dukenburg 的中國超市，在荷蘭的日子一下子豐富了起來。

鄉村小攤和小店

住家小村有許多與廚房飲食有密切關聯的臨時小攤和農莊小店；在我心目中，每個都像一顆閃亮的星星，閃爍著溫暖的光芒。遊走其中，宛如踏入不同的星子。

村中的收穫小攤

聖・安哈塔村人家少，村中心只有幾條小路，大多數人家並不務農，但擁有頗大的園地，除了養草坪蒔花，種植果樹，也開闢菜圃，或養一些雞及其他小動物。

每逢收穫，有的人家自動在屋前擺個小桌，或是屋側放個小櫃，以極少的價錢，半買半送自助出售家裡的收成，主要有：雞蛋、蜂蜜、西葫蘆瓜、馬鈴薯、櫻桃、核桃、梨、蘋果。

核桃

核桃小攤是一年中有季節性，設攤時間最短的攤子了。

對門鄰居家的小孩長大上小學了，開始有了金錢觀念，想賺零用錢，很自然的打起院子裡一棵巨大核桃樹的主意。

前年十月，姊弟兩人撿了成熟的核桃，每四百五十公克裝一包，在屋前擺一張小桌出售，每包賣一歐元。我走出花園跨過馬路，把四歐元零錢扔進收錢罐裡，抱回四包核桃。放在廚房裡，拿核桃夾用力擠壓開硬殼，剝出核桃仁來吃。

過了幾日準備出外訪友，再走過去丟下四歐元，拿了四包核桃送朋友當禮物。

去年十月，一日傍晚天已昏暗，唐效下班回家，進門說：「小朋友站在門口賣核桃，還沒做成生意，妳去照顧照顧吧！」開門，鄰居那六、七歲的小男孩和他的小女朋友，兩小無猜站在正對我家大門的馬路對面，身前放一個長方型的塑膠籃子，整齊排列著一袋一袋的核桃。一袋核桃賣一歐元，我拿二歐元買了兩袋。

回到廚房打開袋子一看，每袋裝十二粒小核桃，我取磅秤來秤，兩袋合起來才四百公克，賣得比前去年貴多了，甚至比外面商店價錢貴。不由嘆息，孩子不懂事，太沒生意概念了。緊接下來的幾日，他們把核桃放小桌子上，如同前年自助販賣，我不曾再光顧；從窗戶瞥見有路過者停下，看了核桃價錢不滿意空手離開。

幾日後，帶訪客遊逛小村，看見Liesmortal街上另一戶人家門口，也擺桌自助出售核桃，每袋重六百公克才賣五角錢，立刻買下六大袋贈送來訪的友人；這家的核桃很快賣光了。我繼續觀察住家對門小攤，幾星期之後小桌子收進屋，所有待沽的核桃無人問津。

核桃成熟季節，鳥兒最喜歡湊熱鬧。牠們早已觀察好地形，銜起樹上的核桃毫不猶疑飛到我家僻靜後院的上空，朝鋪設水泥磚塊的地面扔擲。重力加速度，核桃落地迸裂，鳥兒迅速俯衝下來，啄食展開的核桃仁。但不少核桃並沒破裂，就送了我們；年年如是，鳥兒總要送來十多二十粒核桃。鳥兒不擺攤，我無從付錢，冬天在院子裡掛上不少袋花生、瓜子，回報恩情。

蘋果與梨

從修道院往馬士河畔的小路Veerstraat，依意思譯成中文即「渡船路」；因越過河堤有一略爲高起的坡道。

年年收穫蘋果與梨之後，渡船路的一戶人家在坡道的最高處放一小桌，桌上、桌下都堆放著收下的這兩種水果，桌旁釘了個小掛鉤，掛一些空的大塑膠袋。牌子寫：裝滿一袋一元五角歐元；收錢罐擱在桌子的一個小角落上。

村中的修道院裡種了許多蘋果樹與梨樹，每年收穫季節，若進修道院的花園散步，會在入口旁邊的地上看見兩個大塑料籃子，一個堆放蘋果，一個堆放梨。插了塊牌子寫著：免費自由拿取。讀這文字再看看籃子裡的水果，感覺特別溫馨。我因自己家收有蘋果、梨，只在第一回看見時各取一粒嘗嘗味道，後來不曾再拿，留給家中沒種蘋果、梨的過客吧！

我家園子裡梨樹結的梨與村人賣的梨相同，初採擷吃著清香甜脆，放一段時間則果肉如水蜜桃般甜蜜，入口即化；但，蘋果樹則與其他村人種植的品種大不相同，我家蘋果樹的果實碩大形美、外皮顏色深紅，看似法國勃艮第紅葡萄酒的色澤；咬下去氣味芬芳、甜脆多汁，看過及吃過的朋友讚美有加。這株名稱 Red Delicious 的蘋果樹屬迷你品種，樹長不高，果不可能結很多，只能供應我們家兩人享用，分贈少數好友玩賞品嘗，不夠擺攤，實在可惜。

擁有這株蘋果樹，純屬意外。原本只是想種棵矮小的蘋果樹，不要占去園子太多的面積罷了，根本沒細想

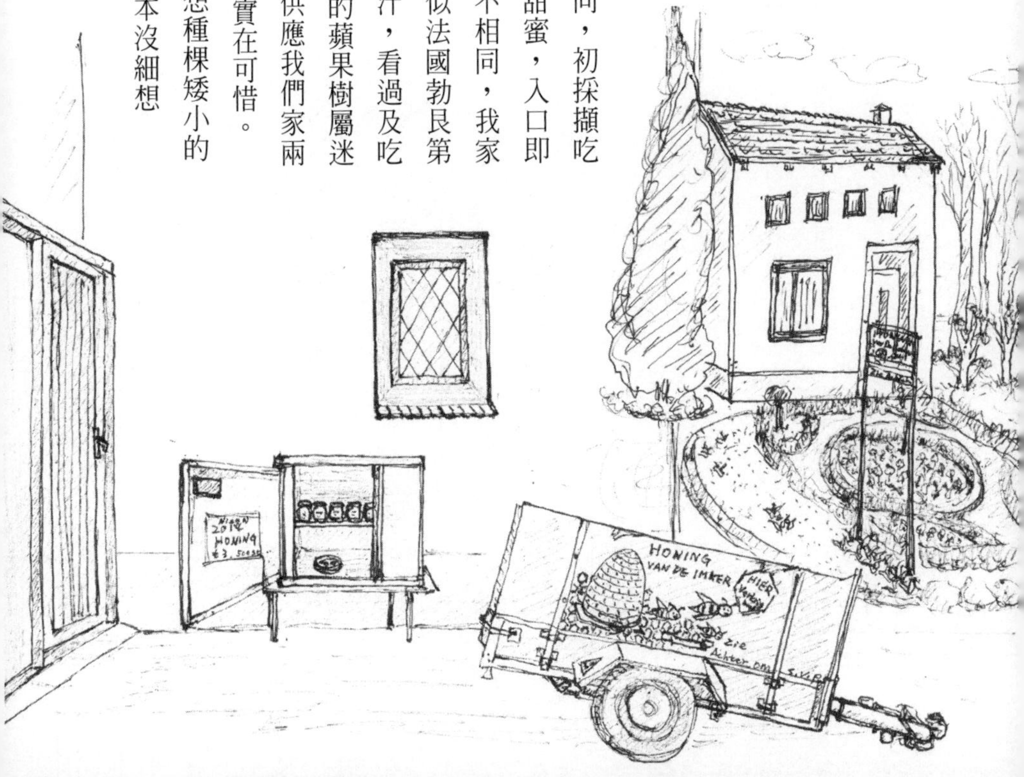

品種問題。正巧一家雜貨鋪降價賣一批迷你種的蘋果樹與梨樹，隨手各買了一棵。

回家後，在花園裡搭了一個拱門型架子，兩種果樹種植兩側。春天來到，拱門架上，一半滿布粉紅色的蘋果花，一半漫開純白色的梨花。秋天時，架子上一半懸吊深紅色的大蘋果、一半垂掛著青黃色的梨子，看得心花怒放，得意至極。

當年第一次種果樹沒有概念，不知大多數蘋果花與梨花都需要異株授粉，只各種一棵，每年春天花開時便得到處尋蘋果花與梨花。蘋果花較好辦，出村過到考克鎮口就有一片蘋果樹園，屬於考克區政府，每年結數千粒蘋果，成熟掉落滿地，任居民撿取；我有幾個住公寓的荷蘭女友，會拿籃子去撿來熬製蘋果泥。既是公共的蘋果樹，我擷取兩三束蘋果花，也就自認理所當然；取回化身勤勞的蜜蜂授粉，效果極佳。想取得梨花就比較麻煩了，沒有公家的梨樹，附近認識的親密朋友，又都沒種

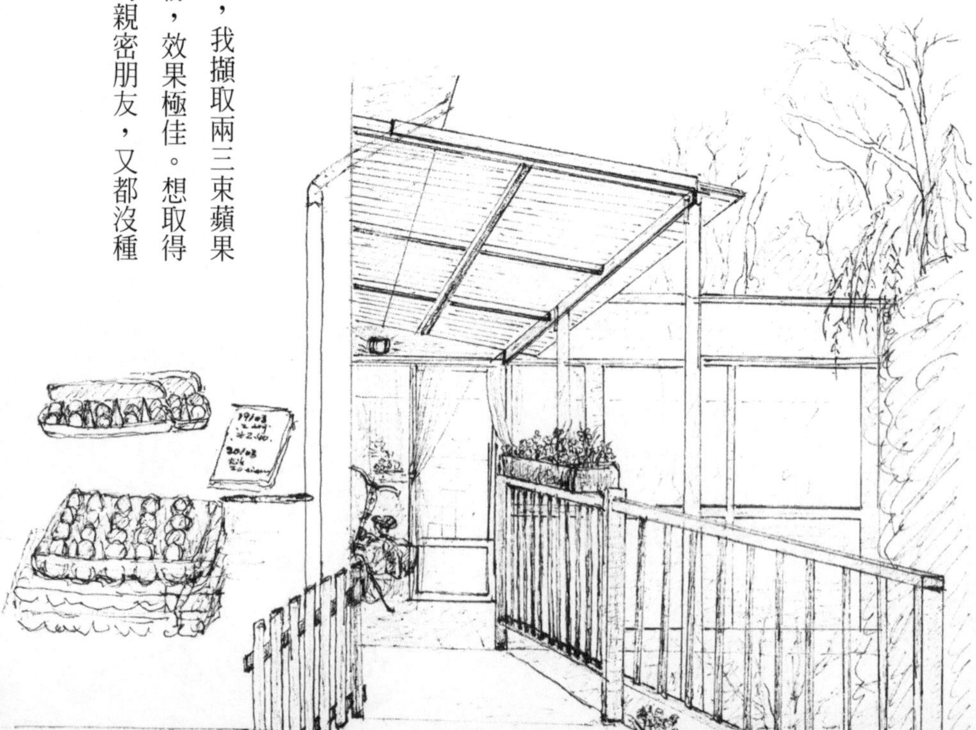

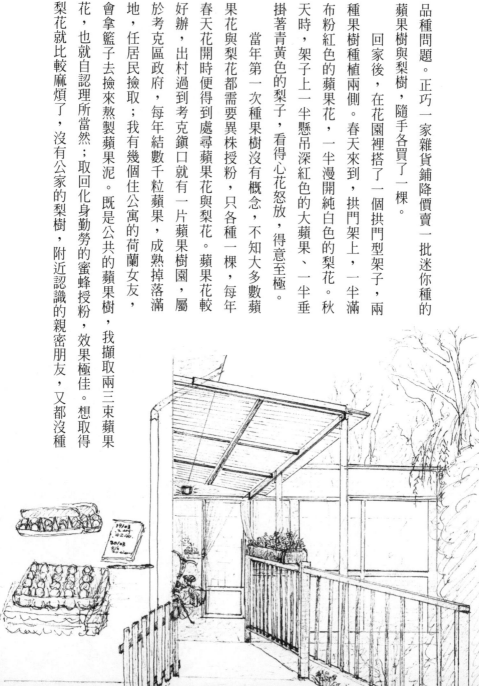

梨樹，村人雖都和善，我卻不好意思開口索討，只好央求唐效去問同事，才解決了問題。

許多年來一直扮演蜜蜂不是辦法，決定再各植一株蘋果樹和梨樹。努力尋找另一株 Red Delicious 迷你蘋果樹，卻沒有運氣。最終放棄，另購 Elstar 迷你種蘋果樹。Elstar 蘋果質地脆，甜中略帶酸味，研究指出它所含的維生素C在各類蘋果中屬最高。

梨樹很容易買到一株相同的迷你品種，因是荷蘭最普遍的梨種。兩種新株鄰近原來的果樹種下。從此，蘋果花、梨花綻放時，授粉一事交由蜜蜂、蝴蝶忙碌；我們愜意地袖手觀賞，等待秋日大快朵頤。

蜂蜜

村中原有三戶養蜂人家，分別在名為 Cuijkseweg、Veerstraat 及我所住的 Kloosterlaan 路上，門口皆豎立出售蜂蜜的牌子。Kloosterlaan 的蜂蜜人家賣了幾年就把牌子收掉了。

我極少去 Cuijkseweg 的蜂蜜人家買蜂蜜。一是從家裡需走一段較長的路；二是那房子得有人在家，從後門按鈴，有人開門才能進屋購買；三是這家的蜂蜜特別的甜，我嫌它有些過甜了。

我一般主要在 Veerstraat 的蜂蜜人家購買蜂蜜。這家主人經常不在家，在屋外側牆前放個小櫃，櫃裡擺放一瓶瓶兩百五十公克的蜂蜜，每瓶二．五歐元；還放有一個圓型的小陶盤，裡面放了一些銅板，方便顧客自己找零錢。最有趣的是，櫃子裡還擱一疊四方型小塊花布及一些橡皮筋，供購買者取用，拿來覆蓋買下的蜂蜜罐蓋子，如此一妝點就成爲漂亮的禮物了。

我出門拜訪朋友，若沒有恰當的遮手，必先繞道 Veerstraat 買兩罐蜂蜜，同時取裝飾材料自己包裝。主人說他養的蜂採收的是村裡菩提樹的花蜜（屋旁小路兩側全是高聳的巨大菩提樹），朋友們都喜歡這家賣的蜂蜜，認爲甜中帶有微酸品質，特別好。我自己偏愛菩提樹花蜜倒不完全是它的氣味，更主要是因爲一首德國民謠〈菩提樹〉。浪漫派音樂大師舒伯特作曲，加上了歌詞。我自小學就學會唱這首歌，喜歡樂曲婉轉的旋律，喜歡歌詞懷想童年樹下作夢，長大離鄉後思念的情懷，帶有淡淡的憂傷與惆悵。

需要蜂王漿蜜、蜂膠、蜂王乳、蜂蜜蠟燭、蜂蜜香皂，我就必須開車二十分鐘去聖修伯村的蜂蜜人家了。

這是家養蜂專業戶，蜂蜜獲得荷蘭北布拉邦省評選第一名。住家種了許多花，不單在後院養了上百箱的蜜蜂，還在德國的樹林、大片的油菜花田畔，擺放爲數不少養了蜂的蜂箱。主人在自己家設置工作坊，有大型機器提煉蜂蜜，自己捲蜂蠟製蠟燭……。

我去工作坊次數多了，與主人夫婦熟悉起來後，每回去除了購物會留下來閒聊，隨他們提取蜂蜜、做蜂蠟燭卷，可以玩上許久，非常有趣，開心極了。

雞蛋

Odiliadijk 路銜接聖．安哈塔村與考克鎮，早先因爲進出順路，我進了路邊的賣雞蛋農家，與老先生一回生二回熟，找他買雞蛋遂成了習慣。老先生依時令，有時送我點草莓、栗子、核桃，或鵝蛋。

幾年前老先生生病去世，我便轉往住 Liesmortal 街的一戶人家買雞蛋。我家走到 Liesmortal 街賣雞蛋人家不到四十公尺，出門轉過斜右邊豎立耶穌石雕的小圓環，經過 S-bocht 小咖啡館就到了。

賣雞蛋的是對老夫妻，擁有寬闊的後院，架了三個溜滑梯，避免孫輩玩時爭搶（老天爺，總共才四個孫兒孫女），同時種了幾壟蔬菜，養了幾十隻雞。

收下的雞蛋放在屋後加蓋的大玻璃房裡。玻璃房永遠不上鎖，去買雞蛋，主人不在，沒關係，自己開門取了雞蛋放下錢（每盒十粒，一．二歐元），在筆記本上寫下名字、購買的盒數、支付的錢數。沒帶錢，也沒關係，照樣取蛋，筆記註明未付款，積欠至下次買蛋時再還清。

主人家玻璃房前，有棵鋪天蓋地的大櫻桃樹；晚春初夏，遇到摘櫻桃的日子，正巧我去買蛋的話，當然獲贈一大袋。這些櫻桃外表黃色略帶一點粉紅色，據說屬西班牙品種，味道不及紫色櫻桃甜蜜，但流露一股清香的氣息，更耐人尋味。秋天核桃成熟，去買雞蛋，絕對會得到核桃做爲附贈的禮物。有時，他們家中育苗草花做成盆景，待結滿花苞，也要送我幾盆欣賞花色。每年，吃贈予的櫻桃與核桃，拿盆景，大概抵完我一年買雞蛋的錢；這算什麼生意，純粹自己找忙碌、找開心嘛！人生在世能過這種日子，眞美！

農莊小店

雖然住在聖．安哈塔村中心的居民大多不務農，但鄉村就是鄉村，周圍仍有遼闊的農地，坐落不少農莊：養牛、羊、馬，栽種葡萄、櫻桃樹、蘆筍、草莓、馬鈴薯、玉米，培植花材、樹木等。牧場的牧養幾乎是不變的景致，可是種植的農地有時會有令人驚喜的大變化。例如：曾經一大片玉米田改種了玫瑰，路過花色繽紛、香氣襲人；一大片麥田改種了蘆筍，壟起一長條一長條的土堆；開滿紫色馬鈴薯花的土地則轉變成翠綠的針葉樹風景，枝條款擺，展現輕盈嬝娜風姿。

羊肉？羊毛！

鄰居芬珂與約昂向水利局長期租用我家屋後河堤，養了一群綿羊。每年三月小羊出生。

住荷蘭的中國朋友們來家裡，見到小羊聽說賣，每每會興奮地攛掇：「我們合起來去買隻羔羊來宰了，然後砍你們家後院的柏樹枝烤全羊，怎麼樣？」

他們想像烤羊、大塊吃羊肉的美景，我們卻向來搖頭。每天從家中窗戶看母羊吃草、懷胎、餵奶，怎麼可能去吃牠們親生的小羊？雖然知道烤羔羊肉好吃，畢竟還是懷有「小仁」之心啊！

小羊生下來不久，很快被預訂賣光了。留下的綿羊，定期剪下羊毛，累積至一定數量，芬珂與約昂會張貼廣告，寫明時間歡迎大家到家中喝咖啡買羊毛。我去湊熱鬧，看見村裡的女人們歡天喜地的選購，有的說要捻毛線來編織毛衣、圍巾、手套、襪子，有的說想拿來做布玩偶的填充物，描繪出一幅一幅美麗的圖畫。我一向手工笨拙，雖沒買毛線，卻欣喜浸潤在這種女人純粹自樂的世界裡。

不久前芬珂與約昂搬家，約昂的弟弟赫爾特攜妻子及一雙兒女入住。赫爾特協助父親飼養乳牛，河堤上的綿羊則由住渡船路的鄰居漢斯接手。祈願每年慶祝小羊誕生的「羔羊節」，邀約全村小孩參加的傳統，以及「婦女羊毛會」的活動，能幸運地得到承傳。

牛奶

老布魯克曼家養乳牛，與牛奶公司簽訂合約，公司定期指派裝置專門大圓筒罐的大貨車前來收購牛奶。

牛奶直接從乳牛身上擠出後，雖經過巴氏低溫消毒，還是需要煮滾後才能飲用。從農莊買牛奶回家煮，必須以小火慢慢熬頗爲費事，而且這樣的牛奶雖然香醇，油脂卻特別高，是全脂牛奶的三倍，一般人不喜歡飲用，寧可去超級市場選買全脂、半脂、低脂或無脂牛奶來喝，既方便又健康。

牛奶公司收購後，每日餘下的農莊牛奶鮮少人問津，老布魯克曼夫婦拿來主要是餵養剛出生的小牛。偶爾有村人想買一些，老布魯克曼還是賣的，兩公斤才收五角歐元，布魯克曼太太說：「不管如何，錢就是錢，積少成多。」

家中有遠客來訪，應客人之請，我拿著廣口大玻璃瓶走幾步路過到老布魯克曼家，從後門進屋買牛奶。回家熬煮後饗客，滿廚房飄散牛奶的甜美奶香，客人們聞著享受，喝著更是讚美。

我的親友中，弟弟的二兒子宇心喝最多老布魯克曼家的牛奶。十歲與十二歲時，他獨自來到荷蘭與唐效和我共度暑假。正值長個子的年紀，我說荷蘭人身高居世界第一，應是孩童、青少年時代大量喝牛奶的結果，鼓勵他以牛奶代替水喝。姪兒聽話，每日以喝超級市場的全脂牛奶爲主力，搭配一大杯老布魯克曼家油脂豐富的牛奶。

那兩年暑假，我每次透過玻璃窗，望著宇心一手拿零錢、一手拿空牛奶瓶走去老布魯克曼家，消失，然後不久，又看他捧著一瓶白花花的牛奶出現，逐漸走近家的身影；不由得微笑，想：這將是小男孩長大後，回憶的美好童年往事吧！

葡萄酒

出家門口朝西南方，沿著村路走兩百公尺有一個一．二公畝大的葡萄園，種植大片葡萄，還建有一座釀酒小屋。這是達爾哈德酒莊（De Daalgaard），忝爲荷蘭一百七十八個葡萄酒莊之一。

一九九一年，尼克．凡．達爾先生因痴迷葡萄酒，闢地種植葡萄釀酒，年老去世後，由凡．達爾家族的年輕成員接棒，照管葡萄園及掌控釀造技術及製作。

一年三千瓶的白葡萄酒產量，總値不過兩萬多歐元，無法維持生計；但凡．達爾家族將其視爲業餘樂趣，每年葡萄收成的四天，成爲家族固定大聚會，大家在葡萄園中採擷、野宴。

十月有一周六爲一年一度荷蘭酒莊開放日，命名「達爾哈德」（de Daal Gaard）

的酒莊也敞開大門，歡迎人們自由參觀。

葡萄園種植五類不同品種葡萄：以 bacchus 和 schöngurber 兩種葡萄混合，釀製出的 St Agather Cuvée 果香清潤，多次在荷蘭葡萄酒評比中獲得銀牌獎。採用 gewürztraminer 白葡萄精選研製而成的二〇一〇年 Gewürztraminer 酒，果味豐富，參加柏林國際評酒大賽居然奪得金獎。johanniter 葡萄釀製的 Johanniter 白葡萄酒，味道甘醇濃郁。Riesling被稱爲「葡萄之王」，果實飽含一種特異高貴的優美氣味，我特別偏愛達爾哈德製出的 Riesling 酒，稱讚它雋永留香。Ortega 酒，純以 ortega 葡萄釀製，酒氣浮現的木頭味道似乎過於濕重，非唐效與我所喜。

每年，唐效與我不放過酒莊開放日，走赴達爾哈德酒莊賞葡萄園並品酒。試飲中意的酒便各買下一、兩打，存放地下室裡，有朋友來訪便開酒，舉杯歡迎道：「來聖・安哈塔當然要喝聖・安哈塔的酒。」

小村擁有好酒莊，與有榮焉哩！

櫻桃

自葡萄酒莊再繼續西行約一百公尺，左轉大馬路 Heerstraat，右手邊一大片綠色牧場，接下來第一戶人家就是老太太敏家的農莊。門口豎著一塊大木牌，固定寫著：出售雞蛋、馬鈴薯，按不同季節加添：草莓、蘆筍或櫻桃。

十月的某週六為荷蘭酒莊開放日，達爾哈德酒莊也會開放讓人自由參觀。

敏家在牧場上餵養肉用的黃牛，有大片的農地種植馬鈴薯，還圈出了一大塊櫻桃園，種植數百株櫻桃。自家的大院子還種了幾棵核桃樹，頗有年代，長得特別粗壯高大。每次去敏家，首先出來迎迓的是一隻精瘦幹練的大狗，邊吠邊猛搖尾巴；然後，親切的敏笑容可掬地現身了。

敏家人丁興旺，兒子、媳婦、女兒、女婿、孫輩勤快和睦又尊重老太太，舉凡耕種、牧養、收穫、經營小店，皆互相搭手，難怪敏老是樂呵呵。

敏家有個堆積馬鈴薯的大倉庫，靠近倉庫大門口擺一張大桌子，擱上家裡依時令收穫的農產

品出售，就是農莊小店了。前幾年，購買了一個大的玻璃櫥櫃替代大桌放置產品，不規範的小店一下子就有了現代商店的氣派。相較之下，我更喜歡原本小桌的鄉土氣。

養牛，但不賣牛肉；有核桃樹，卻不賣核桃，敏家農莊在這點上讓我感覺挺遺憾。雞蛋、草莓與蘆筍是代賣，雖同樣的農家產品，也很新鮮，終究多轉了一道手，所以不在這兒購買，固執直接去到生產的農家。馬鈴薯是她家自己土地裡種植的；但，我們家以米飯爲主要糧食，清炒土豆絲、紅燒土豆牛肉，以馬鈴薯做食材的機會少。雖然價錢非常

櫻桃人家種了大片的櫻桃樹，結的果
紫紅色也有黃色，果實多汁而甜，買樹上方摘下

便宜，三公斤袋裝、五公斤袋裝的數量實在過多，擱到發芽丟棄太可惜浪費；若只買兩三粒，說不出口，怕被譏笑，乾脆不買，還是花多一些錢到能零買的商店採購。

原本村裡有對老夫婦的院子中央有棵巨大的櫻桃樹，黑紫色的果實既大顆又甜脆，每年會有幾天打招牌出售，是我的最愛。沒想到幾年前櫻桃樹居然生病死了，我隨著老夫妻二人唏噓許久。

後來，無意間在開車十五分鐘的271公路旁，發現另一對老夫妻經營的櫻桃攤。他們農莊的櫻桃園種植百來株櫻桃，結的果實顏色有紫、有金黃；櫻桃品質氣味雖比不上村裡老夫婦家的櫻桃，仍屬新鮮上品。只是爲了買櫻桃，刻意開車來回，還是麻煩，因此，每年櫻桃季節僅去四、五回。主要仍是就近在敏家小店購買櫻桃，她家櫻桃園種植的櫻桃品種多，味道各異，結果時間不一，收穫新鮮櫻桃的時間比其他人家長。各種櫻桃有的質感氣味我喜歡，有的並不欣賞，所以，每次買前必須先試吃，再決定買那一種或者不買。

不論鄉村小攤或是農莊小店出售的自家櫻桃，外表比市集或超市賣的新鮮，明亮有光澤，何況只付半價，既物美又實惠。

唯有一處例外：茅登鎮往奈梅根的馬路旁有個櫻桃園，種植十多棵巨大的櫻桃樹，每年其他櫻桃農莊還沒張貼廣告之前，它已經打出標牌出售。櫻桃樹下搭起一個有頂篷的攤子賣櫻桃，果大色紅紫，味道不錯。我們買過幾次後，好奇的問賣櫻桃的中年人，為何他的櫻桃能早收一個多兩個月？「哦！這是希臘的櫻桃。」他毫不猶豫的回答。

在荷蘭櫻桃園裡賣希臘櫻桃，虧他想得出！我抬頭仔細看櫻桃樹，枝上稀疏地掛著紅色而小的櫻桃，從此不再光顧小攤，並當成笑話來談。

草莓、蘆筍與蔬菜

周圍的荷蘭藝術家朋友和唐效的同事，都指 Drogesestraat 路邊農莊種植的草莓味道最甜、最有草莓獨特的香氣。

很巧，主人是我的荷蘭好友莉亞的弟弟與弟媳，兩人言行舉止溫文優雅，一點不像終日勞動做粗活的農夫與農婦。

農莊位於聖．安哈塔村較偏的村道上，附設小店販賣自家的農產品，一般人不容易注意到。草莓收穫季節，主人在小道銜接大馬路 Heerstraat 的交叉口，立了一塊長方型大木牌，畫上紅豔奪目的大草莓，寫下「草莓出售」幾個荷蘭文。Heerstraat 是考克鎮通往鄰近幾個小鎮的主要大路，車多，不少人駕車看見廣告彎了進去。

農莊小店主要由莉亞弟媳打理。賣的草莓顆粒不大，每個卻看著飽滿紅亮，吃入口中的確汁甜芬香，特別新鮮，彷彿陽光跟隨著喉嚨滑進了體內，人因而更神清氣爽了起來。

荷蘭盛產草莓，每逢草莓季節市集、超市充斥紅豔可人的果實，有的個頭還特別巨大。但是這些地方賣的草莓，長相太漂亮，大多數由溫室培養出來，或是種於室外卻以塑料棚遮蓋栽植，少了陽光長時間的照射，便流於果美而味不足了。

莉亞弟弟、弟媳家的草莓自始至終在大自然中長成，熟透方才採摘，味道當然別有風情。正因熟透採摘，買了之後最好一、兩天之內吃完，方才不辜負它的新鮮甜美。

除了草莓，小店偶爾有刀豆、四季豆、蠶豆、洋蔥、甜菜頭、西葫蘆瓜、南瓜、大蔥等蔬菜，藍莓果、紅莓果等出售，量不多，全是他們菜園裡的收成和顧客分享。

屬於農莊的土地很大，原本大部分種植馬鈴薯，數年前分出一小塊地試種白蘆筍，這兩年種植面積迅速增加，已占據大多數的田地，猜想應是收益較好的緣故吧。

當莉亞弟弟、弟媳家農莊掛出販賣蘆筍的招牌，立刻前去購買。他們收穫的蘆筍色白莖粗，外觀不錯，但烹調後汁液雖飽滿，卻香氣太淡薄，大約是土質不夠好的原因。我只好捨棄就近採買的想法，仍然開車二十多分鐘去到史蒂芬貝克小村的蘆筍專業戶選購。

光顧莉亞弟弟、弟媳的農莊，我還是選購周圍荷蘭朋友評比後都讚美，說是附近最新鮮甜美的草莓吧！

日本德島料理大師小山裕久講：「食材的品質在生長、種植或製作時就已經決定了。」他曾習藝的老師——京都嵐山吉兆的大師德岡孝二，則斬釘截鐵地認爲：「廚藝的終點就是食材。」

讀到這樣的文字，心有戚戚焉。能夠悠悠哉哉地在居住的小村及其周遭，尋覓最新鮮美好的食材，我的廚藝自然精進！

輯三。。廚房的回憶

台北媽媽的廚房

媽媽的廚房包括了我與弟妹的童年、成長，更延續把孫輩囊括了進來。

紅磚小屋的廚房

自有記憶，我們一家人住在母親任教的新營家事職業學校（曾改爲新營商職，現今變成新營高工）的教職員宿舍裡。

那是一間紅磚平房，有不小的前後院，但居住面積並不大，一廳兩室加廚房、廁所。上廁所極不方便，要先通過廚房出到後院才能轉入。冬夜黑暗寒冷，上廁所總是害怕哆嗦，尤其聽完鬼怪故事之後，老覺得有長髮鬼跟隨身後飄動。事實上眞有幾次看見鬼影，嚇得雙腳在原地動不了，父母聽後說我想像力太過豐富，純屬捕風捉影、胡思亂想。那房屋裡的廚房，即母親與我有關的最早廚房。

廚房面積很小，利用臨房間的牆與鄰居屋子的隔牆成爲L型的兩面牆壁，用磚塊敷水泥砌立起一個六十立方公分的洗槽，上面有管水龍頭。對我們一家人這個洗槽很重要：洗肉洗菜、暫存活魚、洗衣服被單，更是每個人沖澡的空間。接靠洗槽緊貼鄰居隔牆，放一張切菜的小木桌，印象中可能八十公分高、六十公分長、四十公分寬吧。洗槽對面的牆壁前，與木桌拼接，立了一個一百六十公分高、八十公分長、五十公分寬的木製碗櫥，櫥櫃和洗槽的寬度容一人轉身。剩餘的牆角，正好擺下一個可盛直徑五十公分炒鍋的煤球爐子。

廚房狹窄，每次做飯時間，小孩子老被趕離廚房，母親警告：

「別進來，危險！」

廚房雖小，但某些印象很深：洗槽與房間門之間的一塊邊角，擺了兩個陶製的深褐色罈子，一個裡面裝滿泡菜水醃著泡菜，另一個父親用來製造酒釀或米酒。母親把洗淨晾過的蓮花白、豇豆、紅辣椒、胡蘿蔔和白蘿蔔放進泡菜罈子裡，或將醃透的泡菜夾出的時候，我喜歡蹲在旁邊觀看，邊看邊吞唾液，母親便微笑取一小塊泡菜塞進我嘴裡。也喜歡看父親打開釀米酒的酒罈，蒸熟的糯米經酒麴發酵湧出清澈的酒來，令我覺得神奇。酒釀湯圓、酒釀煮蛋是全家人喜愛的甜點。

從菜圃中採薺菜作餛飩，蒲公英葉炒蛋，是件快樂的事。

後院劃出一半地搭架了一個圍籬，養過雞、鴨、鵝、火雞，生了蛋，拾蛋很有成就感，我和妹妹、弟弟搶著撿。逢年過節或是來了客人，父親一定殺雞，或殺鴨宰鵝，我很自然的取空碗盛入半碗米，遞交父親，而後站在一旁觀察，家禽頸子被割破後流下血液注入碗中與米融混。

既然愛吃肉，我從不像一般女孩，提起殺雞宰羊的事就怯生生的嬌嗔：「好可怕哦！」「好恐怖喲，我都不敢看。」高中時代借住二舅家一年，舅舅經常不在家，殺雞的事就交由我做。如今，家中處理豬牛羊雞肉、剖魚剝蝦，去鱗殼去內臟，全我一手包辦，無怨無悔。不過，面對被處理的生物，內心仍有份歉然的。

童年住紅磚平房時，最有趣的當然是學會怎麼把煤球（台灣稱煤球，大陸叫蜂窩煤）燒紅起來。最先總被煤煙嗆得咳嗽不停、眼淚不斷，仍無法引燃煤球，逐漸摸索到訣竅後不久，家裡卻已升級轉換使用瓦斯爐了；原來用手板車拉煤球的老人不再出現，繼之是一位精壯的中年人來送瓦斯，收氣體用完的瓦斯桶。

記不清在那間宿舍居住多久之後，父母請人以廚房出後院的那片牆面爲基礎，伸出去加蓋約十平方米，用竹子爲牆，頂上以鐵皮遮蔽，我們家的廚房一下子多出了一倍的空間。我在這個竹製廚房裡，跟著母親包粽子、蒸年糕、饅頭、包子，父親也在這時教會我切肉片、肉絲——左手指拱起直立按住肉塊，再以右手持刀，注意順著肉的紋理切下，刀才不會傷手，而炒出的肉也才會柔嫩。

兩層樓房時期的廚房

初中時代，搬家到一幢兩邊有鄰居的兩層樓房，是母親學校首批建給老師的新宿舍。

房子內部比原來住的小屋大了一倍，三房兩廳加上廚房和衛浴室。浴室裡特別裝了可容一人躺下的澡缸，每個人洗澡的時間很自然的增長許多。廁所則進步爲蹲式抽水馬桶；從此，告別摸黑過後院上廁所、提水沖洗善後的日子。但，也沒有可以種植花草與養家禽的前後院了。

房子面積大，廚房也變大，砌了條長型水泥工作台與洗槽相銜接，瓦斯氣罐可藏在工作台下，工作台除了供處理食材之用，還有足夠的長度擱瓦斯爐台、電鍋和熱水壺。牆上懸掛一排壁櫥，存放鍋碗瓢盆及雜物。廚房雖大，可惜呈細長型結構，新添購的冰箱只能放在廳裡。在這幢房子裡，母親一直住到退休爲止。

不單進入有冰箱的時代，母親開始使用高壓鍋，每次聽到蒸氣衝響汽笛，發出嗶嗶嗶的聲音，便知道熬的粥或是燉的肉煮好了。父母親特別喜愛高壓鍋，說利用蒸氣壓力的原理，讓食物在短時間內煮得熟爛，既節省火力又節省時間，眞是了不起的發明。

高中時代，我離家北上就讀台北第一女子高中。學校有烹飪課，學會做不少種的餅乾和蛋糕，寒暑假回到家裡，當然希望展露學習成果與家人分享。做餅乾和蛋糕需要烤箱，家中廚房沒這套設備，母親說：「別擔心有辦法。」向學校借來烹飪教室，帶我去把準備好的材料放入烤箱，烤出又香又脆的餅乾、美觀鬆軟好吃的蛋糕。

家政學校的烹飪設備，一系列高級不鏽鋼的專業產品，比北一女的設施更好更全，任我和母親兩人使用，感覺既奢侈又過癮。因爲我，有三年母親的廚房從家裡擴展到學校，烹飪教室窗外有個大蓮花池，母親跟著我享受做糕餅的樂趣，同時聊天賞蓮花。夏天滿池紫色蓮花盛開，冬天剩下殘莖敗葉，在我們眼中卻各有各的美。

這樣的母女圖畫面一直清晰地留在我的腦海裡，一段美好幸福的時光。

台北士東路住家的廚房

一九八〇年代父母北遷，住進天母士東路的公寓，直到二〇〇〇年。

住進時，房子本身已裝設瓦斯管線，大台北瓦斯公司通過地下氣管直接把瓦斯送到各家的瓦斯管線裡，由開關控制。廚房裡裝置有流理台、櫥櫃成套，瓦斯爐有不同大小火力的爐頭可同時使用。不久加裝上抽油煙機，又添購了微波爐，廚房越來越方便使用和清理了。

一九八八年，中國大陸已開放，大姨、母親與大舅把分別四十年、居住在故鄉福建莆田的八十八歲外婆接到台灣長住。三人輪流奉養，最終外婆以九十九歲高齡，無病痛安詳去世。

外婆在台灣十二年，是我見到母親最快樂的時段；待在外婆身邊，回到做小女孩的嬌態，兩人又說又笑、又摟又抱。

爲了給外婆補身體，母親在廚房花的時間比過去多許多，燉雞湯、魚湯、熬紅棗銀耳羹、煮枸杞蓮子……。外婆說吃得太多太好不行，母親不理會，仍是每日爲她進補，講：「一小碗不多，身體需要保養。」

外婆的牙不行了，媽媽帶她去換上假牙，方便正常飲食。媽媽對此事特別得意，說，連牙醫都讚嘆九十歲的老婆婆不但身體好，還有勇氣拔牙裝假牙。

廚房抽油煙機老舊功率不佳，母親一直叨念要汰舊換新，父親簡約說：「沒有必要，機器能用就好。」十幾年下來兩人意見始終無法統一，老抽油煙機也就在廚房裡繼續工作，聲音越來越響，抽油力越來越低，做飯炒菜油煙、菜味飄進客廳、臥室裡，越來越濃重。

外婆來台灣數年之後，父親曾參加旅行團到歐洲旅遊。他前腳出門，外婆就淡淡的提醒母親：「妳不是想找機會更換抽油煙機嗎？」有外婆的撐腰，母親眼睛一亮，立即開心的付諸行動。

兩星期後父親回家，見到新抽油煙機不說話，母親和外婆也當作無事一般。

台北興隆路家的廚房

二〇〇〇年，父母遷居台北市文山區的興隆公園旁邊，和弟弟一家同住，彼此照應。

俗語「一個廚房容不下兩個女人」，母親與弟媳的飲食觀念南轅北轍，弟媳工作忙，廚房就由母親掌管了。

母親為父親及弟弟一家五口買菜、做飯、洗碗，十多年如一日。

她做飯並非一日三餐而是一日數餐：父親作息精準，到點一分鐘不能等，必得上桌吃飯，得單獨侍候。母親雖是受現代教育的職業婦女，卻一直恪守她做傳統妻子的本分，絕不懈怠敷衍。弟弟、弟媳工作回家時間不定，尤其弟弟當醫生特別認真，在醫院門診、寫論文、編輯兒童精神醫學雜誌、閱讀世界最新醫學研究刊物……，常常半夜才到得了家。母親堅持等門，為他張羅食物，數十年不變，以食物傳遞她對兒子事業的支持與心疼。三個孫子孫女上學、放學時間不同，母親務必讓每個人吃到熱飯熱菜，便得多做幾次餐，她從不以為苦，只要孫子孫女吃得好吃得香，她便歡喜快慰。

親友看見九十多歲的母親，頭腦清楚、記憶力好、耳聰目明、手腳利落，同時盡心盡力操持家務，無不吃驚、無不佩服。虔誠信奉基督教的母親，輕鬆笑道：「能侍候別人比必須讓別人來侍候我好多了，這是上帝賜給我的福氣！」

這兩三年，我返回台北探望父母，在興隆路巷子的住宅裡，發現母親的眼力差了，有時杯子碗盤沒洗乾淨卻沒感覺；另外，越來越常聽見廚房傳出母親大聲找父親的問話：「你把我放在台子上的剪刀（菜刀、水果刀）放哪裡去了？」或是嘆氣抱怨：「唉呀！我在廚房做事，你不要進來收拾東西，行不行?!」要不，就是詢問父親：「你把抹布放進冰箱裡是啥意思?!」父親耳背，聽不清說話，仍在廚房緊跟母親身邊，她剛放下菜刀，他立刻把刀歸位；她炒菜一起鍋，他這邊手已經過來，把瓦斯爐的火熄滅……。母親不勝其煩，貼著他的耳朵吼道：「請你不要再幫倒忙了，可以嗎?」父親生氣回答：「我是怕妳危險啦!」

就像魯迅小說寫祥林嫂的故事，這些年父母親的廚房對話變成了老三篇，日復一日的重演。

我坐在飯廳，目視廚房裡發生的點點滴滴，眼眶濕潤——我的父母真是老了！

從成都公婆的廚房說起

婆婆的廚房裡總有公公忙碌的身影，正確的說法，應稱：公公婆婆的廚房。

木棍和塑膠布搭建的廚房

隨唐效回成都探望公婆，第一次是一九八八年夏天。

進入四川省地礦局大院裡，轉到一處形似四合院的小院落，矮小的平房幾家人分住，中間一塊水泥鋪就的大空地。

公婆分了兩個房間，一前一後彼此相連，前間做客廳、後間當臥室。房間的外牆與院牆之間，相隔有約一．五公尺的小巷道；利用這塊長條空巷道，公公以木棍和塑膠布搭起一個小棚子，可防風避雨，充當廚房和浴室。上廁所，那得略走一點路，去使用遙感站辦公室的公共衛生間。

我見公婆每天逢到做飯時間，蹲在客廳外窗戶下的水泥地上，剝豆莢、整理青菜，鄉下親戚提了雞來，也蹲在那裡宰殺；就近拿進棚子裡洗淨、煮食。站在小院中央的空地上，可以清楚聽見炒菜的聲音，聞到炒菜的陣陣麻辣味。

婆婆炒菜時，公公從客廳取出一張小木頭方桌，端放在院子略靠住屋的位置，擺好碗筷，接著菜餚以直徑約十五公分、高約七、八公分的瓷碗盛裝（使用瓷碗確是比使用碟子省下不少空間），放到桌上。所有的菜上齊後，全家人和來客各自坐在圓木凳上，圍繞小桌子吃飯。鄰居們偶爾走過來瞧一眼，說：「吃得好哦！」

吃完飯，碗筷、桌子、圓凳迅速撤離，公公取來掃帚把地面清掃乾淨，公共的水泥地隨即恢復了原本的空曠，鄰居、來客的孩子們歡喜的在上面跑跳喊叫、追逐玩耍起來。

公婆說，這是過渡，地礦局馬上要蓋宿舍樓，過一兩年搬入新家，一切都會變好。

姊姊家廚房的變遷

唐效有個姊姊，她家我自然要去拜訪。

姊姊一家三口，一九八〇年代末，住在成都的四川省糧食廳宿舍。

一幢長型大樓，住幾十戶人家。姊家在樓上，上樓梯後有一條長廊，每扇門後一戶人家。每戶家人，在自家門口的長廊護欄前，裝置爐灶、洗槽，同時貼著門邊的牆壁，立一個簡單的櫥櫃；姊家亦然。

記憶中，沿著長廊，我好像走過八、九家廚房，廊道混雜著各種不同的氣味：菜味、飯味、肉味……其中濃重的麻嗆味最為突顯。煮食的人張羅飯菜，有人錯身經過，早已習慣互不招呼、互不干擾。

姊家位於長廊盡頭，就一個房間：安放一張長方型書桌、一個衣櫃、一張大床，只剩一人可過的走道，就沒其他空間了，箱子塞在床底下。浴室、廁所公用，位於廊道樓梯旁；從我眼中看來居家使用很不方便，姊姊一家人卻安之若素。

一九八〇年代後期，中國大陸人民生活仍很艱苦，唐效從荷蘭回去探親，以政府給予留學生的特殊照顧，買八大件電器送給家人、親友改善生活。

一九九〇年之後，大陸經濟起飛，社會變化快速，人們生活條件得到很大改善。

陪唐效再回到成都，姊姊服務的單位已蓋了幾幢五樓公寓，她選住其中一幢的第五層。公寓面向錦江，憑窗俯瞰江水、岸邊垂柳、大橋，景色幽美；廚房雖不大，設備極簡單，但擁有單獨的室內空間。

姊姊、姊夫繼續努力工作、積蓄，一九九〇年代末自購了住家，比公司分配的公寓大一倍。廚房寬敞，除了流理台、櫥櫃，還擺放了一張四方型的餐桌。

幾年之後再度遷居，住進規畫完善小社區的一幢電梯公寓裡，擁有四房二衛二廳的大面積。這個公寓的廚房寬敞明亮，裝置了全套的新廚具，緊接廚房延伸出一片有頂蓋的寬闊陽台，可做爲備用廚房；整體使用起來，比過去更加自由合手與舒暢。

公婆的公寓廚房

話說回來，一九九〇年後公婆亦搬了家。地礦局興建好一批每層兩戶的五層公寓，他們住進其中一幢的第三層樓。

公婆的公寓，進門爲客廳，廚房、衛浴間位於客廳左邊，與前陽台銜接；客廳前方有兩間臥室，右邊是第三間臥室，房間開了扇門通向後陽台。這個陽台用來晾曬衣裳，養植盆栽。

居住一年之後，公公把廚房、衛浴室打出去，把前陽台密封起來，安裝上幾扇玻璃窗，廚房、衛浴室都變大了。

廚房貼近玻璃窗邊，擺放一張木頭小方桌，既可坐桌前吃早餐、整理蔬果，也可放砧板切肉，還可擺一小竹筐放置洗好的碗筷，任其晾乾。往外看，窗口有一棵高過窗戶的構樹，枝葉繁美，青綠色的卵形葉片呈現不規則的缺裂，有時會見到小鳥站在枝頭啼鳴。往下看，正好是地礦局附設的幼兒園。公婆常常邊吃早點，邊看胖嘟嘟的小童跟著音樂做晨操；小孩子做操不專心，錯誤花樣百出，公婆看著指指點點、樂樂呵呵。

多年後，幼兒園停辦，改建成一座小公園：有樹、有花廊、有假山和水池，還裝設一些老人健身用的運動器械。公婆常在小公園內散步、做操，偶爾也使用運動器械健身；但，提及幼兒園的消失，他們總是悵然若失，畢竟日日觀看小孩天眞無邪的跑跳嬉戲，讓老兩口的日子增添更多生命的喜悅。

這個公寓的廚房，目測大約四、五平方公尺，除了臨窗放置小方桌外，右邊緊貼浴室的隔牆，以水泥砌出一個洗槽；左邊貼著公寓樓道的隔牆，在離地六十公分高處，砌立一條約四十公分寬的長型水泥檯面，三分之二用來放置兩個爐頭的瓦斯爐、三分之一放熱水瓶、茶杯和電飯煲、筷子筒。水泥檯面至客廳隔牆的位置，公公親手釘製了一個多層的木架，高及天花板，分置碗盤、鍋子、調料等用品；木架前面，垂下一片花色清雅的布簾，阻擋灰塵與油煙。

成都市每年舉辦大型全國糖酒會，展覽結束後，馬路邊會遺留下不少廠商丟棄的木條與三合板。公公發揮廢物利用的精神，撿回家製成木架，向兒子誇耀。

唐效說：「爸，這種質量差的木料可惜了你的好手藝，應該買好材料做個高級架子。」老頭子對兒子的意見不以爲然，對不花一分錢的成品自己得意非凡。

廚房雖小，居然還騰出一小塊空間放下一台洗衣機。晴天，洗好的衣服晾在廚房窗外懸掛的衣架上，雨天將衣物轉移到有頂蓋遮蔽的後陽台去晾乾。

曾經建議幫公婆重新裝修廚房，卻被拒絕了。老一輩的人省吃節用慣了，加上對舊物的眷戀不捨，我們理解，也就順從他們的心意。

如今，每次唐效和我返回成都公婆家，加上姊姊一家或其他客人來吃飯，廚房的小方桌明顯小了。沒關係，把客廳靠牆的一張大些的桌子，挪到正中央，菜餚以深碗裝盛上桌，擺滿一桌也能有十來樣，八、九人挨擠著圍坐，吃得熱熱鬧鬧、開開心心。

公婆的後廚房

地礦局大院裡有個食堂，從公婆家走路過去兩分鐘，理所當然成了家裡的後廚房。

每次唐效、我回去，吃飯必定加菜。公公去食堂，端回松鼠魚一客，魚肉切菱形狀油炸，整尾魚如花開果裂般翻飛，淋澆酸甜醬汁調料，入口外皮酥脆內裡魚肉綿嫩柔軟，好看好吃。端回京醬肉絲一盤，豬肉絲在盤內堆積如小丘。

選訂這兩道外賣菜，公公的理由：家裡廚房爐火不夠大、油不夠多不夠熱，炸不好松鼠魚；京醬肉絲採用的材料全是豬肉的精肉，最划算。餐後，食堂的菜盤不必立即歸還，有空的時候捎過去就行了。

婆婆過八十大壽，兩老考察了很長一段時間，不收禮原則下，做經濟實惠、交通方便的諸多比較，最後決定就在自家「後廚房」——地礦局食堂，宴請親戚好友、婆婆以前教書的老同事、最早年帶過的幾班學生。

食堂位於一幢兩層樓的建築物裡，樓上有清爽寬敞的聯誼廳，早上十點過後，客人陸續來到，安排在聯誼廳喝茶聊天打牌，才占用約三分之一的空間。

中午下樓，轉移至食堂用餐。席開十三桌，大圓桌正好擺滿餐廳，每桌十人。訂購的桌菜，擺盤雖不精美，但雞鴨魚肉蔬果俱全，滿滿一桌，都是道地家常川菜，很合當地人口味，大家吃得舒心。

餐畢，桌子一收，圓桌變成麻將方桌，還是自動洗牌的「機麻」桌哩！客人們繼續玩樂，聊天的聊天、打牌的打牌，直至晚餐後結束。

晚宴主食爲粥、饅頭，配上清淡的菜色，大夥兒更有賓至如歸的感受，紛紛探問如此一日的費用，得知價格後讚不絕口。

婆婆的壽宴爲食堂帶來了不少生意。不少次公公的宗親、同學，婆婆的同事、學生聚會，主辦人都主動提出，訂在地礦局的食堂舉行。食堂的老闆，每回見到公婆，必定眉開眼笑的招呼道謝。

地礦局大院除了員工食堂，在臨人民北路的大門旁，建了一幢門面堂皇的大樓，開幕成爲氣派的「金麒麟大酒樓」。

公公因局裡犒賞退休人員，進去金麒麟吃過幾次宴席，回家批評華而不實；以四川話說：「沒得意思」。公婆一生儉約不去消費，但，每每抄近路，穿過酒樓豪華的大廳出入大院。

不久前，我們返回成都探親。由於電腦網路的發達，成都團購流行；姊姊和她的女兒利用網上團購，以極好的價錢，訂了金麒麟的五道菜套餐，一行七人加點錢再補三個菜。

用餐後，大家認爲菜餚做得精緻，味道亦可口，加上餐廳裝潢氣派、服務周到，這道餐吃得可圈可點。公婆更像發現新大陸和姊姊商量，將來幫忙利用網上團購金麒麟套餐，讓他們能有新的好地方請客。

幾星期後，從荷蘭家裡和公婆通電話。他們興奮說道：又有新發現，金麒麟地下室有自助餐式員工食堂，環境衛生、可選擇的菜色多、價錢非常便宜。

婆婆最近常慨嘆，年紀大了不想做飯。這個金麒麟員工食堂，似乎可以替代成爲他們的新廚房，不單省了採買、做飯、洗碗；把來回當散步，穿過大院的花園、林蔭道，一趟慢慢走個七、八分鐘，也算運動，應是賞心樂事。

我們長居異國，距離遙遠，無法親身侍奉年老父母，仰靠他們自力生活，聽此自然放心與歡喜。

提到採買食品，可說是公公的專利。

退休之後，每日騎自行車買菜，是他最大的樂趣。大院員工食堂的牆畔，不知幾時出現了一個菜攤；另外，側門內與理髮店相鄰，有個雜貨鋪，除了日用品，兼賣雞蛋、水果。

公公從不照顧這兩家的生意，他說：「等我騎不動自行車的時候，會就近在這兒購買。」

早餐後，公公喜孜孜的踩著自行車，哼著不成調的小曲，出門啦！

先去到大院對街西藏飯店後方的市場，轉一圈，每個攤子賣的每樣菜，都詢問過一遍價錢。然後，騎上車往更遠一點，去到鐵道局宿舍附近的市場比價。天氣好，還有時間的話，他會繼續再騎車，跑到更偏遠的市場；運氣好的話，能在那兒遇到近郊的農民，拎自家農地收穫的瓜果蔬菜來販賣；如此可以買到新鮮又便宜的東西，即成都話說的「買鄉音」。

一般來說，公公上午去市場只是純粹探價，傍晚市場收攤時分才真正採購；這時公公可以針對相中的獵物，以各種理由大力砍價。他的名言：「退休後，我什麼

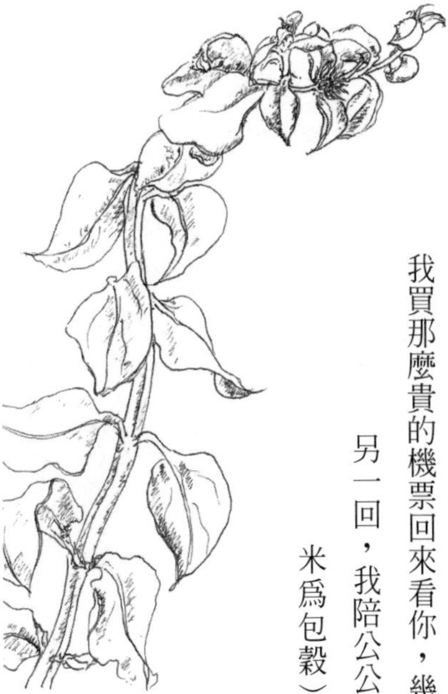

野菜穿心蓮，開了一朵小花。

都不多，就是時間多。」以時間換取便宜的食材，何樂而不爲?!

但，買便宜菜成習慣，有時不免走火入魔。

記憶深刻：十多年前有一次回成都，傍晚隨同公公去市場。公公大方說：「想吃什麼就買。」

唐效相中一家菜攤上的莧菜，是在荷蘭買不到、吃不到的；公公問了價錢，嫌太貴。再問第二家，對價格仍不滿意。第三家，賣價較便宜，可惜菜葉已經萎敗。第四家，講價不下，因爲莧菜是當時新上市的時令菜。轉完市場一圈，公公下結論：「明天，我一定買給你們吃。」

那次，停留成都兩個星期，卻沒能吃到莧菜。臨別，唐效幽默說道：「爸！我買那麼貴的機票回來看你，幾塊錢的莧菜你還捨不得給兒子吃哦！」

另一回，我陪公公買菜。停在一手推車玉米攤前（四川人稱玉米爲包穀），公公問明一斤賣價，覺得可以接受，仍硬殺幾角錢，對方雖不太樂意，終究勉強同意。

公公將挑選好的包穀聚攏，動手摘掉每根尖端缺穀粒的部位。賣包穀的婦人嘟囔，公公毫不理會，接續想撇除包穀底端一小段無用的莖部，設法減輕秤重；除不下來，竟張嘴用牙咬。婦人忍不住笑罵：「老先生，你牙齒好啊！」公公臉不紅氣不喘，回嘴：「哪裡，都是假牙。」

早些年，公公不讓我單獨在成都上市場，說我用外鄉口音買菜，絕對上當受騙；我不服氣，偏要試試。買了雞蛋、水蜜桃回家，比公公買的大、品質好、價錢便宜。怎麼可能？

我得意的披露訣竅：看上中意的雞蛋、水蜜桃之後，我悶不吭聲，站立在攤子的一旁觀看，等待當地人講成低廉的買價，立即跟進。誰說外鄉人會吃虧？公婆對我這個媳婦，不由得刮目相看。

不過，在公婆的廚房裡，唐效和我至今仍插手不上。

兩老雖然都年過八十，卻身體健康、手腳俐落；起得早、跑市場快、切菜片肉刀工好；烹調掌握自己的鹹淡要求；清潔碗盤一定省水，但保證洗滌乾淨絕不油膩……。

我呆愣的站在廚房，幫不上忙，不免尷尬慚愧。公婆反過來豁達的安慰：「我們做不動時，自然就輪到你們了！」

我的九個廚房

回想了一下，前前後後屬於我的廚房共有九個。

台北石牌的廚房

我和妹妹、弟弟三人陸續從台灣南部上到台北讀書、工作之後，父母把姨媽位於石牌的一幢公寓轉買了下來。

當時，弟弟在台大醫學院就讀，我在報社當編輯，妹妹畢業後在一家貿易公司任職。

石牌的公寓雖三房二廳，面積卻不大，但格局方正，沒有浪費的通道，很好使用。廚房僅六、七平方公尺，卻不覺窄小，空氣流通、光線明亮。牆上裝一排櫥櫃，下面安裝流理台、兩個火頭的瓦斯爐、抽油煙機，一應俱全。冰箱放在客廳臨廚房的牆壁旁，與四方形餐桌並列。

妹妹從小活潑能幹，很自然的把買菜做飯諸事攬到身上。下班買菜回來，利落的進廚房，做好晚餐，二菜一湯，簡單而美味。飯後，老實安靜的弟弟，主動收拾碗筷洗淨，我樂得清閒。

有次，看見巷口有老婆婆挑擔賣小白菜，菜色新鮮，買了一把。那日，妹妹恰巧也買小白菜回家，問我花多少錢買的？我答五元，妹妹瞪我一眼說，她才花一塊錢。從此，我幾乎被排除在廚房之外。後來，妹妹戀愛結婚，妹夫與我們同住，我名正言順遠離庖廚。

兩年後妹夫出國留學，再過一年妹妹也赴美，廚房歸於我。

事實上，妹妹離開後，弟弟多在醫院餐廳用餐，而我服務的報社設有餐廳，發有免費餐券，所以家裡難得開伙。

假日，偶然心血來潮，會走到家附近的市場，採買些入眼的雞鴨魚肉、蔬菜水果，請老同學來家中吃飯小聚。雖然我下廚做羹湯的機會不多，做出來的菜餚倒是有模有樣；備受讚美，自己也頗爲得意。但，這樣的事，平均下來一年也就兩三回。

多年之後，我離開台灣前往歐洲，石牌的廚房乾乾淨淨的移交給弟弟。

屬於弟弟的廚房，只用來煮公寓對面樓下雜貨店賣的冷凍水餃。

比利時布魯塞爾的廚房

我眞正廚房歲月的開始，應該從留學比利時算起；這之前，基本上是「大小姐」心態，下廚房只是生活點綴，虛應故事而已。

去到布魯塞爾，正好表哥、表弟都在那兒。長居比利時的表哥有經濟頭腦，建議我母親、舅舅與他合資，買下與他住家同條街，隔幾戶的一家三層樓老房子，待我與表弟讀完書離開，他再買回整個產權；說計算下來，比我和表弟各自租房合算。因此，我和表弟非常幸運，在二十世紀八〇年代末的留學生涯，有屬於自己的房子可住。

房屋窄長，兩邊有鄰居。進門是一條廊道通向樓梯；廊道旁邊的空間，前面是客廳，後面是廚房，廚房有扇門，上幾層台階是鋪了磚的小後院，約二十平方公尺，周圍種植玫瑰，我住進後，開闢出一小塊菜圃。一樓房間表弟居住，我占用二樓。有個地下室，早年用來堆煤炭和木柴，供冬天取暖之用。因是老屋，沒有浴室，表弟和我把地下室清理乾淨，新修成一間淋浴，以符合現代生活需要。

老房子的廚房頗大，大約有十五平方公尺，貼著客廳隔牆前，放了個老式的鑄鐵壁爐，燃燒木柴；爐子頂面是平的，可以放上水壺燒水，古意十足。臨後院窗戶，水槽由石塊砌成，又深又大，很好用；工作台也是石板搭成的。沒接煤氣管，只好使用電爐。原屋主留下一張實木製的大圓桌，立於廚房正中間，自然繼續做餐桌。

表弟是大舅家的老么，從沒做過飯，我長他許多，該扛起照顧的責任；廚房由我接手做三餐，編派他洗碗。

既是留學，開銷就要做計畫有控制。日用品及食材的花費我牢牢掌握。用的鍋碗瓢盆大多爲二手貨，從「救世軍」商店買來。（居民將無需的家用品，贈送給稱爲救世軍的組織，清理分類後，以極少價錢賣給有需要的窮困者，所得的錢也用來濟貧。）但，吃湯麵用的四只細瓷大碗卻屬例外；老友蔣勳前來探望我時，兩人從美術館出來，看到一家餐具店正進行大甩賣，其中白色細瓷大碗造型美質地佳，蔣勳與我玩賞後，決定買下；我一直留用至今，仍然喜愛。

住在城北，周末，我常拉著買菜車搭電車到另一頭，布魯塞爾最大的南站露天市集去採購，因爲東西種類多價錢便宜，可以減少一半的飲食花銷。在市集裡，我認識了比利時苦苣菜（黃白

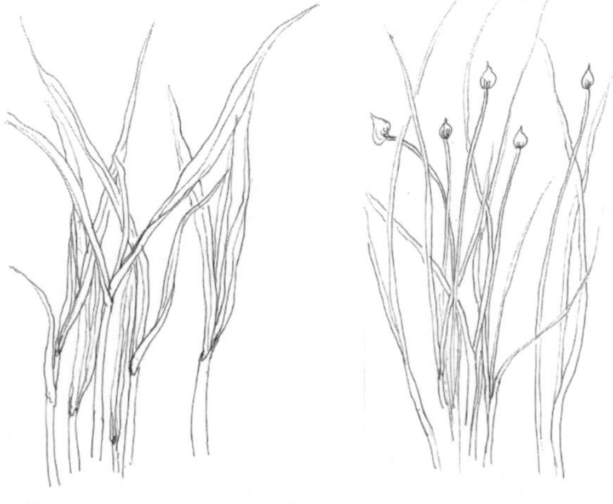

開闢菜圃種植蒜苗、香蔥。

色，八至十公分長，形如砲彈），當沙拉菜生吃，愛上它脆爽的質感，微微帶苦的特殊味道；後來學到把它對切煮熟，上面鋪一層火腿肉再加一層乳酪，放烤箱烤至乳酪融化，這是比利時小酒館最普通的小食，煮好的苦苣菜，幾近入口即化，裏上火腿、乳酪的香氣，我認爲是典型的比利時美食。

一日中午，我炒好一鍋六人份電鍋的米粉，然後去就讀的皇家藝術學院畫畫。傍晚進門，看見表弟坐在餐桌旁閱讀經濟學，桌上的電鍋裡頭空空如也。

「你把米粉全吃了？」我驚問。

他靦腆的笑說：「太好吃了，不知不覺全吃光了。」

我又冷又餓，忍不住落下眼淚：「不管再怎麼好吃，總該留一碗給我塡肚子吧！」見我淚如雨下，表弟慌張得不知所措，幾日不敢正眼對我。

這段歲月，吃最多的是便宜的雞翅膀和蘋果。我從不買可樂，表弟只好背著我，自己買了偷喝。

正是布魯塞爾共甘苦的留學生涯，表弟與我建立起了日後牢不可摧的革命感情。

荷蘭舒思特的廚房

踏入舒思特鎭住家的廚房，我已是專職家庭主婦，責無旁貸繫起廚房專用圍裙。

一九九〇年，唐效和我兩人在舒思特鎮登記結婚。先租房後買房。租房住得順心，買房子時選擇了相同的建築格式。所以，在舒思特我有過兩個廚房——結構同樣的廚房；因此，就單說自己家的廚房吧！

房子是一整排連接房屋當中的一幢，三層平頂樓房。一樓爲客廳與開放式廚房。客廳面對後花園，廚房面對前院與馬路，均採用落地玻璃窗，都設有陽台。

廚房呈長方形，約十八平方公尺，櫥櫃、冰箱、流理台、爐台一字排開，臨近樓梯的牆壁而立。餐桌靠與鄰居的隔牆而放。原屋主是對年輕牙醫夫婦，客廳、廚房的地面鋪設大理石板，漂亮極了；夏天，讓空間充滿清涼之感，但冬天便顯得過於冰冷；廚房的大理石地板，尤其得隨時注意不能有水滴、油漬，否則一不小心難免滑跤跌倒。

做中國菜必須油多火大，炒出的菜才好吃。我在廚房炒菜時，除了開啓抽油煙機，還打開落地窗吹散氣味，可是功效有限，味道瀰漫了整個客廳。因此，唐效在廚房客廳之間的天花板了釘了一條鋁製的窗簾軌，裝上布簾，平時敞開，做菜時拉上，立即產生良好的成效。

廚房的爐火，牙醫夫婦安裝了平板電熱陶瓷爐，在當時非常時髦；我們對新事物充滿好奇，接收了下來。

那是一個方形的陶瓷平面，上面有四個火力不等的爐面。開關扭開，火力上得很快，轉小火後，熱力卻無法立即下降。由於是面板，似乎清洗容易，但得使用特殊洗滌劑，而且動作需小心謹慎，否則去污漬時容易有刮痕。

四、五年後技術改進，電磁爐出現，不單爐面材料耐損，同時烹調時，爐子表面可以鋪張紙，再放鍋子；隔紙做羹湯，若遇油珠飛濺、湯汁溢出，全落在紙上，做完菜，取掉紙張丟進垃圾桶，爐子表面乾乾淨淨。

唐效和我使用平板電熱陶瓷爐，很快失去興趣，不喜歡它且有批評：清理時提心吊膽；火候很難掌握控制，烹飪過程不順心；最麻煩的是它不像瓦斯爐，沒有火苗出現，總覺不像做菜。可是，不論荷蘭朋友或中國朋友來訪，都很羨慕，認爲我們走在潮流的前端。

前任屋主還在廚房裡留下一個非常時尚的煮咖啡機器，可以打出牛奶泡沫，以蒸氣壓力沖出卡布奇諾咖啡。得到這個禮物，兩人最初常常享用，飲用時眉開眼笑；家中來了客，我們絕對要顯擺一番，得意的端出特製咖啡。日久，新鮮勁過，嫌清洗麻煩，不再玩它，喝卡布奇諾，還是去咖啡館吧！

剛剛結婚，一心想做賢惠稱職的家庭「煮」婦。第一頓早餐，早早起來包餛飩，煮好，侍候唐效吃完上班，他受寵若驚。

待他下班回來，卻說：「早上吃熱食，一路開車瞌睡得要命，工作也沒精神。算了，早餐還是吃一貫的牛奶和餅乾吧！」好吧！既然如此，我便無需早起，說好聽留給他自由的時間與空間，事實上給自己找賴床的藉口。

我這個家庭婦女外表看來做得輕鬆，一日僅需準備晚餐。專業廚藝如何？議今從瑞士帶西班牙同學來玩時，她對同伴說的話最具代表性：「丘阿姨做的菜既漂亮又好吃，可是妳一定要很有耐心的等。」的確，我是那種每條肉絲要切得一樣長短粗細，菜葉必一片一片洗淨的人。那段日子，每天晚上八點開飯，下午三點我已在廚房開始準備工作。

經過數年訓練，如今，洗菜切肉這些準備工作已經快速許多了，自我感覺良好；但，手腳特別麻利的朋友，仍嫌我像繡花。我聽了只是笑笑。

做晚餐一直是我的遊戲，也是藝術創作，弄得有效率而嚴肅做啥？有趣的事情，邊做邊享受過程，天天開心。

美國紐澤西的廚房

一九九〇年底，唐效服務的 ASM International 公司派他去美國工作，我的廚房從荷蘭搬到了美國。

公司福利好，外派期間代我們繳交荷蘭的房屋貸款，還爲我們在美國租賃了一幢好公寓。

唐效進入位於紐澤西州 Murray Hill 的 AT&T 實驗室，參與研究開發的合作項目；因此，公司爲我們安排的公寓，位於附近小鎮 Chaten 的一處高級住宅區裡：綠化非常好，設有游泳池、網球場等公共設施，大門有管理員把守。

我們住的公寓樓房爲兩層樓，總共四戶人家，我們屬於樓上的一戶，房子有景的兩面安落地窗，望出去，窗外一片美麗的樹林。

這是家具完備的一間公寓，主人的品味高雅時髦。

整個屋子的地面全鋪滿長毛厚地氈、灰色皮沙發、king size 的大床，餐桌是金色邊及四隻金色腳的玻璃面長桌。廚房不大，細長形，以一堵牆與客廳分隔，摩登的廚房設備沿牆放置，剩下約一公尺寬的長條活動空間，兩側無門，左轉直接彎入客廳，右轉則走到落地窗前的餐桌旁。

龍蝦盛產季節，廚房裡，幾乎每周會煮二至三次的龍蝦：取大蒸鍋，底層放薄薄的一層水，將洗淨的龍蝦放入，蓋上鍋蓋，大火蒸十五分鐘即成；做法容易，龍蝦肉又香又甜。

當時每磅活龍蝦在超級市場只賣二．九九美金，實在太便宜了，唐效與我乘機大吃，來客當然必饗以龍蝦餐；名聲在外，有次，住紐約的表姊全家來作客，外甥女央求母親：「妳可不可以跟表姨說，今天不要吃龍蝦？」

美國的超市大，食品種類多、分量足，上完超市，家裡冰箱一定爆滿。住所臨近紐約，周末會開車去光顧老唐人街和法拉盛的中國城；到了這兩處地方，我們就像從貧困地區到了富庶之地。一九九〇年的荷蘭，只有中國雜貨店，店面小，中國蔬菜、其他食品少得可憐；美國的中國商店，不但生鮮食品多，還賣有各種滷味、熟食。我們見到眼睛發光，什麼都想吃、什麼都想買。常常忍不住買五六盒、七八盒不同的滷味，存放冰箱，隨時取出來解饞。明知吃法很不健康，卻抵抗不住食物的誘惑。

一年後，唐效的外派工作結束，我們各帶增加五公斤的體重，重返荷蘭。

荷蘭考克鎮的廚房

一九九三年，唐效另謀新工作，被聘爲 Drukker International 公司的高級科學家，專事鑽石應用在高端工業上的研究開發。後來公司被世界鑽石業領頭者 De Beers 跨國公司合併，De Beers 中文譯名戴比爾斯，除了採鑽石礦，進行裝飾鑽石的貿易，還設有工業部門，另名 Element Six（簡寫E6），唐效成爲E6荷蘭分部研究開發組的副經理。

公司設於荷蘭東部的 Cuijk（考克鎮）。唐效通勤數月，受不了長途開車奔波，下通牒必須搬家。不捨中部舒思特的環境和房子，我還是同意賣屋；沒想到才過兩天房子就賣掉了，措手不及，一時在考克鎮及附近，找不到適合的房子購買，只能租屋居住。

荷蘭有很好的租房制度，一個人只要找到工作，就有優先權在工作當地取得租房。

在考克鎮南邊帕德布魯克住宅區，我們租下一幢房屋，土地面積一百五十平方公尺，有前後院，建築體積四百多立方公尺，底層爲客廳、廚房，一樓有兩大一小的臥室與一間浴室，二樓爲閣樓，我們將其整理成書房。

廚房爲開放式，前任屋主在廚房與客廳的分界線上，砌起八十公分高、十公分的一道矮牆，占分界線一半的長度，做爲分隔；好像形成兩個獨立的空間，其實仍然屬於開放形式。

烹調中國菜油煙大，我們沿用過去舒思特鎮住家的方式，在廚房與客廳間加裝活動布簾，阻擋廚房氣味的擴散。廚房有一道門直通後院，唐效多安裝上了一扇紗門，這樣隨時可以將後門打開，讓空氣容易流通。

考克鎮的租房公司每隔七年，爲房客更新一次廚房設備。我們承租時，廚房設備使用了六年；租房公司同意略加幾十元，在我們搬進時，給一套全新的櫥櫃和流理台。這套廚房設備不可能高級，但質量算過得去，式樣簡單大方。

安裝櫥櫃時，我對吊櫃按荷蘭人的身高懸掛，頗有意見；因我本人個子矮小，吊櫃掛得高，使用很不方便。兩位工作人員看看我，隨即彼此商量了一下，破例專門爲我釘置一套吊櫃，高度比其他租屋低下十幾公分。這種靈活機動的工作方式與態度，令我感動。

租屋廚房接有瓦斯管，但沒有爐台。唐效和我查閱地區報的廣告，從離家半小時車程的一戶人家，以很少的價錢買到一個爐子（包括四個瓦斯爐頭，下有烤箱），搬運回家。二手貨爐子與新買爐子同樣好用，卻能節省下好幾百歐元的開銷，兩人十分得意。

我使用這個廚房整整七年。老友電影製片人焦雄屏，在這裡用烤箱烤鴨子，鴨子外皮塗抹蜂蜜，烤熟後，皮香脆肉鮮美；導演蔡明亮運用這個廚房，表演過他拿手的馬來西亞家鄉菜——咖哩雞；畫家楚戈，展示他得意的無油炒絲瓜……

在這廚房裡，我繼續磨練烹調的功夫。去餐館吃了美味佳餚，憑著感覺與印象試做，竟能有八、九分像，對於自己的手上功夫、舌頭的品味能力，頗爲滿意。

此外，唐效與我繼續研發創新，以不同的手藝，讓自家菜圃豐富的收穫，能夠以獨特的風貌及味道，呈現在餐桌上。

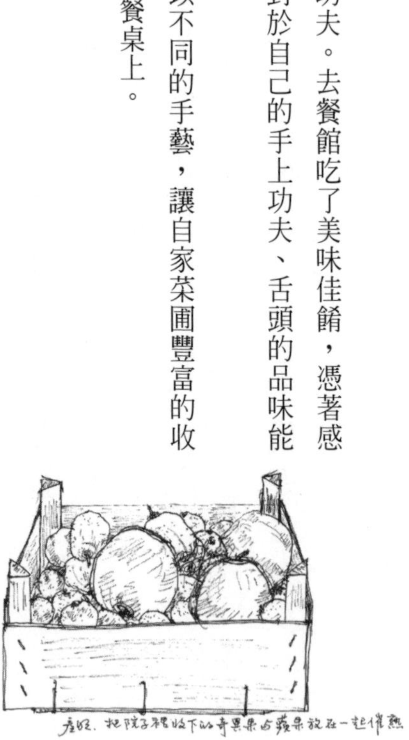

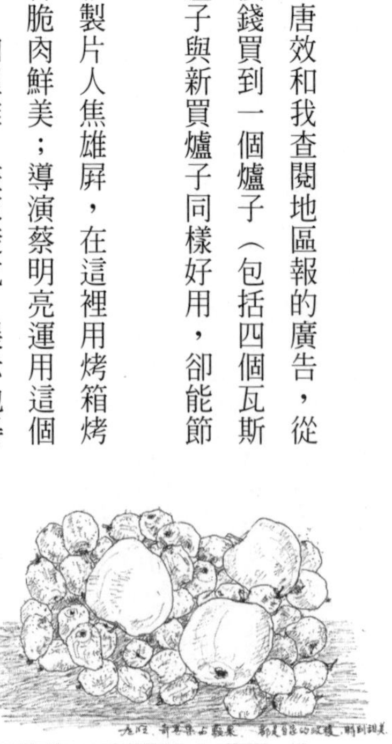

自家收成的奇異果與蘋果，吃起來相當味美。

荷蘭聖．安哈塔村的廚房

搬家到與考克鎮租房相距四公里的聖．安哈塔村（Sint Agatha），鍋碗瓢盆等廚房器物全部搬了過來；帶烤箱的瓦斯爐沒捨得扔，移過來接續使用，直到廚房改造換新。六十多歐元的二手貨爐灶，總共使用十四年，唐效笑說：「有妳持家，怎麼可能不發財?!」

聖．安哈塔村的廚房，在我們住了七年之後，完全改造，重新裝修。

光陰如梭，理想的新廚房已使用許多年了，來客均讚賞新壁爐的裝置，既達到供暖的目的，又增添用膳氣氛。每次天氣一變冷，我們立刻開啓壁爐，享用至今，超過八年，仍舊萬分滿意。

不久前，改換了餐桌。

唐效不喜歡用四隻腳的餐桌，喜歡正中央單獨一根支柱支撐桌面。後者這種餐桌，在法國小餐館最常見，我們在荷蘭的廚房設備店裡，卻遍尋不著。找了幾年不得，他宣布放棄尋找，決定自己動手做心中理想的餐桌。

買來七十五×七十五公分長寬，兩公分厚，貼白色面的木板；另買

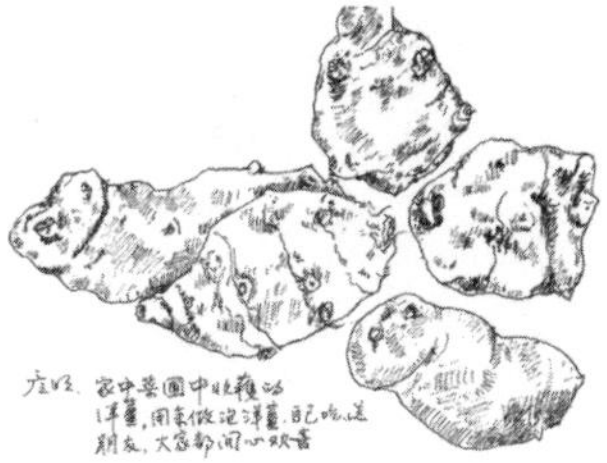

左娃．家中菜園中收穫的洋薑，用來做泡洋薑，自己吃、送朋友，大家都開心歡喜

左娃．院子裡蘋果樹結的大紅蘋果，顆粒很多漂亮，美極！

四十×四十公分長寬的不鏽鋼片，做爲支撐架底座，座子中央插入圓柱形的不鏽鋼撐桿。這種不鏽鋼桿子，通常供高腳桌所用，有一百公分高，而我們希望的餐桌高度爲六十五公分。爲此，唐效拿鋼鋸，設法慢慢鋸斷不鏽鋼支架。有志者事竟成，終於做成他想望的獨腳餐桌，非常開心。

一張小方桌做爲餐桌，我們一家兩口，平日挺好使用；但，來客就不敷使用了。於是，唐效再做一張同樣的桌子。支撐圓柱以手工鋸，兩支撐桿很難等長；果然兩張方桌並列時，發現桌面不平；唐效設法從圓柱的支撐處去調整，直到水平儀顯示兩塊桌面完全平整。

住家大門前左右兩塊花壇，就在最靠近門的位置，兩邊花壇各種一棵枇杷樹。書房那側的枇杷樹，枝葉正常的往上方伸長；靠廚房這邊的枇杷樹，不知怎的不往上抽枝，反而斜彎向廚房的窗戶伸展過去。如今，白天我在站在廚房流理台前工作，會看見肥厚墨綠的枇杷葉，在窗外微微晃動。

亞熱帶果樹能在寒帶生長得繁茂青翠，並於前年出乎意料之外在初冬抽出兩串花，十分奇妙。花朵團團雪白，貼著玻璃窗，極爲嬌美；我雖曾幫著授粉，可惜敵不過天寒地凍，沒有結果。去年花朵增多至十多束，惟難過冰雪關，最終僅結成兩粒枇杷。果實較小形如荔枝，夏天從綠色變成金黃色後，擷下，唐效、我兩人分食。新鮮熟透的枇杷，果皮輕易撕去、果肉甜度如蜂蜜，屬於枇杷的特有香氣在口中繚繞很久，餘味讓我倆思念。

屈指計算，自家枇杷樹從種子培育養成，早已將之視爲觀葉植物，放棄它開花結果的可能；但，二十多年後居然見花見果。

於是，再翻閱更多有關枇杷的資料，讀到「野生枇杷樹必須二十年才開花結果，很是難得，應該好好保護。」啊！恍然大悟，慨嘆大自然的神奇。

既然如此，不由得對自家枇杷樹的來年寄予期待，希望全球氣候變化，荷蘭有暖冬，門前的枇杷樹，結滿纍纍果實，我在廚房便能看見一樹金黃。

中國成都小公寓的廚房

差一點遺漏了，成都小公寓的廚房也該記上一筆哩！

每年返成都探親，平均停留一星期至兩星期。二〇〇四年買下的小公寓，不像個家倒像旅館。

小公寓扣除公攤面積二十平方公尺，眞正自用面積僅五十平方公尺，客廳飯廳合用、兩個臥室、一間盥洗室，剩下的廚房，目測大概只有七、八平方公尺，冰箱沒地方擱，將就擺在客廳。

狹長型的廚房，設備極爲簡單：長條流理台上放了個雙座的瓦斯爐，爐旁是操作平台和洗槽。流理台下方裝了櫥櫃，擺放兩人份的杯子碗盤外，還有鍋子，清潔劑、小工具等。

買了個四屜的櫃子，正好夾在內牆與流理台之間成一條直線，抽屜依次第一層存放筷子、湯匙、刀叉；第二層存放菜刀、鏟子、漏杓、量杯、刮刀等；第三層存放茶葉、咖啡粉、可可粉等飲料物品；最底層存放餐巾、毛巾、垃圾袋等雜物。櫃子上方正好放姊姊家淘汰下來的微波爐，雖定時功能失效，還能發揮微波作用。

廚房外有個一平方公尺的小陽台。公寓位於十一層樓，修建時原本周圍尚無高樓阻擋，站在陽台上望出去，視線可以很寬、很遠。近幾年豎起不少高樓，遮蔽不少遠眺的城市稜線，實爲無可奈何之事。

公寓臨成都中心熱鬧的春熙路商區，伊士丹、伊藤兩大百貨公司在住家斜對角，群光、太平洋、王府井等百貨公司等距離也近。各種美食唾手可得：百貨公司樓上附設各種餐館和小吃攤，地下開闢超級市場，其中熟食種類繁多。著名小吃街——三聖街，也就是走幾步路的距離。

唐效和我每年在成都停留時間短，住家周圍的美食吃不完，便不大張旗鼓的開伙。廚房的功用，主要拿來燒燒開水，沖杯熱茶或咖啡，加熱一下包子、饅頭或米飯、切切水果、洗洗杯子碗筷；偶爾看到難得見到的青菜瓜類，才開啓瓦斯爐炒上一盤。

極少烹飪，買了十年的房子還沒裝上抽油煙機，這對喜歡廚藝的我而言，實在難以想像。

仔細一想，倘若長住成都，我的廚房功夫大概有兩種極端的可能：一是大為精進，捕捉住川菜麻辣嗆的特質，充分融入菜餚；另一則是本事急速衰退，菜來伸手飯來張口。這怪成都的小吃太饞人，川菜太夠味，滿足口慾在這裡太容易了！無怪乎俗話道「少不入川」。一入川，尤其以休閒著稱的成都，很容易墮落成好吃懶做。

輯四。。百年老屋的新廚房

家庭生活的重心

幾縷紅色的火焰搖曳著，散發著暖暖的光與熱。

一個長條立式現代壁爐緊貼著牆面，裡面放置著二、三十片扁平如玫瑰葉般的黑煤，煤片上架著幾根形狀不規則的枯黃樹枝，部分樹枝被火焰灼熱得透亮金紅；有些煤片則在燃燒中，邊緣呈現出金線般的細紋，一閃一閃的彷若霓虹。

壁爐前方一張小方桌，鋪展著綠色蠟染的桌巾，唐效與我對坐著，慢慢地咀嚼著菜餚的滋味和爐火的氣氛。

這是高級餐館慶祝特殊節日用餐的情景？錯了，這是在我家廚房裡用餐的一幕。每天晚上，效與我就著壁爐的火光，心滿意足地享用屬於我們的夜晚與美食。

保健專家建議：早餐要吃得像皇帝，晚餐要吃得像乞丐。效與我沒法按照這種健康的方式生活。由於趕著上班，效的早餐一向是豆漿泡餅乾，幾分鐘內解決便能出門不怕遲到。中午，他一貫是三片麵包，分別夾有肉片、乳酪片與果醬或蜂蜜，外加兩種水果；我在家，午餐則是負責清掉前一日的剩餘物資或是煮一碗湯麵。晚餐才是重頭戲，不但要吃得好還要吃得精。雖然與「健康飲食之道」理論相違，但，飲食習慣固定仍算是一種健康的生活方式吧！

晚餐基本上是在廚房裡進行。

我們家廚房是個獨立的房間，幾呈四方形，面積約十六平方公尺，除了流理台、冰箱、櫥櫃，再擺上一張飯桌，一點也不擁擠。

廚房是我倆家庭生活的重心，我們吃晚餐的時間總是拉得很長，因爲一道菜一道菜地做，一道菜一道菜地上桌品嘗，邊吃邊評論滋味，還要邊聊兩人一日間分別發生的大小事情。因此，整個夜晚平均計算有二、三小時待在廚房裡。

習慣坐在廚房並不稀奇，自己的家愛在那兒就在那兒。有趣的是家中來客，我們當然客氣的請到客廳裡坐下，但最後客人總會不知不覺受到主人習慣動作的牽引，轉移陣地坐進廚房裡了。

廚房的過去

記憶深刻：看上這幢聖．安哈塔村獨門獨院房子時，第一次由房屋仲介引領踏進屋內，原主人伯賀斯夫婦便請我們在廚房裡坐下喝咖啡。其後，幾次進出細看房屋結構，討論關於建材的疑竇，都是在廚房裡進行。最後，買下房子也是在廚房拍的板、簽的約。交屋日，伯賀斯夫婦把贈送給我們的一大束鮮花插放在花瓶裡，擺在廚房的一張小桌子上。

當時，效與我覺得奇怪，納悶：明明有客廳，爲什麼伯賀斯夫婦老請我們坐在廚房裡?!從布置上猜想：捨客廳而就廚房，可能因客廳讓人感覺過於嚴肅，相對之下廚房顯得自在輕鬆吧！（居住荷蘭的有些外國人心態不平衡，直覺反應這種情形乃「種族歧視」。）

買下位於聖．安哈塔村的這幢房子之後，由於百年歷史的房屋過於老舊，效與我立即重新設計隔間，進行全面整修。兩層樓房，室內除了主要的支撐梁柱與牆壁，其餘能拆的幾乎快被拆光了，只有一處保留原樣——就是廚房。

爲什麼廚房完全沒變動？從房屋歷史來看，第一任屋主爲製鞋修鞋師傅，白天在這個自然光線充足的空間工作；第二任主人爲麵包師傅每日做新鮮麵包、開麵包作坊，把這個空間闢爲店面，人來人往購買麵包，生意興隆。退休後房屋賣給伯賀斯夫婦，伯賀斯先生是司機，有四個孩子，房子純粹用來住家，把店面改變爲廚房；一家人喜歡待在廚房裡，不單用來做飯吃餐，每人早晚固定的洗漱也在此進行。我們幾回坐在裡頭覺得十分舒暢，可見風水不錯；依中國人的觀念，好風水可別輕易更改。再說，整修房子的裝潢公司工人從海牙經兩小時車程遠征過來，住宿工地總得有個像樣吃飯喝水的地方吧！於是，廚房的老舊裝備便原模原樣地保留了下來，將之列爲未來的第二期整修計畫。

整修後的房屋，有了朋友極羡慕的寬闊大客廳，有了充滿書香的典雅書房，甚至還有風景迷人、光線自北而來的理想畫室；但，效與我大部分的家居時間卻和原主人一般，窩在廚房裡。

雖然屋內各個房間皆有大扇玻璃窗，或許因爲方向及角度的關係，白天，尤其是冬天的清晨，光線似乎連穿過薄層紗簾都顯得有些軟弱費勁，帶著灰乎乎的色調；唯獨廚房例外，光線永遠清亮、均勻，總感覺它是不斷流淌著喜悅的源泉。

早晨，我喜歡把報紙攤開在廚房流理台面上閱讀，不必捻燈，透過眼睛，腦子

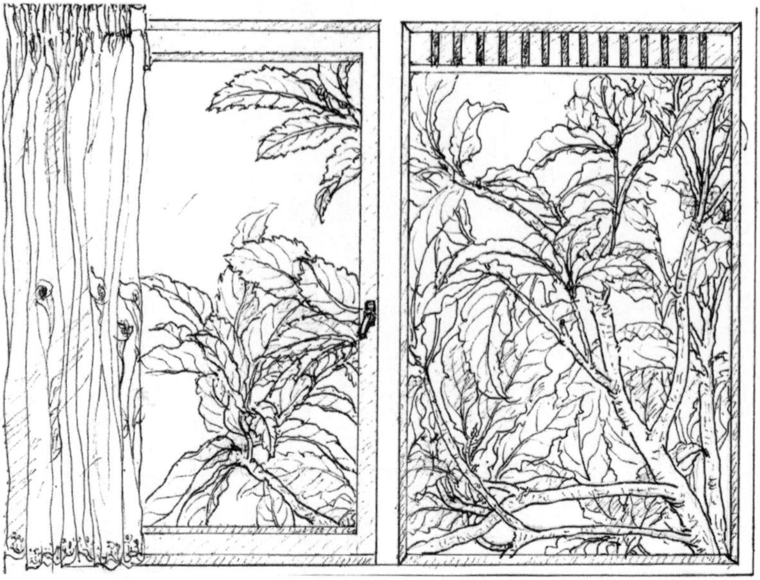

整修後的廚房，從窗戶紗簾望去，迎入藍天與花檀。

毫不吃力地吸收各種訊息；到了夜晚，廚房當然就成了有飯菜香、滿足味蕾、讓身心鬆弛愉快的美好空間。

老廚房的設施

原屋主留下的老廚房裝備非常簡單，一條壓縮木料製成的三公尺長廚具臨窗而置：下方全是褐黃色木紋貼面的小櫃子、抽屜，上面是白色貼面的流理台，流理台中間凹下裝置了兩個方型洗槽。這件廚具一看便知是便宜材料釘製，但，看上去還算堅實耐用。

流理台與右邊牆面之間打造了一個大櫥櫃，從地面頂到天花板，約三公尺高、一公尺長、六十五公分深。打開櫃門，以六片一公分厚的木板將櫥櫃分隔出六層櫥格。這個大櫥櫃非常實用，容納量很大，幾乎所有廚房器物都能塞進去；可惜除了上白色漆的櫥櫃門木料還不錯，隔板的木料做工因陋就簡不好細看。

流理台左邊牆上原主人爲抽油煙機包上了深褐色木紋貼面的裝飾遮板，長方形的造型挺有風格，材料也夠堅實，應該是整個廚房裡最耐看的設計了。

抽油煙機正下方流理台上放了一個電爐，火力分大中小三種強度。我們不喜電爐，覺得火力強弱不好控制，捨棄不用，將自己原本使用的瓦斯爐加烤箱搬了進來，緊臨流理台擺放，與流理台結合成L型形狀。如此，抽油煙機與瓦斯爐的位置錯開，抽油煙機的抽油煙力大受影響，效只好另外買一個新抽油煙機，臨著原抽油煙機裝置在瓦斯爐正上方，同時銜接一條新抽風管。

兩年之後，效才把只剩形式作用的原抽油煙機及其荷蘭古典風格的裝飾遮板拆除，同時自行設計並親自動手製造了一個新的抽油煙機裝飾遮板，仔細的在遮板表面塗上三層白色油漆。這個外表呈梯形、帶有燈光、現代感十足的作品，著實下過一番心思與功夫，讓他得意了頗長一段時間。

廚房靠內裡的牆壁靠邊開了扇門通往過廳、客廳、貯藏室及樓梯，門旁因有個老煙囪而顯得牆面突出不平；因煙囪伸出天花板上方的部分早已被截斷，下方銜接壁爐的抽風口也已被堵住，不能再行使用。

這柱煙囪占據牆面寬度約一．五公尺，突出牆面約四十公分，方正的造型十分傳統，白色壓克力漆粉刷均勻與牆壁一色。煙囪下方從地面計算一．二公尺高的位置，周邊向外略為擴出，圍繞煙囪形成U字形的台面，台面寬約十五公分，貼滿淺米黃色的小方塊瓷磚裝飾。這個徒具

2002年10月29日.
设做厨房抽油烟机的遮箱

唐效將原抽油煙機及其荷蘭古典風格的裝飾遮板拆除，親自動手設計了新的抽油煙機裝飾遮板。

形式卻被保留下的煙囪，不單讓廚房的牆壁其中一面不平整，也讓廚房浪費損失掉一些使用空間，能派上用途的僅有U型小台面，用它擱放些小飾物與裝在立式鏡框中的照片。

在接臨煙囪柱的剩餘廚房內牆前，我們並排放下一個冰箱和一個凍箱，兩件電器都是一．四公尺左右的高度；由於天花板高，冰箱和凍箱上方便騰出了一．六公尺的空間。牆面不做布置任其「留白」，於是這片白牆便成了我們家的「小劇場」；飯餘酒後，偶爾興起，效以雙手十指交織成各種動物，燈光正好將之投射成手影映於牆上。他邊迅速地變化著手勢：鳥飛、魚游、狗跑、兔跳……，邊自編故事繪聲繪色地敘述；我被誆得入迷，往往糾纏住他不許停下。有時，我也加入手影遊戲，與他或是兩蝶雙飛、或是兩犬相鬥、或是老鷹追小雞……，兩人越鬧越興奮，又笑又叫，甚至起身繞著餐桌追逐起來，非得筋疲力竭方才心滿意足的結束。

廚房與客廳之間的牆壁結構特別，緣於客廳是後來增建，多砌了一堵牆；於是廚房與客廳間形成兩層磚牆，磚與磚之間多留出了約二十公分的空隙。原主人因此在廚房通往過廳門邊的這面磚牆上，設計出一個凹入牆壁的開放木格，八十公分寬、六十公分高，分隔成均等的上下兩層，擱放乾貨。接手房子之後，我利用它來放置東方、西方不同的各類調料。貼著這面牆，地面上方裝置了一個兩公尺長一公尺高的暖氣片，整個房間靠它供應冬季期間需要的熱氣。

繼續描述廚房最後一面牆壁，臨靠房屋進門後的狹長廊道，彼此以磚牆正中央的一扇門貫通。這扇門與廚房內牆間的牆面，高高懸掛了一個米黃色硬塑料製造的梳妝鏡盒——六十公分寬、四十公分高、十二公分深；鏡盒中間鑲一面鏡子，兩邊是對稱可以打開的小貯放盒，放置漱洗用品。可以想像原來主人家一家大小，每天從小盒中取出牙刷、牙膏及杯子，走到梳理台水槽前刷牙、漱口、洗臉，再把用具收回小盒裡放妥，然後面對鏡子梳頭、抹乳液的情景。

梳妝鏡盒懸掛得高，我墊起腳尖還夠不到鏡子的高度。梳妝鏡盒對唐效和我沒用處，因爲樓上整修出了一間寬大舒服的盥洗室。但是，我們沒有把造型材質不怎麼樣的梳妝鏡盒取下（偷懶，取下牆壁上會有印痕及顏色差異，不想重新粉刷），便利用小盒子來放置經常點滴的眼藥水和每日服用的維他命丸。

廚房天花板正中央懸下一盞吊燈，燈下一張一公尺寬兩公尺長的長桌，效與我面對面坐著吃飯談心。

地面鋪設的是土黃色塑膠地板，卻因圖案似磚，猛一看還以爲鋪的是黃磚哩！地板表面略顯凹凸，容易積聚灰塵油垢，不好清理，顏色亦不中意；看在眼裡心中實在不喜歡，但是表面不見損壞，也就暫時勉強保留。

在這樣一個廚房裡，天天做飯、吃飯，廚房的家當陸續增添：效在高於暖氣片五公分處的牆面上，裝釘了一塊兩米長、二十五公分寬的白色貼面木板，咖啡機、

裝好抽油煙機遮板。

果汁機、豆漿機、菜餚加熱板等因此有了安身的位置。木板上方又掛上了兩個各六十公分長寬、三十公分深的櫥櫃，存放咖啡粉、可可粉、茶葉、餅乾、巧克力糖、餐巾紙等物，取用方便順手，也因此雜物越積越多。

老廚房雖然溫馨，但畢竟「老」且「舊」，效與我便時時夢想如何擁有一個嶄新合意的廚房。

廚房的五年計畫

在荷蘭換一個新廚房得花一大筆銀子呢！

通常在荷蘭購買新建的房子，交屋是毛胚房，室內裝潢、廚房裝修得自己另掏腰包。以最會比價、最精打細算的人家爲例，請廚房公司組裝一套合成板壓成L型的木料櫥櫃、石材（非整塊石板，而是壓製石板）流理台面、高功率抽油煙機、隱蔽型的名牌 **Bosch** 微波爐、烤箱、冰箱與洗碗機，外帶感應電磁波爐面，核算下來至少得花費一萬五千歐元以上。

廚房汰舊換新呢？也不會少花錢。有位荷蘭女友新換一張三公尺長的壓製石材流理台面，連工帶料掏二千歐元，直講便宜，遊說我也去改換一張同樣的流理台面，我笑笑婉謝了好意。

另一位有錢的荷蘭朋友，廚房及設備改頭換面：全部採用不鏽鋼廚具，除了必備的隱蔽型廚用電器產品，還增添隱蔽型二層式高壓蒸氣鍋。爐台選用五個爐火的瓦斯爐，包括一個可放中式炒菜鍋的大火力瓦斯爐和一片炙鐵板燒的鋼板。廚房中央設「廚房島」，「島」的兩側裝有抽屜、桌面上設計了小洗槽、升降電插座，還包含吧台。整體看來非常時尚。

在朋友的廚房裡，我細細撫摸過每一廚具，眞心羨慕。明白自己不太可能擁有這樣組合的廚房，一是空間不夠大，二是財力問題。光是這套廚房設備就花去朋友四萬多歐元。偶爾受邀在擁有這樣廚具的開放廚房裡吃飯，不可諱言，的確十分享受——因爲這家主婦是做菜高手，餐會不單講究菜色滋味，還講求餐桌的布置、受邀客人的配搭，氣氛從頭至尾總是掌握得恰到好處。

效問我，妳夢想什麼樣的廚房呢？

做爲貼職的家庭主婦，我望一望家中尙可湊合的廚房設備，合計合計經濟情況，很理性地回答：「一萬歐元以上，兩萬歐元以下的新廚房吧！」

「什麼時候買我們的新廚房？」效接著又問。

「五年計畫吧！」我順口回答。

「爲什麼五年？」

荷蘭稅收很重，所獲年薪得上繳32%至52%的稅。原本針對夫妻聯合報稅的婚姻家庭，若配偶一方沒有工作收入，可以扣出一筆免稅金額；但，二〇〇三年稅收制度修改，這筆免稅金額取消，轉變成每月發給沒工作配偶補貼金一百七十歐元作為補償（最早發放時為一百三十八歐元，逐年調整，由一百五十三元、一百五十五元、一百六十八元至一百七十元）。

「我把每月獲得的一百多歐元儲蓄起來，過五年不就累積出一個新廚房了嗎？」我說道。

效取出計算器，邊敲打數字鍵邊講：「一年平均以儲蓄二千歐元計算，五年能存一萬歐元。」

「哦！那可不行，一萬歐元絕對不夠，看來得延長存款時間七年半到十年，再想整修廚房的事了。不過沒關係，慢慢等。」我嘴上雖說如此，心裡倒有些悵然。

效溫和的凝視著我，嘴角掀起一抹微笑：「不必那麼辛苦，仍做五年計畫吧！補償金當作一部分基金就行了。」

每月定期收到郵局的存款單，我仔細的將它夾進存款簿中，存款單越疊越厚，上面的金額越積越多，新廚房的夢想也就越來越近了。

夢想中的廚房

遷居至聖．安哈塔村住了兩年多之後，一日在餐桌上效說：「來設計新廚房吧！」

我搖搖頭，「錢還沒存夠，設計沒用。」

「咦！想想總可以啊！」

看效興致高，不忍拂他的意。「只換流理台嗎？」我問道。

「不一定啊！怎麼改動都可以。」效答。

「把廚房後面過廳變成廚房，流理台依窗面對天井，餐桌移至客廳一角，增加客廳的使用率；目前的廚房則布置成小起居間，或一個小客房如何？」我提議。房子住了兩年多，每日經過通向客廳與上樓的過廳無數次，來來回回總覺得它大而無當。

「這主意不錯，廚房不臨街改向天井較為隱蔽，而且與客廳、貯藏室、地下室銜接，動線很順，」效贊同，「我們來畫畫看。」他取了紙筆過來。

兩人測量規畫後，憾憾然放棄。這麼變動，原本位於過廳的廁所與淋浴間便需移走，樓梯也得封死，廚房的油煙、氣味才不會因煙囪效應猛往樓上竄去。但，主要是過廳呈狹長形，流理台、壁櫃一裝，將僅剩轉身的長條活動空間，會產生另一種壓迫感；再者陽光射不進過廳，雖說裝置有暖氣，畢竟減少了現有廚房擁有的一種自然而來的暖意。

「那麼！乾脆把廚房與客廳、廚房與過廳的隔牆全打掉，三者以幾個拱門相通，變成一個更大的空間。當然，開放廚房必須改換烹調方式，由東方而西化。」我有點一不做二不休，天馬行空地想像。

效也喜歡這主意，甚至認爲把原本地面低於廚房、過廳一階的客廳，取一部分地基提至與廚房、過廳同高，高低之間做成兩層平緩的寬台階，鋪設木板，尚可席地而坐，饒富趣味。

這個主意製成精細的設計圖，陪伴了我們很長一段時間。一有朋友來訪，便取出圖樣，得意洋洋的比畫解釋。每次說明會裡不免集思廣益，或突生異想又增添入一些細節，譬如：裝一個四周可圍坐的開放壁爐、考慮把面向花園的客廳牆面改換成落地窗……。

眼看新建廚房的第五年盼到了。

「按照計畫找人來重修廚房、客廳囉！」效興致勃勃提醒。

但，這一剎那我卻猛然退縮：懷疑自己能接受完全西化烹調的生活方式。何況這意味著冬天燒暖氣的費用會大幅度的增加，有必要如此把效日日辛苦工作賺來的錢拿來燒掉？

終於，彷彿一只洩了氣的皮球，我嘆息道：「算了吧！再重新想想，或許還有什麼其他好主意。」

幾經討論，兩人恍然大悟，紙上畫「空中樓閣」並不現實，應該變換方式，走出家門，到廚房專門店觀看設備，借助實物或許對規畫能產生正確的效用。

首先，選擇了附近大城奈梅根市裡一家展示廳面積最大的廚房、浴室用品專賣店。這家商品品質中上，選擇性頗多，從古典到現代形式都有，效與我看著看著就生出了新的主意。兩人立刻坐到商店中的咖啡座裡，邊喝免費咖啡、邊畫下新的廚房設計圖，兩人說得來勁、畫得熱鬧，可是等一杯咖啡喝完，再仔細斟酌推敲，又有未盡之處。唉！嘆口氣，放棄了，重新再來。

廚房專賣店內展示不少全套廚房設備，確實第一眼令我們心動，可是進一步再推敲不免產生猶疑：有的顏色很美，但放到家裡會感覺突兀；有的形式搭配絕佳，但一量尺寸進不了我們的廚房；有的櫥櫃、抽屜設計特別讓人激賞，但深度太淺裝不了東西；有的材質極好，卻不易清理；有的什麼都滿意，就是價錢太貴……。

很長一段時日，我們在附近大大小城鎮的大大小小廚房專賣店陸陸續續進出。腿跑瘦了，卻沒有找到心目中材質、造型合意，價錢合理的廚房設備。

大半年過去，尋找的勁頭變得意興闌珊。逐漸，周末來到，兩人不再提出門看廚房設備，彼此小心避免再談及新廚房。

坐在自家廚房裡環看四周，廚具設備雖然老舊但清理得很潔淨，使用起來非常順手，能做得出美味可口的菜餚，挺好的嘛！

嗯！此刻我並不需要「夢想中的廚房」！

壁爐

不知不覺在聖．安哈塔村的家已住六個多年頭了。

家中書房有個老式瓦斯壁爐，是當年替我們裝修房子的曹老闆，三年多前在做其他整修工程時拆得送給我們的。

這個壁爐外貌像一幢頂著大屋頂平房的模型，爐火一點燃整個房間很快就溫暖起來。冬天白日，我差不多都坐在這個壁爐旁邊讀書、寫作。通常，我會燒一壺茶，把茶壺擱在壁爐上讓它保溫。晚上，煮好的熱湯，連鍋端到壁爐上；燒好的菜餚，怕起鍋後很快涼掉，盛在碟子裡放置壁爐上；還在上面烤過煮熟的花生。

可是，這個壁爐可以看見火苗的視窗過低過小，形似屋頂的外觀上已有兩長條明顯的鏽痕。此爐在我們家燒了幾年之後，排列在出火孔上的「炭塊」（陶瓷材料），終於一個接一個的逐漸被火焰炙斷。如把壁爐的玻璃片視窗比喻爲口，整齊排列的十多個「炭塊」就是口中的齒；缺了牙的口張著，看起來特別顯老而且滄桑。

「該換個新壁爐了！」效見狀慨嘆，我馬上附議。

烏菲特村與聖．安哈塔村毗鄰。偏離烏菲特村中心，寬闊的農地間伸出一條小道路，路邊有幾戶農莊，還有很大一片玫瑰花圃；花季時綻開一地紅豔、粉柔、黃嬌色彩的玫瑰花，各種玫瑰花香飄溢出的不同香味在空氣中交織流動，聞著甜美極了。偶爾，我會騎自行車在這一帶遊逛，不單為了玫瑰的花色與花香；還為了欣賞果樹、瓜蔬、馬羊相伴、屋舍靜美的農家。

王維七首六言絕句〈田園樂〉（其六）：「桃紅復含宿雨，柳綠更帶朝煙。花落家童未掃，鶯啼山客猶眠。」除了最後一句詩人寫輞川的山景，與荷蘭的平坦地形不同，這首唐詩正是空氣經常含帶溼氣的荷蘭農家寫照，意境深幽。

在這幾戶農莊中，我發現其中一戶蘆葦草頂的大房子並非農家，走近門口張望，吃了一驚，居然是壁爐展示中心。推門進去，各式壁爐燃燒著火焰，在地氈、沙發、鮮花、雕塑的配搭下，映襯得每座壁爐更加典雅、堂皇。我特別留意每座壁爐的價格，最便宜的不低於兩千歐元，最貴的則上萬元。

這已是四、五年前的往事。當時直覺那些壁爐真美，而且展示中心裝潢格調高雅，看得賞心悅目；所以，我若騎車出外遊轉，有時便順道停一下車，走進去感受感受氣氛。多去了幾回，主人也知道我是標準的「小氣荷蘭人模式」：kijken, kijken, niets kopen（看啊！看啊！只看不買！），見我推門入內，會心一笑，忙自己的事去了。奇怪的事，那些日子我一點不想把其中任何一個壁爐搬回家裡；但，每次我會評選出一個令自己最心動的壁爐，想想它的價值足夠讓效和我去度一次以上的假，假期中每晚住高級旅館、每餐品嘗獨特美食。心裡這麼計算就很得意，彷彿自己已經賺到了無數次奢侈的旅行。

家中有了曹老闆贈送的二手壁爐之後，大約三年時間我沒再進這家坐落於廣袤農田中的壁爐展示中心。雖然，仍騎自行車郊遊，但好像都在探尋新路新景，再沒重複過去的舊徑。時常開車，遠遠望向繁星點點般的玫瑰花田，知道壁爐展示中心隱藏在叢花之間，卻已與自己無關。

一日，心中突然一蹬，雖然久久沒去壁爐展示中心，其實還眞心想擁有個「新」壁爐呢！壁爐展示中心的種種再度浮現腦海，包括我似乎從沒在那展覽廳裡遇見過客戶上門的印象；這家壁爐專門店選擇在僻靜無人之處，究竟如何維持？我開始爲其發愁了！

尋找壁爐的意外

尋找「新的」壁爐，首先去位於考克鎮的星期六「舊貨市場」（vrij markt）。這是荷蘭最大的室內舊貨市場，面積達一萬平方公尺，裡面擺滿了一個挨一個的攤子，各種各樣的家居日用舊貨，甚或機械零件都可找到。每人花二元五角歐元門票，可以逛一天，裡面有簡餐、小吃，還有現場演唱。

從考克周六「舊貨市場」的攤位地圖，效與我找到幾家壁爐小鋪，裡面堆滿了各類古董壁爐和二手舊貨的壁爐，有的燒柴、有的插電。一些燒柴火的壁爐做工設計真是精美，即使不使用擺著當裝飾也好；要是我擁有個大宅邸，絕對二話不說買回家。燒瓦斯的壁爐選擇並不多，樣式平常，視窗都小，再注意背後的抽風接口直徑，可能與家中煙囪口徑不合；看不上眼，自然空手而返。

這時，想起烏菲特玫瑰花圃、農地裡的壁爐專賣店，跟效提起，附加一句話：「那裡的壁爐你一定喜歡，只是價格太貴。」

「太貴？我們不是很有錢嗎？」效瞅著我，語氣自然篤定，「走，我們就去選一個。」嗨喲，我笑話他還挺有「志氣」。

就世俗觀點來看，這階段的我們是一般的薪水階級家庭，絕對說不上富，但喊窮便虛僞了。不過按效的哲學——想花錢時都有錢花，他可是很有錢，「怎麼辦？錢花都花不完。」他總把這句話掛在嘴上問我。

我輕描淡寫地回覆：「是啊！我不出門花錢，錢當然用不完。」

領著效往玫瑰花田與農地間過去，買或不買壁爐專門店的壁爐是其次，與效一起欣賞裡面營造的氛圍倒是歡喜之事。

打不開大門，貼近玻璃往室內窺視，怎麼搬空了？心裡一沉，果不其然被我料中？

不久效從同事口中探知，茅登鎮新興工業區裡有一家壁爐專賣店，攜我同往。

一踏進大門，環看展示廳，我立刻升起一種親切熟悉的感情。難不成是從烏菲特遷移過來的？沿著一個個展示品看過去，感受益發強烈，忍不住詢問工作人員。

啊！果眞呢！舊識相逢的喜悅盡在其間。三年不曾相看，專賣店換了地方，展示廳擴大，產品種類增加，樣式也變化了許多。

除了古典壁爐不說，還有極時尚的壁爐。最吸引我目光的是一片投影彩色影片的白牆，白牆下方鑲嵌一具壁爐，壁爐視窗高約三十公分、長約三、四公尺，底部散置著白色鵝卵石，藍色火苗如水波般的在小石子間浮動，既神祕，又迷麗。

另一堵牆中間嵌了一個壁爐，視窗大小如三十二吋的電視屏幕。這壁爐視窗是兩面的，牆壁兩邊都可觀看火焰及取暖。裝一個壁爐兩個房間通用，這設計既新穎又節省空間。我相信：如果把這主意用在我們家客廳與廚房之間的牆面上，兩個空間都會生動活潑起來；但，這一來目前客廳的大裝飾櫃必得挪換位子，沙發也得移位。還是在想像裡熱鬧一下就算了。

古典壁爐的形貌，除了壁爐本身外，一般會極力裝飾爐台，造型繁複華麗；但，現代時尚壁爐的設計，基本將爐身全鑲進牆壁裡，僅露出視窗與線條簡潔的窗框；外觀簡單明快，似乎更符合我的審美觀點。

效問我有沒有中意的壁爐？

當然有。而且還好幾個呢！念頭一動，問效：「可以在廚房裡裝一個壁爐，取代現在的暖氣片嗎？燒壁爐與開暖氣片那種節省瓦斯費？」

「我們家每個房間的暖氣片是相通的。廚房如改裝壁爐，人在廚房時可以單獨燒氣取暖，當然比較節省瓦斯的費用。」效解釋，接道：「怎麼，想在廚房裝壁爐？」

是啊！眼前已浮現一幅廚房擁有壁爐的美麗圖像。但，嘴裡不免喃喃嘆息：

「唉！可惜太貴了。」

效揚揚眉：「貴？怕什麼，喜歡就買。來，選兩款：一個書房用，一個裝廚房裡。」拉著我的手在展示廳裡來回走動，認真的評比、挑選壁爐。

這是玩真的還是遊戲？我迷糊了。恍惚中虛擬與真實的界限已然消逝，是真是幻根本不重要，只知道那一時刻、那一空間，兩個人好快樂！好快樂！

激情過後，效與我冷靜的坐下來討論，廚房究竟裝不裝壁爐的問題；裝修新廚房的議題也重新搬上了檯面，兩者息息相關。

效對廚房裝壁爐抱持懷疑態度，猶疑不決；此時我的藍圖已經清晰明瞭：廚房格局維持原樣，在原有的空間裡尋找適合的位置裝置壁爐，同時裝修廚房、購買新設備。

家庭主婦的如意算盤：廚房不打通，不變成開放形式。不更動調整空間，便能省下一筆工程費裝置一台時尚的壁爐。而書房的壁爐呢？原本的老壁爐先湊合使用，再慢慢尋找適合的外放式古董壁爐，這類古董壁爐估計花一千歐元以下可以如願。

「想想，廚房還是採封閉式比較現實。我們這麼好吃，不可能不做中國菜，油煙氣味的問題必須考慮。現在的廚房空間理想，還是保持吧！改換設備就好，然後裝一壁爐。」我說出看法。

不好高騖遠，在原來的基礎上整修廚房，效欣欣然同意。而壁爐呢？見我那麼渴望，便遂了我的心意。

他對同事、朋友笑說：「結婚這麼多年彼此太了解了。表面上看老婆柔順，其實很固執。她想定要買的東西，倘若我不同意，她馬上點頭，『好！那就不要了。』可是過一陣子，她會換一種方式來問，『可不可以買？』我仍不同意，她也順著笑說，『不好啊，那就算了。』隔一陣子遇時機恰當，又換另一種形式詢問，不屈不撓。」

同事、朋友不免問：「那你怎麼處理這種情況？」

「第二次問時，馬上答應買。」效得意的接著說：「有時購物，她對兩件東西舉棋不定，問我的意見。解決方法很簡單：兩件都替她買下。」這是他的夫妻相處之道。

這次針對我購買廚房用壁爐的執著，他毫不猶豫宣布：「就找茅登壁爐專門店的人來，書房、廚房都裝上鑲嵌式壁爐吧！」

都是因為壁爐的緣故

一次同時裝置兩個鑲嵌式壁爐會讓整個家更有氣氛，很合乎自己「小資」的調調；但身爲家庭主婦，錙銖必較、節儉持家的傳統包袱很難丟棄，錢花多了心裡總覺不踏實。每回效催著要去訂壁爐，我反倒拖拖拉拉地往後推延。

住進聖．安哈塔村忽忽邁入了第七年。當樹枝抽出新芽，大地蓬勃生機的春天，效蟄伏的心思跟著甦活了起來，「今年我們眞的把廚房整修了吧！」這一年尚無任何遠遊計畫，不像往年早已預定了幾次旅行，似乎是整修廚房的好時機。

「先去訂壁爐囉！」效興致高昂。

「眞的要安裝鑲嵌式壁爐？太貴了吧！」我依舊遲疑。

「錢要用才是錢，越花越來，不必想太多。」他樂觀極了。

好吧！就奢侈一回，設法從另外的地方節省開銷。我說服自己。

茅登壁爐公司的年輕售貨員聽了我們的計畫後，表示願意到家裡走一趟了解實際狀況。依他的理解，廚房安裝新的鑲嵌式壁爐，絕對沒問題。但書房就不一定了：一百多年前的老房子，壁爐煙囪的直徑有十五公分與十公分兩種尺寸。十五公分直徑的煙囪管，可裝置鑲嵌式壁爐；十公分型的，就只能選購外接式壁爐。

年輕售貨員是老闆的兒子，態度誠懇親切不卑不亢，正努力工作準備接班。來到家裡，他技巧地和我們討論挑選最適合的壁爐造型，並建議施工裝潢方式。當場列出細目清晰的報價單供參考，同時代約清煙囪工人免費清掃書房的煙囪及測量煙囪管子的直徑，工作效率非常高。

過幾日，清掃煙囪的工人來了，是位老先生，雖已退休卻身手矯健。他熟練的先把室內煙囪開口以紙封住，再走出屋外，背起工具靈活的爬上屋頂，挺立在屋脊的煙囪口旁，轉動著綁有重錘的刷子垂下煙囪管內。見他高高站在離地至少十多公尺的高脊上，完全是武俠高手的身姿，一副玉樹臨風的神態，簡直讓我著迷。我忙取出相機對準，連連按下快門。過了好一會兒，老先生收拾好工具挎在背上重新爬下屋頂，笑瞇瞇地講：「早知道要拍照，我就穿戴掃煙囪者傳統的黑色服裝和高禮帽來。」語氣中的遺憾不知是爲拍攝的我？還是被當成模特兒的他？再次進屋，他拆開室內封住煙囪開口的紙張，把堆積管中的樹葉、灰土清掃乾淨；同時告訴我：一般來講，燒柴火的煙囪每兩年應該清理一次。

煙囪的整個清理過程不過二十來分鐘，我看老先生自始至終全身上下乾乾淨淨，不像從小讀書與看圖畫的印象：一臉一手一身的黑煤灰，頗有夢幻在實景中破滅的悵惘。

臨走，老先生從車裡取了小小的人偶遞送給我：「留個紀念吧！」

細看是個三公分高的塑膠製煙囪工人，頭髮、臉、手、高禮帽、合身的衣褲及大頭皮鞋一律漆黑，肩、背及手挎著的長樓梯也是黑色的，在一團濃黑中我看見他自在邁步的姿態與神氣歡喜的笑容。我將他放置在書架上，每每看見，便想起七十歲退而不休的老先生，那麼快活地清理煙囪，享受站立在屋脊上的樂趣。很自然的聯想起一次旅行，清晨四點多負責機場接送的車子來家接人，司機也是一位年過七旬的老爺爺，一臉團團的笑意，精神抖擻。他說：「退休沒事做多乏味，偶爾出來跑跑車，接觸不同的人，生活有趣多了。」下車後，打開後車廂，他非要幫忙搬下行李找推車；拗不過他的熱情，卻總覺得眞過意不去。

常聽中國人批評歐洲人做事不積極，其他國家不敢說，但在荷蘭我看到的卻是熱愛工作的景象。爲何會有這種偏差的評斷？觀念問題究竟出在那裡？應該是工作方式不同（歐洲人一般的習慣：不加班、幹活不超體力、把休假看得很重）而產生的誤解吧！

煙囪老先生幫忙測量出的結果顯示：我們家的煙囪管直徑十五公分，正適合裝置鑲嵌式壁爐。我歡喜得眉開眼笑。

兩星期後接到壁爐公司信件，五月底派工人前來安裝兩個壁爐。咦！我們只是詢問報價，根本沒表態要裝置呀！何況五月底，我們正好旅行在外，未免太自作主張了吧！效打電話，公司說因爲他們的工作安排得很滿（工程居然還遠至西班牙），我們想裝壁爐，若五月不行，就得順延至九月中旬。好吧，一咬牙我同意九月安裝壁爐；如此打鴨子上架一激，促成決心，反倒是樁好事。

壁爐除了提供冬日取暖的作用，更重要是增添晚餐的氣氛，當然要把它安放在吃飯時最明顯易見的位置。把隔開廚房、客廳的牆面留給壁爐之後，其餘廚房新設備能擺放的位置，只剩臨道路依窗的牆壁與靠過廳的牆壁前面了。別無他想，廚房設備基本結構必須是分開的兩個長條——靠窗一溜流理台，靠過廳一溜櫥櫃；兩溜長條實在沒啥大意思，只好在式樣上尋找變化了。

安裝隱藏式壁爐，必須敲開一大

彥明.
掃煙囪老先生贈送的
塑膠煙囪工人紀念品
黑色的小雕像

片磚牆鑲嵌；既然廚房需搞破壞，當然該乘機一併裝置新廚房設備。換句話，新壁爐事情敲定，意味廚房整修勢在必行。

就因爲壁爐的緣故，尋找適合的廚房設備變成爲火燒眉睫的緊迫之事了。

德國與荷蘭的廚房經驗

在荷蘭嘗試尋找廚房設備幾次沒能成功，似乎不該再把目光局限於荷蘭吧！「放眼世界」（呵！太小題大作了點），不！「放眼歐洲大陸」，德意志共和國就在眼前。

德國產品一向給人品質優良、設計莊重的印象。依這些年的購物經驗，同樣的貨品德國的價錢大多比荷蘭便宜。

德國與荷蘭的界樁從家中窗戶看得清清楚楚，而從家門口開車至邊界僅十二分鐘。何不利用地理的便捷，跨越邊境到德國去尋找廚房設備？

歐盟成立之後，過德國邊界不必再檢查護照，歐元通用之後，來來往往更是方便，兩國邊境一些城鎮的商人，嗅得商機，不少商店開始在這些城鎮的地方報刊登廣告，或請報紙夾帶廣告宣傳單，招徠顧客。

按照廣告地址，直奔德國邊境克列福市，進入一家極具規模的廚房專門店。店內繞了一圈，看了二十多種展示樣品，果然與在荷蘭觀看的印象非常不同。一般而言，荷蘭的廚房設備色彩比較自由，造型比較簡潔，材料比較輕薄；德國的廚房設備顯然材料堅厚，顏色比較暗沉，造型莊重嚴肅。若早些在荷蘭看廚房的時候也在德國尋訪，大約不會有今日臨時抱佛腳的情形發生吧！

在這家德國廚房專門店的展示廳裡，我們兩人同時瞧中一套設備：實木的櫥櫃與流理台，木邊四周全包裹上五公分寬的不鏽鋼片。外觀樸素又具現代感，而且材質的確嚴實，做工也精細。我們想像把這套組合式的德國廚房設備，做一些組合變化放在家裡，應該能創造出另種風情與另種格調的廚房趣味；從其他家居布置的契合角度來看，雖然它顯得厚重了一點，但並非不能兼容。隨即列入候選。

店家宣稱提供荷蘭語的銷售服務，待洽談時，效與我傻了。這家店根本沒有能講荷蘭語的銷售員，也不通英語。幸虧荷語、德語許多字辭頗爲相似，雙方配合紙上繪圖與在樣品前比手畫腳，運用不少肢體語言，終於在電腦上繪出了三D的廚房設備圖稿——包括流理台、水槽、水龍頭、爐台、櫥櫃，外加隱蔽型的冰箱、烤箱、微波爐，以及抽油煙機。核算出價格，總共約七千多歐元。價格比預想便宜許多，可是終究不得不放棄。因爲我們提出的廚房方案，並非依照樣品一層不動，而是改變了許多配搭；懷疑在語言的障礙之下，對方不見得能把我們的需求弄清楚；更麻煩的問題是，銷售員遞給我們的資料、文件以德文書寫，看不懂，無法了解內容所指，若貿貿然訂下，送來的設備萬一不符自己規畫的模樣，怎麼辦？德國經驗無疑成爲一場空歡喜，就像一場夢，來去不過瞬間；還是老老實實回到荷蘭，使用可以順暢交流的語言繼續奮鬥。

再次出師，往離家稍遠的荷蘭城市前進，找到一處擁有七、八家廚房專門店的商區，轉了一圈，停留在一家規模最大的廚房專門店裡。這家店一進門就是個大廳，擺設得像個咖啡廳，參觀者可以坐下來喝杯免費咖啡或茶，廳中還有幾個架子，擱放一些與廚房相關的書，可以取閱。每日營業時間裡，會有一次至二次的烹飪示範，倘若把時間掐準，可以觀看現場廚藝表演並且品味。

在這裡，看見一套淡奶油色的典型英國式設備，造型與色彩予人溫馨的寧靜感與安全感，深深被吸引，站在這套設備前琢磨了許久。它點醒了我們，其實不必像無頭蒼蠅般到處尋找，家裡需要的就是一組散發明朗與溫暖氣息的廚房設備——造型應該有些古典，色彩則要絕對明亮。

方向明確後，在時間緊迫的壓力下，效出主意：考克鎮工業區內有一家專門製造廚房設備的加工廠，乾脆把想法交去訂做。

走進考克廚房設備加工廠，辦公室擺著三組廚房樣品，湊巧其中一組式樣便與我們的期望相近，將它灰藍綠的塗料更改爲乳白色，大概就合乎我們的構想了。

與設計師坐下來討論，以樣品廚房爲基礎，畫出我們需求的廚房；得到的報價，設備大約一萬九千歐元，加上工程費，估計需要兩萬一、二千歐元吧！再增添壁爐與翻新地板，總共得花兩萬七、八千歐元才做得下來。

裝修新廚房的事交給這家工廠，可以完全放心（細察樣品設備的做工，連不起眼的部分工都很細）；但，爲了個廚房超出不少預算，値得嗎？效認爲可行，我卻打了個大問號。

「要不，我們去 IKEA 看看?!」效見我這也不行、那也不行，而廚房設備必得及時定案，於是提出了這個主意。

關於「宜家家居」

IKEA，中文譯名「宜家」，一家瑞典家居用品商店。

「宜家」家具多爲組合形式，由買者自己回家組裝。「宜家」經營非常成功，在全世界許多國家都設有連鎖商場。不論在任何國家、地方，它的建築外觀一律是黃、藍色的方型建築物，擁有大停車場，方便顧客自己運送家具。二〇〇六年到成都，那兒也有了「宜家」。那時成都有車人家並不普遍，商家居然變通，設專車從市區直開到位於三環的「宜家」，中間停一站，每小時有兩班車；而商場旁邊，有生意頭腦的中國人馬上想出生財之道，衍生出代客送貨的小貨車服務。

我們家可算典型的「宜家家庭」（IKEA family）：客房裡有宜家的兩用沙發（拉出成雙人床，收起變成L型沙發），書房裡占滿整片牆面頂至天花板的書架是宜家買的，畫室的大隔架、小方桌（可收成三角桌）、放畫的抽櫃，還有一些燈具、被單、廚房用品（鍋碗瓢盆，甚至餐巾紙）……，都來自「宜家」。

在我們心目中，「宜家」的產品，絕不能歸類高檔，但很適合現代小家庭——價格合理，收入普通的家庭都買得起；設計不落俗還有點新潮，材料不差也算持久耐用（雖然組裝容易，可別多拆裝，容易鬆散）。

唐效與我久不久便會去逛逛「宜家」，看看一些新產品，同時從它布置的客廳、書房、臥室、盥洗室、廚房等各式各樣模型間，吸取一些求變的靈感。另外，則是拜訪它的餐廳。

「宜家」餐廳供給簡單的熱食與糕點飲料，價格優惠。到那兒去，便省了做一頓飯的麻煩。瑞典式紅燒肉丸子、醬汁鮭魚排味道很不錯。曾經有一度供應去殼的北海甜蝦沙拉，滋味鮮美，可惜吃過兩次便成絕響，猜想或許是剝蝦去殼太費功夫的緣故吧！餐廳供應的瑞典杏仁巧克力派：鬆中帶脆的奶油巧克力麵餅，攤上一層厚厚的杏仁製糖泥，再灑上滿滿的杏仁片，價美物廉；加上一杯咖啡，對味蕾而言是一大享受。餐廳飲料一杯價格僅一歐元還可續杯，十分划算（更合算的方式：我乾脆不點飲料喝效的，理由是：他有續杯的權利，不該放棄。我義正辭嚴說，幫他的忙喝完續杯飲料，避免浪費。效聽我的歪理每每搖頭，又好氣又好笑，拿我沒辦法）。餐廳還有一樣吸引我的零食——霜淇淋，一歐元一卷筒，牛奶味純正香濃，含入嘴中冰冰涼涼的甜氣，總帶給我心情很大的愉快。不過，在荷蘭的「宜家」裡，餐廳永遠車水馬龍，沒有氣氛可盼，我們並不介意，偶爾感受人潮的熱鬧也不錯。

「宜家」出口處，算帳櫃台外設有食品販賣部，販賣瑞典特色的餅乾、果醬、冷凍包裝的蛋糕、肉丸、鮭魚、甜蝦等。買回家放冰凍箱，可以享用一陣子，味道不錯。食品販賣部也設了一台霜淇淋販賣機，結束「宜家」之行再買一卷霜淇淋，在回程車上慢慢舔食，延續一份好心情。

在成都時，去參觀了「宜家」，雖然沒在它的餐廳休息用餐，但看了一下內容，除了提供與荷蘭「宜家」相同的食品外，還配合國情，增添了幾種簡便的中國餐，看來特別親切有趣。至於其中陳列的家居用品，與在荷蘭所見無異，價格也相等，以國內而言價錢並不便宜，彷彿成了高檔家用品。

不久前的一個周末，開車出外兜風，路過一家德國「宜家」商場，拐了進去。德國「宜家」人潮遠不及荷蘭，顯得冷清。樣品布置沒有荷蘭的生動活潑，正感覺空間與貨品之間關係有些大而無當時，突然發現根本無法採購，因爲德文看不懂、德語聽不來。於是，縱使德國「宜家」離家不遠，就此不再踏足。

相中「宜家」的廚房設備

逛「宜家」總是快樂而有收穫的事；但，特意去「宜家」挑選廚房？感覺不對。去過「宜家」不知多少回了，想不出它的樣品廚房中有那一套吸引過我。再說，印象裡不論那套廚房樣品似乎都頗平價，如早說要裝置「宜家」的廚房，根本不必經年累月用心儲蓄。這麼一想，心中更生出強烈的抗拒。

效很有耐心，嘗試解釋溝通。他先問，是否非要實木的廚房設備？我搖搖頭。於是他告訴我，若採用壓製的木料，其實每家廚房設備店家的材質沒什麼差別。接下來，他提出重點：「宜家」廚房設備的最大好處是選好式樣之後，完全可依自己的喜好、需要組合；正因爲自己組合，便可以隨時靈活地更換組合形式。

聽他如此分析，我對「宜家」廚房設備重新產生了興趣，相信或許在必須緊急決定的時刻，「宜家」是個較佳的選擇：價錢不高，即使安裝後感覺不滿意，用過幾年再更換也不會太過懊惱；如果運氣好，安裝後覺得合意，過一段時間可以更動組合，對喜歡變化的效與我，反而更爲有趣。

「好呀！那我們就去『宜家』看看。」我歡歡喜喜地同意了。

說來奇怪，從前「宜家」的廚房設備無一看得上眼，心態轉變之後，居然一下子就有一套組裝感覺不錯；仔細轉了一圈，看過十多套樣品之後，返回相中的樣品前，進行思考。

這套廚房設備樣品，外觀白色，材料採用壓製木板製造。抽屜或拉門的板面四周留出四公分的邊框，其餘部分爲略顯凸出的連續條幅，每條寬度亦爲四公分。或許正因爲線條的設計，使得整套設備外表看起來多了一份細緻。牆上的壁櫃，一律是鑲嵌玻璃的拉門，所有把手均爲陶瓷燒製；讓這組設備散發出含蓄古典的美感。

細看價錢，如果流理台面採同樣壓製木板，二千多歐元就能擁有一套（不帶爐子、冰箱、洗槽、洗碗機、抽油煙機），價格低廉得讓我難以置信。

這套廚房設備與我們看過的英式設備、考克廚房工廠的傳統式設備相較，雖然材質略爲輕薄，但反而有一種古典現代化的風味，也比較適合如今家中的裝潢，因爲它的形式顯得簡單自由。

就是這組模式的廚房設備了，效與我同心下了抉擇，兩人長長地舒了一口氣，不必再折騰著到處尋找廚房設備，整修廚房的方案，終於可以順利的進行下一步驟了。

尋找廚房設備的過程，最先是充滿新鮮的愉悅，而後是一種既費時又沒有成就感的尋覓，再後來轉變成一種不得不爲的折磨與壓力，如今總算能結束沒有結局的夢魘，有說不出的輕鬆快活。

晚上，效與我打開一瓶紅酒，倒兩杯酒，碰杯，啜飲，「恭喜！恭喜！」眉開眼笑彼此祝賀。

預訂廚房設備

選訂好「宜家」的廚房設備最開心的莫過於效了，可以自己規畫各種設備的組合，像堆積木、像玩樂高，多有趣！

科學的進步，利用電腦程式能把選定的各式櫥櫃型號敲入電腦中，畫出廚房的配置，除了平面圖還有立體透視圖，並可旋轉角度觀看，十分先進。

流理台、櫥櫃、瓦斯爐、烤箱已決定汰舊換新；但，目前家中使用的冰箱、冷凍櫃、微波爐、洗碗機，都正常工作且保護得完好清潔，有必要爲了幾年來時髦的廚房「統一性」裝潢，把這些傳統家電丟棄，改換成新式內裝形式家電嗎？

爲此特意再走一趟「宜家」。細看過所有內裝形式家電用品，用心思考：「宜家」冰箱對我而言冷藏庫太小，若不要內裝式冰箱，微波爐似乎就沒有適合的內裝位置；裝設洗碗機呢？將多占用一塊貯藏櫃的位置；放置雜物的櫃子或抽屜，對我而言是廚房裡最彌足珍貴的空間。當機立斷，不趕流行講整套行頭，原有的冰箱、冷凍櫃、微波爐、洗碗機均保留，繼續使用。洗碗機依舊擱放貯藏室內。

說起洗碗機倒有個趣味的故事。

基本上我是個不習慣使用洗碗機的家庭主婦。以前住美國紐澤西州和荷蘭中部舒斯特鎮時，家中廚房原本都配置有洗碗機，但我一年平均只用兩回洗碗機。或許是一種潔癖吧！無法忍受人待在廚房裡，身旁的洗碗機內貯放了一些用完的污穢碗碟、杯具；我一向習慣隨手清潔廚具，做完菜的同時，流理台上所有用具都已清洗好歸位，吃完飯後碗筷也立即刷洗擦淨。我們家廚房的盥洗台、桌子上絕對看不見骯髒待洗的任何器物。洗碗機只有在大請客的日子，使用的廚房器皿太多，我實在忙不過來時才會勉強用上。

效曾經多次向我灌輸使用洗碗機省水的觀念，強調使用過的餐具放在洗碗機內一日並無病毒危害；許多朋友們強調沒洗碗機沒法過日子（洗碗機壞掉時，誇張地描述：彷如世界末日），一位單身男友打電話給母親講述，最渴望的事是擁有一架洗碗機，母親建議他還是找個老婆。他煩惱道：「可是若娶到的老婆也不愛洗碗怎麼辦？」但，不管怎麼勸說，我就是不能信任洗碗機的清潔能力，每每辛勤地洗滌，總之要讓鍋碗瓢盆、刀叉杯匙的每一處都經過手指觸摸，確定沒有任何一丁點污漬油膩才放心踏實。

三年前一位好友搬新家，廚房一律重新選用內裝同一品牌的名牌電器，原本的名牌舊洗碗機不捨得丟棄，好意送來家中讓我們別嫌棄。這架洗碗機在我家過廳放了一年多，從沒想過安裝起來使用；每日經過看見，總覺它占用空間，卻不好意思丟掉拂了朋友的用心，包袱就這樣日復一日的扛著。

一日，效突然靈機一閃，取出量尺，測量貯藏室內緊臨門廳的一塊空間的尺寸。這塊空間，原本裝設有水龍頭，又有下水道，還有電插頭，我們一向用來擺放澆花水桶、植物有機營養液等雜物；發現它的長寬居然與洗碗機的大小正好相合，不禁大喜。於是，雜物另覓合適的存放位置，兩人合力將洗碗機移置安妥。

效嘗試啓動洗碗機，證明確能正常運作，高興笑說：「嘿！能用耶！」我笑了一笑也很開心，畢竟客來客往的過廳終於能重新布置，展現應有的迎賓風貌。

有趣的是，洗碗機遷移貯藏室後居然使用率增加，一個月能用上數回。因爲有時早餐後，效動作快，把用過的餐具收放到機器裡，我不願意把這些骯髒濕答的用品，重新拎回流理台的水槽（七公尺的直線距離，地面或許因此滴留污漬）；這時將貯藏室門一鎖，至少可以阿Q的暫時假設髒物並不存在，也就能忍耐一日。不久發現，洗碗機放在貯藏室尚有另一優點：它工作時的噪音屋內完全聽不見，耳根清靜。還有一個意想不到的大好處：夏天好日，約朋友過來聚會，坐在天井裡吃吃喝喝；碟盤狼藉時，放置洗碗機的貯藏室就近在身邊，使用起來最爲方便，這機器似乎專門爲夏日宴客而設計哩！

決定新廚房該擁有的配備時，我非常明確地對效表達了做爲主婦的意見：洗碗機仍然留放貯藏室，冰箱與冷凍箱（各一百五十公分高，六十公分寬）並置於廚房流理台畔，其餘的設施怎麼擺放都好商量。我不在意新廚房裝潢是否爲一般所謂的「完全新系列」，卻有信心讓舊廚房電器用品能恰如其分地融合在新廚房中。

效贊同我的決定。那麼，新廚房需要的便是：一條二百七十公分臨窗的長流理台，與另一邊二百四十二公分貼牆的長櫥櫃，兩者相對呼應。

關於廚房櫃子的形式，效建議：除了懸於牆面的高櫥櫃及水槽下的空間採用開關式拉門外，其餘一律採用抽屜。抽屜，除了以八十、六十、四十公分三種不同寬度的規格配搭之外，效選擇一個三十公分寬的細長拉式抽屜，準備將其裝於爐頭旁邊，專門放置各種調味料，方便做菜時隨手取用。

他認爲，抽屜的好處是屜裡擱放任何東西都能一目了然；何況現代的抽取機件設計得非常好，抽屜不會因拉到盡頭而掉落，而且特殊的彈簧裝置，能讓打開的抽屜輕輕往回一推就慢慢地自動合攏。

流理台的台面與立式櫥櫃面的材料，我們最後決定選用石材，一是愛其質感，另一是容易清潔，還可在上面直接和麵。整塊的天然石板價錢太昂貴，研究考慮之後，決定採用壓製而成的石材。壓製石材比實木貴，但價錢可以承受。

盥洗槽呢？一個水槽看似不夠用，兩個水槽又太占桌面。朋友都說一個大水槽伴一個小小的附水槽很好用，整理食材時，可以把廢棄物隨手暫時放在附槽裡。好吧！我便依樣畫葫蘆。

爐火呢？按經驗電爐火力強弱的變化差，做中國菜不必考慮。平面的陶磁爐，油湯落在平板上不久就會留下痕跡無法清除。多年來使用的瓦斯爐，火力強弱的轉換與控制，在所述三種爐火中排名最佳，但我曾有幾次忘記熄火的不良紀錄，回想往事，雖未釀成火災，依然後怕。最先進的平面高頻電磁感應爐，不曾用過，許多荷蘭與中國朋友使用多年，認爲它火力強弱的轉換與控制都很好；曾觀看朋友做菜，在電磁感應爐的平板上先鋪一張紙再擺上鍋子加熱，覺得很神奇不可思議，正因如此爐台容易保持清潔而且非常安全。

「裝電磁感應爐吧！」我提出建議。

效馬上反對：「沒火苗，根本沒有燒菜的感覺。」

我急道：「可是，瓦斯爐忘記熄火很危險，我已經有紀錄在案了。」

「現在瓦斯爐設有自動熄火安全裝置，妳可以放心。」效說。他依然堅持使用瓦斯爐。

將信將疑，我退而求其次，「那麼，能不能一半裝瓦斯爐，一半裝電磁感應爐？」

效點點頭：「當然可以。這樣吧，先裝兩組分開的瓦斯爐，一組爲一個特大火的爐頭，另一組爲兩個爐頭。以後可以把兩爐頭的部分變成電磁感應爐。」

好吧！有承諾就行，由效去選取他喜歡的瓦斯爐吧！

每天晚上，效手捧「宜家廚房設備手冊」，用心鑽研、計算，經過一星期，他宣布所有設備選妥了。兩人利用周末，歡天喜地前往「宜家」訂貨。

萬萬沒想到，「宜家」的廚房非常熱門呢！我們等待一個多小時才排上號，與工作人員洽談。一次約會沒能把全部細節談妥，只好多跑幾趟。另以爲訂好貨，只要有存貨就可以要求送貨日期；我們想得太天眞了，其實過程很複雜呢！自組的櫥櫃材料得先等上幾星期才能送貨；貨送到，等櫃子裝好後再通知公司，約會技術人員來測量石板檯面的正確長度與寬度，並裝置暫用的木製面板；石板檯面又得再繼續等待六至八星期，方能切割好送貨到家，並另行約會時間完成石板檯面的安裝。

乖乖！如此一算，新廚房的裝置得花三至四個月的時間才能完善。無奈貨品已訂，沒有反悔的退路，只好硬著頭皮勇往直前。

破壞廚房

先要破壞才能建設。

爲了壁爐與新廚房設備的順利安裝，原本舊廚房內的一切都得拆除。冰箱、冷凍箱、微波爐移至過廳暫放。耐著性子把廚櫃內鍋、碗、瓢、盆、杯子、調味料、乾貨等雜物全部騰空，分別裝箱，有的暫放地下室，有的不得不堆置於客廳和書房，屋內因此顯得雜亂不堪。

這一清理，方才發現自己存放的乾貨眞是不少，有的是去中國商店採買的，有的是從台灣、中國大陸帶回的，有的是朋友來訪捎來的。因爲貯藏櫃大又深，往往放進去就忘了。檢視山珍海味的乾貨，許多要不過了期，要嘛發了霉，還有的生了小蟲，只好咬牙扔了，十分心痛。

廚房騰空後，請來工人把無用的裝飾老煙囪、流理台、櫃子、抽油煙機全拆除，並在與客廳相臨的牆面上，打出一個壁爐公司所要求的兩公尺高、一公尺寬的大洞。這一打牆，證明廚房與客廳是不同時代的建築物，客廳建築年代較新。廚房與客廳中間的牆原本是兩層磚砌成的房屋外牆，兩層磚中間保留一道十公分寬的空隙。這倒好，打掉一層牆，客廳因有另一道牆面，保持了完整無缺，省去許多麻煩。

唐效不欣賞書房裡老房主的壁爐設計，認爲有些誇張和土氣，這回壁爐汰舊換新，乘機請工人把老結構一併打掉。

原本以爲拆廚房、拆書房壁爐架、打牆是小工程，其實不然，兩個工人工作了整整四天，清除的木材廢料、磚頭、水泥塊，裝滿一個七尺長、四尺寬、兩尺深的鐵櫃。屋內因而布滿灰塵，我只好拎著水桶、拿著抹布把家裡樓上樓下的地板、家具全部仔細重新擦過，費時費力，腰痠背痛。心中懊惱悔不當初，早知如此折騰，當年老屋重建時，就該把廚房同時換掉。

邊做清潔邊抱怨，等重見窗明几淨，心境又平和下來。環視空蕩蕩的清水廚房，「我們家的廚房其實滿大的，不是嗎？」我對效說。

他揚揚眉，強調：「不是滿大，是很大。」是啊！四公尺乘四公尺，十六平方公尺正方型的廚房，兩個人用，確是大。

沒有廚房使用的歲月開始了。

「怎麼吃飯？」

「上館子啊！」效答得輕鬆愉快。

「這裡不是台灣、不是中國大陸，是荷蘭。記住是荷蘭。」我加強語氣提醒。

「荷蘭又怎麼樣？不必吃飯了？」他嘻皮笑臉。

這時候，我特別懷念成都小吃，距離住家兩百多公尺的伊勢丹百貨、伊藤百貨樓下超級市場，熟食看得眼花撩亂，買些小菜，加上包子或饅頭，才幾十元人民幣。住家隔壁街的三聖街全是小館子，吃一碗抄手一兩才三元，一碗蘭州拉麵四元；覃記豆花買幾碟素菜、葷菜，不過十來元，再多付一元錢，店裡十多種粥品任意吃……。台北父母家樓下，興隆公園旁邊到萬芳醫院，一路的豆腐包子、牛肉麵、臭豆腐、蚵仔煎、肉圓、自助餐、越南菜、泰國菜、壽司、永和豆漿……，全都物美價廉。

唉！在這兩地，我巴不得天天上外頭吃館子，省去做飯的油煙和麻煩。

荷蘭上館子完全是另一回事了。最便宜的是中國餐館的打包外賣，搭配好一份葷菜、素菜與白飯（或選擇炒飯、炒麵）的簡單套餐，要十多歐元，若點菜就不止這價錢了，而且還不是純正中國味道，是荷蘭人認爲的中國味。若上平價的荷蘭館子，兩個人各點一份飲料、各一份主餐：端上桌的不過是一小塊煎牛排、豬排、魚排、或六隻中指大小的蝦，搭配馬鈴薯、白煮蔬菜，要花四十多歐元。進到好一點的餐館，菜做得不錯，又有情調，一餐下來兩個人最低七、八十歐元跑不掉。我捨不得花這樣的錢。

等待新廚房裝妥，大約需要兩個半月時間，捨不得花冤枉錢吃飯，每天又得塡飽肚子，怎麼辦？

得好好琢磨、琢磨。且看巧婦如何爲之吧！

破壞廚房。

微波爐與電鍋的歲月

微波爐是科學家送給現代婦女的最好禮物之一。

培西．史賓賽在雷神公司任職，建造雷達設備的磁控管。一天，他在一個啓動的雷達設備上工作，突然發現口袋裡的巧克力融化了。仔細思索和研究此一現象，發現巧克力是被微波所融化，所以他認爲磁控管能用來烹飪。

一九六〇年代，利頓電子公司設計了一種磁控管，將其應用於微波爐中，但沒把市場設想爲家庭。佐佐木正治相信這項技術可運用在家庭烹調上，說服日本早川公司實踐他的想法。一九六二年，微波爐開始大規模生產。

微波爐是利用分子振動的原理製造成的。含有電極性分子的物體，若所含的分子可自由振盪，就可被微波爐加熱。這類物體被置於微波傳播的空間中，在微波高頻振盪的電磁場作用下，物體中的電極性分子（尤其是水分子）的方向會隨振盪電場一起振動。一個分子的固有電磁場被改變並影響鄰近分子，分子們也會有平動，這種平動是分子群體溫度的主要來源。雖然非電極分子也會因電場產生一些位移極化，但對分子群體的溫度幾乎沒有貢獻。

有的食物本身就有自由的電極性分子，因此可以被微波直接加熱。其他的食物只要與水均勻混合，也可以通過水間接被微波加熱。對不透明固體，微波可達到離食物表面至少幾公分的食物內部，幫這些部位同時加熱。這不同於電烤箱的紅外線或可見光，它們只能到達這些固體的表面；也不同於普通炊具，只能從外向裡傳輸熱量，加熱食物。

我一向是微波爐的擁護者，使用得很多。

最早是從陳之藩先生的夫人陳節如女士那兒知道微波爐，已是二十世紀八〇年代初的事。陳之藩身為電機博士、教授，卻寫得一手清新而富哲理的散文，出版《旅美小簡》、《劍河倒影》風靡一時。

我在聯合報副刊工作的歲月，常去他在台北的家聊天、約稿。在那裡，節如阿姨介紹給我，微波爐的方便與妙用。當時聽得新奇，後來，微波爐真成了我生活中不可或缺的工具之一。

平時，我主要利用微波爐熱豆漿、牛奶、剩飯剩菜，還用它來解凍食物，方便極了。後來從肖南阿姨處，學到微波爐蒸魚的技巧和方法：白色瓷盤裡盛少許水，切幾片薑墊底，擺上整理好的鮮魚，扣上蓋子，放入微波爐中以最高瓦數轉數分鐘（視魚

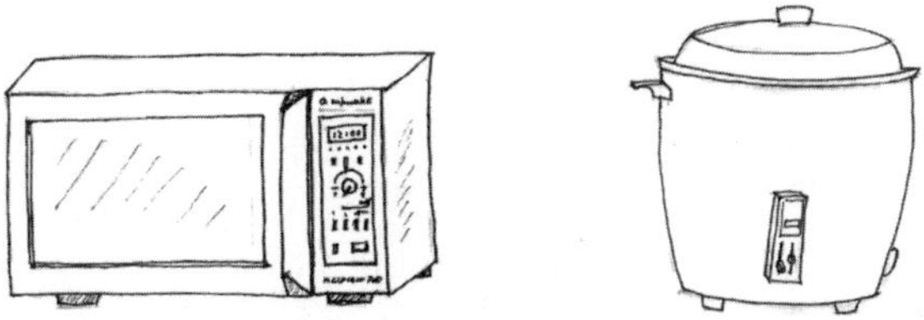

善用家中的微波爐與電鍋，新菜色依舊層出不窮。

的厚薄與大小而定）；另取碗放一至二湯匙醬油、切些蔥薑蒜細絲、加點油混勻，以微波爐熱一分鐘，取出淋在蒸熟的魚上，即是美味鮮嫩的清蒸魚；實在妙不可言。之後，從閨蜜玥玢的母親吳媽媽處，學來微波爐蒸蛋的祕訣。看吳媽媽熟練地以滾燙的熱水緩緩調入蛋汁至適量，放入微波爐以低瓦數加熱數分鐘，即成又滑又嫩的蛋羹，讚嘆不已。二十世紀九〇年代中，吳媽媽已經七十多歲，她年幼時家境清貧沒機會上學，可是這一切卻阻擋不住她不停接受新知的欲求和能力，讓我欽佩之餘，感觸良多。由於長輩們的啓發，我也發展出幾種微波爐食譜，例如青瓜鑲肉、炒銀芽、燉大白菜等，味道一點也不輸於平常的烹調方式。有時，勻不開時間做晚餐，一邊爐火上炒菜，同時配合一、二道微波爐菜餚，十幾分鐘之間，擺上餐桌的菜也就有模有樣了。

許多人反對使用微波爐，認爲吃微波爐食物對身體有害。唐效看反對的理由，認爲沒有依據，他說自己是學物理的科學家，分析微波原理，並不覺得微波食物會妨害健康。

世界上第一台電鍋是由日本人井深大的東京通信工業於一九五〇年代發明。台灣大同公司在一九六〇年創製了大同電鍋。

小時候，家中煮飯是把洗好的米，加適量的水，然後把鍋子放在煤球爐上去煮。記得母親、父親或家中聘用的女工，煮飯時總是很注意火候，水滾開了立即把火苗變小，讓米在爐火上慢慢燜熟成飯。似乎我進中學之後，家中開始改用電鍋做飯，煮菜也不燒煤球，改用瓦斯爐了。

二十世紀八〇年代後期，我赴歐洲讀書時，行李裡就裝了個小小的電鍋，一次可煮出四碗飯，使用了很長一段時間。一次，在布魯塞爾的中國超級市場居然看見一個十人份的大電鍋，如獲至寶，隨即買下來，算算足足使用近三十年。

整修廚房，我做飯煮菜全仰仗這兩件法寶：微波爐與電鍋。

電鍋除了煮飯、熬粥，還拿來煮湯、燉肉、粉蒸、做蘿蔔糕、蒸蛋糕⋯⋯。

微波爐除了加熱功能，我自己將原本的微波爐做菜原理推展開來，發現幾乎什麼菜色花樣都變化得出來：從各種炒肉絲、炒青菜、蒸魚、蒸蛋、蒸蔬菜、炒蝦仁、燉瓜盅、烤五香花生、爆板栗，到做甜點芝麻糯米球、馬拉糕等，微波爐全能。

僅靠微波爐加電鍋烹飪的日子，兩種電器被我越玩越精，新菜層出不窮，還請了無數次客，菜色變化多而味美，客人們直誇神奇有趣，我亦樂在其中。

唐效旁觀一段時日之後，笑嘻嘻地說：「親愛的，既然微波爐與電鍋這麼好用，又沒油煙，我們根本不需要大張旗鼓地整修廚房，也許連廚房都可以免了，妳覺得怎麼樣?!」

野炊與戶外廚房的聯想

我們與史蒂凡、卡提亞一家是多年好友，每年至少相聚一次。他們有兩個女兒孟娜與席絲卡，特別甜美親人。

二〇〇五年，我們去比利時他們家歡度周末。史蒂凡拎出一個大火力的瓦斯爐頭，接上移動式瓦斯罐，熊熊大火燃起，他擺上一個大鍋，一副餐廳大廚的架式，炒起菜來。「老外」居然擁有這樣專業的中式廚房裝備，唐效與我看著特別羨慕，尤其是唐效，馬上興奮喊道：「就要用這樣的大火才叫炒菜，才過癮。」隨即詢問：「這爐頭那裡可以買到？」

我們家廚房的瓦斯爐是五頭裝置，最小的火力用來保持食物的熱度，倒是恰到好處；可是最大的爐頭火力不大，鍋裡油熱，切好的青菜一把下去就沒了聲音，那根本不叫炒菜應正名爲煮菜。

中國式炒菜，最重要的就是大火油熱。我們家瓦斯爐根本無火力可言，難爲了我這「巧婦」。用火力不足的瓦斯爐，如何炒出像館子一般又綠又脆的青菜？對我無疑是一大考驗。經過多次試驗，被我琢磨出了一個絕妙方法，與傳統炒青菜之方式完全反其道而行：鍋中油熱之後，先丟入菜葉子，等菜葉炒軟塌下加鹽入味之後，才把菜幫子加進去，以鍋鏟略炒數下即行起鍋；如此能呈現一盤色美口感清脆的炒蔬菜，比較餐廳的素炒青菜毫不遜色。

在歐洲使用瓦斯爐、電爐做菜的中國朋友，都有火力不能隨心的困擾，我授以「祕笈」，人人稱妙，我自己當然十分得意。但，這畢竟是沒有辦法下變通出來的技巧，心中仍然渴望能擁有一個火力自如的好爐子——工欲善其事，必先利其器嘛！

二〇〇六年夏天，史蒂凡與卡提亞一家來荷蘭度假，拎了一個與他們家相同的大火力瓦斯爐頭做爲禮物，唐效與我心花怒放。

有了大火力瓦斯爐頭就得尋找移動式瓦斯罐才行。那一年忙些什麼事？已記憶不清。總之，沒專心去尋找適合的移動式瓦斯罐，美美的瓦斯爐頭被冷落，擱在貯藏室的置物架上，過了秋天、冬天與次年的春天。

二〇〇七年，整修廚房，舊廚房打掉，使用微波爐與電鍋烹飪的日子裡，唐效猛然想起，貯藏室裡放置有瓦斯爐頭，方才積極諮詢什麼商店售賣移動瓦斯筒？朋友告以鎭上一家建築與花園ＤＩＹ材料商店可能有貨，兩人馬上開車前往，結果把整個商店找遍卻沒看見。找工作人員詢問，點頭道的確有售，領我們深入進到商店的倉庫院落，打開一個鎖住的鐵網箱，裡面存放了十多、二十個瓦斯筒罐，分別裝存十公升與二十公升兩種規格的瓦斯。我們選擇了十公升裝的瓦斯筒。工作人員說明，瓦斯用完，可拎空筒回來更換。這倒是方便用戶的服務。

買回移動瓦斯筒，唐效立即著手釘製出一個小桌，放在屋後——貯藏室與車棚間的小院子裡。小桌上置放瓦斯爐頭，再擱上炒鍋，正好是人站立著炒菜的適當高度。瓦斯筒放小桌旁，瓦斯管與瓦斯爐頭銜接好，火柴擦亮，打開閥門，美麗的火光迅速地從瓦斯爐頭的洞口出現，兩圈火苗，火勢大小完全控制自如。

那天正巧是周六，傍晚，天空蔚藍，空氣清新，氣溫舒暢。效與我在院子裡炒菜，吃晚飯；品嘗出每一道菜除了原味和調味外，還包括有火的感覺——爆炒的氣味，美妙極了。

瓦斯爐及瓦斯筒使用過後，收拾放回車棚下，以防不期然的陣雨或雨天。

在院子裡連做幾天菜，吃了幾頓晚餐，充分享受到了歐洲夏日戶外的風情——人不流汗的清爽。同時，發現野炊的好處，煎魚最妙。以往廚房煎魚，雖使用抽油煙機，魚腥味還會流竄到其他房間裡，總是久久不散。如今，院子是敞放的空間，煎魚的腥羶味，輕易地就飄散開了，快哉！

「也許，我們在院子裡搭個遮雨篷，專門炒菜、煎魚。」我心思又動了。

效認爲是好主意，馬上贊成，何況他最喜歡大火炒菜的氣派；於是，兩人開始討論，棚子該建多大？建在那個位置？效提議，要加個洗台和擱放食材與調味料的檯面才方便，也許還應該選用水磨石的材料……。越講越來勁，越談越開心。

說做就做，找來師傅，把我們的想法一一告知。師傅聽畢，沉吟了一會兒說：「想法很好，但需要砌牆擋風。荷蘭完全無風的日子太少了。再說，也得防蒼蠅。」

是啊！風一來，爐火會被吹偏，有時甚至被吹熄。確實，除了擋雨還得把風吹的因素考慮進去才行。再者，蒼蠅也是被我們疏忽掉的問題。那，應該怎麼建呢？請教師傅。

師傅在院子轉了幾圈，說出了設計。一聽，心中就不樂意了，不就是在院子裡另蓋一間獨立的小廚房嗎？我們不缺廚房，只是想擁有野炊那樣開放自由的趣味。算了！算了！唐效與我立即打消在院中搭炒菜遮篷的念頭。

如今，新廚房已建好啓用。但，夏天無風的好日，我們仍會步入院子，把瓦斯爐及瓦斯筒從車棚中抬出來使用，享受野炊與快火、大火炒菜的趣味，品嘗立即上桌的熱菜，如此愉悅的晚餐，豈僅人間美食所能形容?!

喜歡烹調的好友虎暐來荷蘭度假，從市集買了兩顆肥大的鱈魚頭，在我家院子裡煎魚頭，然後煮成砂鍋魚頭，直呼過癮。

坐在以柏樹爲樹籬，擺放不少盆景的院子裡，暢飲美酒、享用佳肴，效有感而發：「我應該設計一個推車，瓦斯筒藏在裡面，只露出瓦斯爐來，推車旁邊加個放置各式調味料的架子。」

「好呀！」我笑盈盈地贊成。論效的動手能力，這個夢想的實現並不難，只是他工作忙，要看到他的手工推車得假以時日；沒關係，我有足夠耐心慢慢等待。

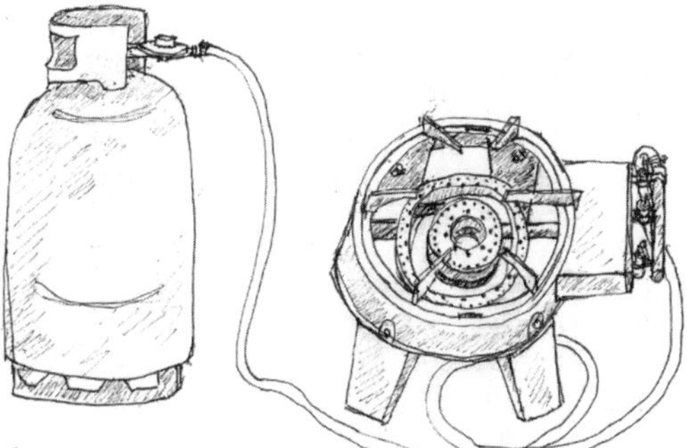

彥旺．野炊的瓦斯爐与瓦斯桶

彥旺．放在院子裡的瓦斯爐与推車，推車內藏瓦斯桶

夏日無風的好日，仍會步入院子將瓦斯爐及瓦斯桶抬出使用，享受野炊與快火大火炒菜的樂趣。

新壁爐與裝修小組

壁爐公司來電話，通知我們預定的兩式壁爐貨已到，要來安裝新壁爐了。

「馬上有新壁爐了，興不興奮？」效問我。

「不知道。」我老實回應。仔細想，期待新壁爐的興奮好像是在付預訂金訂下爐子的那一刻之前。訂貨單簽出去後，似乎有些患得患失，兩台總價合起來一萬多歐元的壁爐，畢竟不是一筆小數目。自己選擇的式樣究竟對不對？裝上的效果究竟好不好？效詢問時，或許我的情緒反倒是惶恐的成分高。

一大早八點鐘，門鈴響，打開門，四位帥氣英挺的青年一字站開，露齒含笑，向我道早安，神態充滿陽光與朝氣。

荷蘭的工人一向很早開始工作，幾乎都是上午八點鐘就開始一日的辛勤。

壁爐公司派來的四位青年工人非常專業，自動分成兩人一組，一組組裝廚房壁爐，另一組組裝書房壁爐。

他們先將新壁爐分別抬進屋內。壁爐的黑色鑄鐵外殼形狀非常的美，線條簡潔大方。一見到壁爐完整的形貌，我已經後悔了。嘀咕：外形如此好看的壁爐，不該依現代流行形式，做成內裝，只留出觀看火焰的玻璃爐窗。太可惜了！應該整個形體呈現在空間裡才對。問題就出在我們參觀的模型與目錄上的壁爐，都是完成內裝的模樣，因而無從得知壁爐本身的眞正面貌，我便認定整個爐子必然沒什麼可觀。

倘若不內裝壁爐，可省下一筆可觀的安裝費用；而且燃燒爐火時，壁爐外殼上方，還可以利用來溫茶壺、烤花生等，多麼有趣！唉！悔之晚矣，悔之晚矣。

工人們，把各自的工具箱打開，有系統的把各種工具依序平攤在室內地面上。鋸木頭、裁隔板的工作則在屋外進行，車床架在前院的空地上。放置壁爐與糊牆內裝的過程之中，我注意到工人們不斷的拿尺測量距離、高度、寬度；水平儀的使用也非常頻繁，每一步驟都力求精確。兩組工作人員更有較勁的意味，每每相互觀摩比較，炫耀自己技術的精準和裝飾的美觀。

工人先將壁爐放穩在預定的位置，然後把通風管與通風口連接好，裝設好控制器，銜接上瓦斯開關，再將壁爐與通風管用防火隔板包裹起來，讓壁爐看起來像鑲嵌在牆壁裡，僅留下玻璃視窗的部分；隨即，小心謹慎地把陶瓷製做的炭形片和木柴塊，擺置於出火口上，好似插花，講究層次與造型。放好燒火的陶瓷材料，將玻璃爐窗拭淨密封，試驗點火，見到火焰穩定燃燒，裝置工程方才大功告成。

六個多小時的工作，只有午餐時間休息半小時，工人們移至前院花壇旁，坐在工具車的貨箱上啃麵包，我特意燒一壺濃香的咖啡，犒賞他們的辛勞。

從四位青年工人身上，我看見了荷蘭年輕人對工作的熱情、對專業的尊重、對效率的要求、對自身技術與美感的信心。觀看他們工作，彷彿目睹一場有力量、有節奏的舞蹈，是一種美的享受。

二〇〇七年八月十七日，我們家最「奢華」的室內布置——廚房壁爐與書房壁爐，安裝完成。

晚上，點燃起微藍帶橙黃色的火光。雖是盛夏，不需要取暖，效與我立刻感受到壁爐帶來給整個空

廚房壁爐與書房壁爐是我們家最奢侈的是內部布置。

間的浪漫情調。

廚房壁爐火焰視窗九十一公分高、三十九公分寬，豎立在廚房進門的對牆上，火光璀璨，風情萬種。

正在得意之時，發現一個嚴重錯失，我們的壁爐控制裝置是手控系統。廚房壁爐的火力，足夠在嚴冬燒暖十六平方米的空間，爲了美觀，我們把原有的老舊暖氣片拆除，所以將來廚房的供熱完全得仰賴壁爐。使用手控壁爐裝置，冬季裡我們得隨時注意調整壁爐的火力，睡到半夜怎麼辦？出國度假又該如何？

第二日趕緊打電話給壁爐公司，追加幾百歐元，重新改換爲自動調節系統。如此，可以自由設定每個時段不同的壁爐火力，維持廚房一定的溫度；而想要欣賞壁爐火焰時，也很方便調整。

自從有了廚房壁爐，廚房的利用率更是大大提高。壁爐的火光那麼溫暖甜美，不單是效與我，客人們皆戀戀不捨。壁爐火光下端來晚餐，斟上紅酒、點燃蠟燭，更是小資情調濃厚，彷若每個冬日夜晚都在高級餐廳的包廂中進餐。

廚房裝壁爐的堅持，是我極大的得意。

書房除壁爐外，還有暖氣片。冬日，空間主要還是仰賴暖氣片供熱；壁爐說穿了，只是氣氛的裝點。書房壁爐火焰視窗四十三公分高、五十四公分寬，我遺憾訂購時選小了，否則大片火光與整排書架上滿滿的書本相互輝映，會更有紅袖書香的浪漫。效聽我嘆息，答應得挺暢快：「哦！壁爐視窗小了呀！沒關係，過幾年給妳換個大一點的。」

效對我的好，我心存感激。但，書房換大點火焰視窗的壁爐卻沒必要，過一段長些的時日，替換一個造型別致的古董壁爐，也許會更具迷麗的韻味。

廚房油煙的困擾

外國菜的作法基本上就是烤和煮，沒什麼油煙的問題；不像做中國菜煎、炒、煮、燉、炸、蒸，五花八門，油煙特別厲害。

一回，一位外國朋友領著女兒來串門。一進廚房，六歲的女兒天眞地詢問母親：「爲什麼彥明的廚房有種奇怪的味道？」母親尷尬地望著我。我輕鬆地摸摸孩子的頭，笑答：「妳聞到的是中國菜的味道。」中國人習慣了廚房中累積下來的氣味，往往感受不到氣味的存在，外國人對此則敏感多了。效與我很在意廚房的氣味，一直設法尋找最有效的解決方式，卻很難如願。

搬家到聖．安哈塔村後，整修房屋雖保持住原本的廚房，卻把瓦斯爐上方的抽油煙機改換了。新抽油煙機義大利製造，雖非名牌但質量和外觀合乎我們的使用標準，其實選購它的主要原因是抽油煙力大；但，買回家使用起來並不滿意，對做中國菜而言，它的抽油煙力還是相當不足。

這個抽油煙機採用濾紙吸油。濾油紙設計得很聰明，使用前紙上的線條爲藍色，吸足油漬後轉變呈紅色，每隔一段時日得更換新濾油紙。我總是沒等線條全數變紅即更換新紙。勤換濾紙，常開窗通風（唯冬天太冷無法常開窗透氣），主要希望盡量減少室內的駁雜氣味，可惜效果有限。偶爾借助芳香劑，我不太喜歡這類化學物品，更不喜歡過於刻意的非自然氣味，所以只在做菜後餘留的氣味實在太大，不得已方才使用。

爲了減少油煙，做菜的方式不得不用心改變，非萬不得已盡量不用熱油爆炒、煎、炸。一般小炒：開火、倒油，食材緊跟著下鍋。既要顧全少油煙，又要做出美味可口菜餚，確是一項挑戰，我認爲自己已通過考驗。

雖然努力減輕做菜油煙、勤換抽油煙機的濾油紙、常常擦拭機器；數年之後，抽油煙機內部還是積聚不少油膩，外觀也有刮痕，顯得老舊難看。更換新廚房，抽油煙機必然得汰舊換新。

幾位買新房裝置新廚房的中國朋友，紛紛向我們極力推薦 Ito 牌抽油煙機。我們詢問廚房公司專業人士的意見和價錢，皆贊同 Ito 牌的抽油煙力大，但比一般抽油煙機價格貴一倍以上。評估得失，我們決定多花錢選用它。

豈料就在訂貨的前一晚，效閱讀新出刊的消費者雜誌，當月正巧評比抽油煙機。得出結果：Ito 牌風扇噪音最小、效率很高、抽煙效果極佳，抽油效果卻不好。

反倒「宜家」賣的新型惠爾普抽油煙機，抽油效率排名第一，價格還便宜許多，缺憾則是風扇噪音略大。比較之下，做中國菜最需要的是抽油力，噪音勉強可忍，當機力斷捨 Ito 抽油煙機取「宜家」惠爾普。

「宜家」惠爾普抽油煙機的濾油裝置，結構是三片可拆卸的濾油網，便於直接放入洗碗機內清洗潔淨。使用數次之後，我感覺這種清洗濾油網的發明真是造福家庭主婦，除油垢既方便又容易，還能完全不花工夫與時間。每回從洗碗機抽出閃亮無垢的濾油網片，心中總是充滿了愉悅。

使用過一段時間之後，發現「宜家」惠爾普抽油煙機雖在荷蘭家用抽油煙機中抽油效率排名第一，但對我而言，使用起來仍有抽力不足之感。猜想，這個國家抽油煙機的抽力度要求，是按一般家庭烹調西菜的標準評斷。

效說：「看來，以後得換一台餐館專用抽油煙機才行。」

我腦子轉了轉，說：「或許，下次從中國帶一台回來。爸媽家、姊家做菜好像沒什麼油煙味，他們用的究竟是什麼牌子的抽油煙機？」

什麼是鋪設廚房地面最好的材料？

廚房地面採用什麼材料鋪設最好？這可是大傷腦筋的問題。

使用過鋪大理石地面的廚房，光可鑑人容易做清潔；但走起來滑溜，而且質感冷冷冰冰，廚房還是得散發溫馨感才好。使用過塑膠氈，清理方便，可是太過簡陋，與其他廚房設備似乎不相襯；而且是化學成品質地又薄，不太能抵擋冬天地面的寒氣，不再考慮。使用瓷磚？與過道和過廳地面材料相同，顯得奇怪。鋪設木板？與客廳倒是一致，但較容易附著油漬、污色，不好清理。選擇來選擇去，似乎只有亞麻油地氈的高級品最爲適用。

亞麻油地氈是種天然材料，主要將亞麻仁油以不同方式硬化後，變成極端耐久的地板。醫院、療養院、大公司辦公室鋪設地面，多採用高質量亞麻油地氈，不怕水、不易燃、表面不滑、容易潔清、持久耐用。

決定選用市面上可見最高質量的亞麻油地氈，但顏色數十種，如何取捨？又是一大難題。

運用排他法吧，讓事情簡單化。土黃色調不要，原屋主廚房鋪設的是土黃色形如短木板條的塑膠氈，顏色應該煥然一新。冷色調的顏色不能要，因爲希望廚房顯得溫暖。房屋客廳、畫室爲淺黃褐色的實木板條，書房、客房、臥室均爲色調類似的耐美壓板，進門走道鋪明黃色與灰白色相間的非亮光瓷磚，過廳拼鋪的則爲紅磚色非亮光瓷磚，因此廚房亞麻油地氈的色彩，必須和這些屋內現有的地面顏色達到協和效果才行。

從地氈店中眾多亞麻油地氈色彩中挑選出四、五種顏色，還是犯難，無法下定最後決心。畢竟一點頭就是幾千歐元的事。店主看穿了心思，笑說：「可以把樣片帶回家，放在實地上觀看，再做比較選擇。」眞是會做生意的聰明方法。

果然，樣片放在廚房裡就看出問題來了。發現，除了原本猶豫顏色是否相配的疑惑外，還有積留灰痕的困擾。原本酒紅色底、布滿密密麻麻花點的亞麻油地氈，是兩人的最愛；可是樣片拿回家擱在廚房地上，雖然色彩花樣依然相當滿意，不過來回踩踏幾次，就存留下明顯的鞋印。這時恍然，深顏色的亞麻油地氈不管花色再美，也不能挑用，因爲容易留下灰痕，必得時時注意清理。如此，爲了選色，效與我來來回回跑了四、五趟地氈店，每次帶回幾種不同的樣片，擺在廚房地上幾日，不斷研究比較，終於選定一款淡灰紫色、帶藍黑及乳白淺紋的亞麻油地氈。

鋪設亞麻油地氈很有講究，地面必須非常平整；爲此，技術人員先來家中考察及丈量尺寸。分析結果，家中廚房鋪設亞麻油地氈前，地面得先鋪兩層不同材質各約〇．五公分的木屑壓板，再加一層〇．五公分具彈性的海綿泡沫層，然後上膠，再鋪設眞正的亞麻油地氈。

施工的日子，兩名師傅來到家裡，花費半日將兩大片亞麻油地氈鋪在廚房地面上，取出接縫線正要將兩片亞麻油地氈縫合時，師傅突然停下工作，滿臉抱歉對我說：「今天不能完工了，接縫線顏色深了點，縫合上去太難看了。我回去讓老闆重新訂貨，改換正確的顏色。」我驚訝地望著師傅與他手中握的接縫線，這完全是老經驗的眼力；我根本看不出這根小線會產生什麼缺憾，對師傅工作的專業，心懷感激。

過數日，門鈴響，師傅進門，拿出另一色新的接縫線對著亞麻油地氈一比，搖搖頭說還是不行。老天，這師傅簡直把鋪亞麻油地氈當一件藝術品來完成，這種精神讓我肅然起敬。

一個多星期後，師傅再度出現。這回比對色彩後，他滿意地點頭，揚起頭露齒笑說：「妳馬上可以擁有完整美麗的亞麻油地氈了。」我站在一旁觀望，他熟練地用一條淺米灰色的接縫線，把兩大片亞麻油地氈縫合得完美無缺。

廚房是占用我每日許多時光的空間。亞麻油地氈果然保暖、不滑溜又好清潔，每當我蹲下身擦地時，視線總不自覺的盯向縫合線處，那線條實在不明顯，幾乎全融入亞麻油地氈裡去了；但，在我的眼中，它卻特別地突出。對我而言，它是一條眞正藝術的線條，它美麗的存在我心中，歷久而彌新。

鄰居送的水仙花，在壁爐旁安靜綻放。

必須耐心等待的廚房

廚房裡，壁爐線條細長、形式簡潔，優雅地豎立在與客廳相隔的牆面正中央。淡灰紫色帶藍黑及乳白淺紋的亞麻油地氈，清雅地平鋪在地上。廚房內，電器繁多，依照需要唐效親自設計電路，電路圖複雜，電線更是縱橫交錯，鋪設時看得我頭暈眼花。布置好電路，隱藏於天花板內，天花板重新鋪設，連同四周的牆壁全部粉刷一層白色壓克力漆，空間因此更添明亮。我心想：同是人，爲什麼唐效對電感興趣且能動手安排，而我卻像傻瓜似的不知所以，老天爺也未免太不公平了一點吧！

如今，整個廚房準備妥美麗的空間，等待設備的裝點了。

不久，櫥櫃材料送貨到家。唐效眉開眼笑，玩具來啦！打開一盒盒紙箱，裡面是各種板材和配件。先將兩個櫥櫃的大結構組合，固定在恰當的位置上。一個櫥櫃：緊貼玻璃窗下的磚牆，抵至鄰客廳的牆壁，高度八十四公分、總長兩百七十公分、寬六十公分；另一櫥櫃與前一櫥櫃斜對，平行而立，緊挨門道與過廳的牆壁，八十四公分高、二百四十公分長、寬亦爲六十公分。然後安裝抽屜與抽屜間的隔板，並在隔板上釘掛好供抽屜拖拉滾動的軸承；接下來便是組裝每個抽屜，抽屜有大有小、有細長有寬廣等不同形式，抽屜形狀裝成就往櫥櫃結構裡套放。

靠窗櫥櫃組合完成，從左至右依次爲三十公分寬的長拉櫃，內分三層間隔不一的拉架，可放各種不同高度、瓶瓶罐罐的調味品；接著留出六十公分隔間，裝烤箱與瓦斯爐；再是六十公分寬、五十三公分深的三個抽屜，最上一格十二．五公分高，放筷子、刀叉、湯匙等餐具，下兩層均爲二十五公分高，一層擺放菜刀、量杯等雜物，一層放置不同大小、深淺的瓷盤；然後是兩扇各爲六十公分寬對開的櫥門，隔開兩個大櫥子。左邊櫥子上方裝置水槽，所以櫥內保留水槽深下所需的位置，以及廢水流出的管道，剩餘的空間拉雜存放洗菜的漏盆、圍裙、取熱物的手套、洗碗精、洗手液等小東西；右邊櫥門打開，裝上兩個可拖拉的不鏽鋼網籃，專門疊放各式各樣的煮鍋和炒菜鍋。

靠廚房內牆的櫥櫃組合結構：套入四排五十三公分深的抽屜，其中兩排寬度各爲八十公分，另兩排各爲四十公分。兩人討論後意見一現，把窄的兩排抽屜居中放，寬的兩排抽屜分置兩端，如此櫥櫃才顯得穩重大方。每排由上至下又分三格抽屜，最上層抽屜高度爲十二．五公分，下兩格抽屜高度爲二十五公分。這個櫥櫃總共十二格抽屜，除了用一大格放置吃飯的碗盤，其餘分別擺放各類乾貨。所有抽屜都裝上安全鎖，不必擔心拉力過猛，整個抽屜跌掉出來；唐效還細心加上配件，保證打開的抽屜能自動退回原位；抽屜手把也下了心思挑選，靠窗櫥櫃抽屜裝的是長橢圓形的古典包瓷手把，另一全抽屜式櫥櫃一律採用蘑菇型的包瓷手把。兩個大櫥櫃，除了高度十二．五公分的抽屜是淡白米色平滑外觀，其餘抽屜和櫥子的外觀，看過去彷彿懸掛的一個個畫框，框裡裱裝了等距凹凸線條的同色木雕畫。

在廚房內牆的櫥櫃上方相距四十四公分的牆面上，唐效掛上了一個二百四十三公分長的吊櫃，分成三個格櫥，裝設三扇對開的玻璃門。三個白米色格櫥分別是八十公分高、八十公分寬及三十七公分深。每扇玻璃櫥門的玻璃被細白米色木條隔成「用」的形狀，這些櫥子拿來放置茶杯、咖啡杯、酒、酒杯和一些水晶小飾物。櫥格裡分別安裝了照明設備，開關一啓，暖暖的燈光照亮著櫥內器物，還眞有些架勢。

花了一個周末時間，效將廚房的全部櫥櫃安裝穩妥，環看組裝成績，他的表情沾沾自喜；的確，他膽大心細，呈現出來的作品連我都忍不住誇讚。

櫥櫃裝好，趕緊打電話通知「宜家」特約公司的專門技術人員，約定時間來丈量石板檯面的精確長度及寬度。這家公司活路多，居然等了兩星期才上門。除了測量石板所需數據，他們帶來了一種壓成板，連同代用水槽、火爐替我們暫時安裝在靠窗的櫥櫃上，做成一個暫用流理台。

突然之間，誕生出一個意外的流理台，讓我可以返回廚房燒菜煮飯，一下子反而無法適應。

替代流理台，是以幾塊〇．三公分厚度的土黃色壓成板拼接，雖不美觀，但還眞是能用，只是有時不免擔心，如此薄的板子承重力究竟夠不夠？一大鍋熱湯擺上面，會不會把板子壓垮下去？放上砧板剁雞、剁鴨、剁排骨，萬一不小心脫手剁歪，會不會把壓成板剁裂開來？腦子轉著這些亂七八糟的憂慮，使用這臨時流理台就有些戰戰兢兢。唐效在一旁，看我戒愼恐懼覺得好笑，說這種薄型的壓成板其實特別堅硬耐用，不打滑不沾水，價格還很貴呢！

廚房有了替代流理台，做飯炒菜算是恢復正常，但畢竟並非屬於我們眞正的流理台。等待的日子，感覺時間的腳步尤其遲慢而且沉重，有時甚至懷疑，「宜家」廚房設備部門是否把我們的訂貨給遺忘了？

一日，沒預警地駛來一輛特大的貨車，停在大門前，陸續卸下用瓦楞紙包裝的兩長條貨物；運送工人動作謹愼小心，我看兩人一前一後扛得相當沉重，勉強把兩件重物抬入門內過道，往牆壁搭靠重疊一起。每條近三公尺長的兩個大紙盒內裝石板，當然就是廚房櫥櫃的新蓋面。兩個紙盒一擺，便把進書房的門給擋住了。這怎麼行？可是硬石板拐不了彎，不放門廊又能擱哪兒去？搬運工人放妥貨品，仔細檢

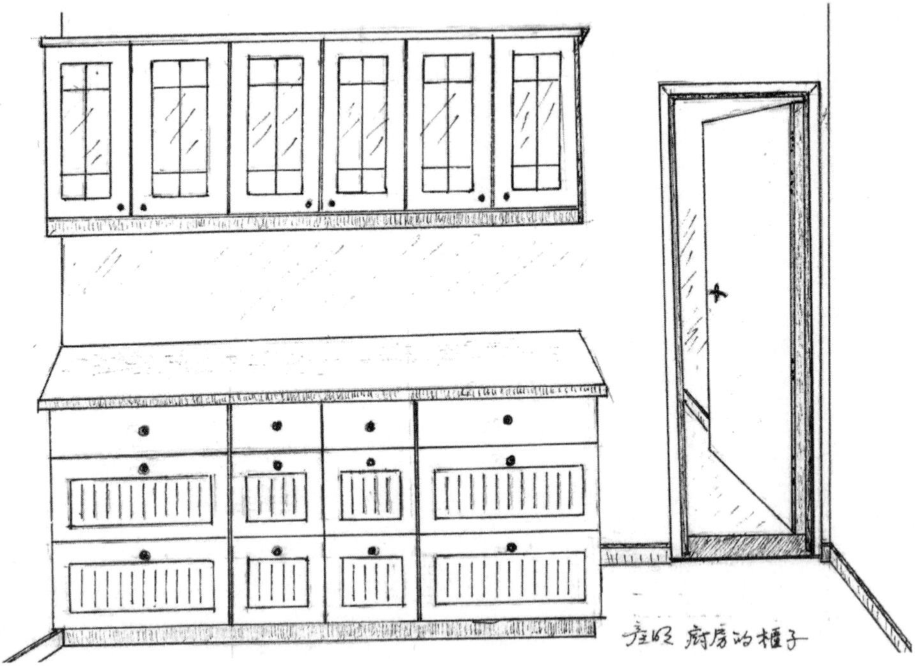
廚房的櫃子

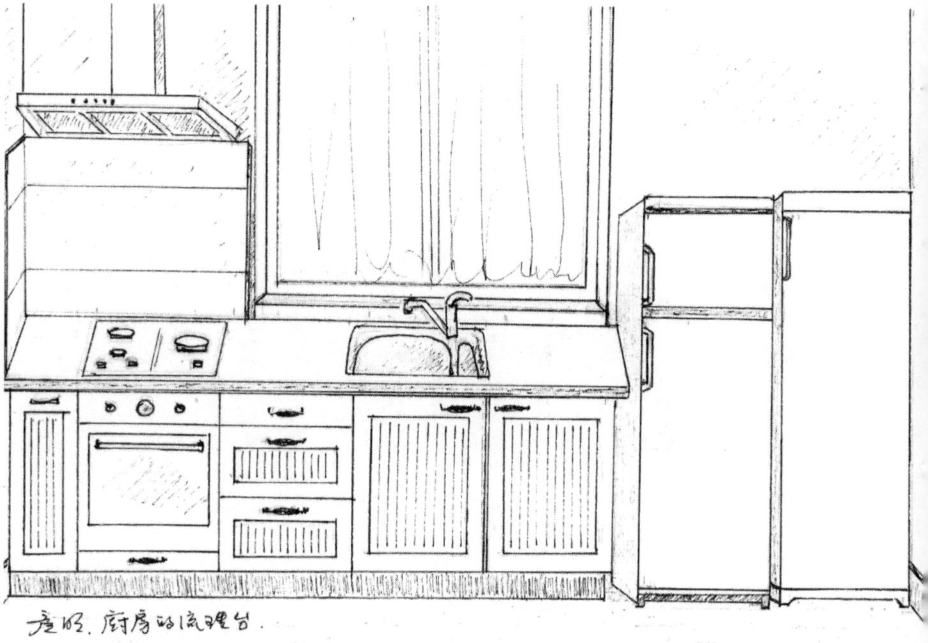

各式廚房家當備妥在廚房流理台。

查一遍，特意指著兩件貨物外包裝上的一個上指箭頭記號讓我看，箭頭下方有個別致的顯示器透著綠色，表示運輸中貨物沒遭到損壞（若呈紅色則不然），因此我可以放心簽收了。工人離開前好心囑咐，萬一要搬移這兩件貨物，千萬記得維持箭頭指標朝上。

石板運至，我打電話到「宜家」特約廚房裝設公司，興奮地要求：「可以來安裝啦！」對方查看了工作表，在電話另一頭禮貌答道：「兩星期後有一天空檔，可以嗎？」當然可以，只要能安裝，怎樣都行。

接下來兩個星期，我每天在家中練習「跨欄」。每塊大石板約六十五公分高，兩塊合在一起約十五公分寬，擋住書房的進出口，我得跳跨著進書房，又得跳跨著出書房，還得留心不能讓石板倒下。每天早上、下午、晚間為吃飯、喝水、上廁所，就得跳幾回，有些荒唐也有些趣味。多跳幾天竟跳出了興味；心想，即使晚些日子來裝石板流理台，其實也無所謂。

裝置石板流理台的工人如期前來。白灰色上有小斑點的石板，很容易地扣在廚房內牆前的櫥櫃上面，因為就是一塊簡單的長方型的平面石板塊。放妥，沿牆壁與石板的接縫，塗上矽膠固定即成。

但，玻璃窗下櫥櫃上方的石板塊就不可能扣下便成；先撤下代用流理台板，再將石板上預先切割出的洗槽洞和瓦斯爐洞對準位置緩緩放下。洗槽切割得恰到好處，裝瓦斯爐的洞偏偏切小了一點，也許就差幾公厘吧，可是差得再少也是差，工人只好細細琢磨擴大洞口，爲此多花費了近二小時，方才調整出適度的洞口。

接下來，連接不鏽鋼水槽上的水龍頭和水槽下的排廢水管，確定管子接縫不會漏水，水龍頭開啓後冷熱水能正常供應。完成後，進行烤箱與瓦斯爐、瓦斯管的銜接，再將烤箱密封進櫥櫃裡，瓦斯爐露出於石板流理台上。一切就緒，石板與牆的接線，塗上矽膠密合。如此，淡灰色底有小斑點的石板流理台，有模有樣的平展在廚房裡了。工人爲此足足花費了四個多小時。

工程結束，看工人準備把拆下的代用流理台板帶走。我心想：專爲我家廚房量身製作的壓成板，別處廚房也用不上；遂問工人，可否把板子留下給我，廢物利用一番。工人搖頭道：「不行，這板子很貴的。」指著包裝石板紙箱內拆出的木板、木條，說：「這些留給妳吧！」包裝用的木板、木條，材質太差過於粗糙，我沒興趣，但不好意思嫌棄，只好暫時留下，堆放在車棚的角落裡。事隔一年，朋友贈送了一個戶外營火鐵架；唐效和我便把原先留存的木板、木條鋸短，放入鐵架裡燃燒，看了一夜燦爛華美的火光。

送走工人，我將新流理台和另一櫥櫃新蓋板，以濕巾洗淨。站在廚房中央，左右觀看，石面光亮，是美。淡灰色小斑點的流理台，色彩像極了小時候我最喜歡吃的芝麻糖片，回憶起那芳香甜蜜的滋味，正是此時此刻我的心情哩！

新廚房的誕生

效下班，見到嶄新的石板流理台及石板櫥櫃台，摸了又摸，既讚賞又激動。

流理台與門廊牆壁間，預留出了放置冰箱與凍箱的位置，但，計算時沒考慮到，檯面的長度會超出櫥櫃六公分；如此一來，冰箱與凍箱還能如願並排而立嗎？效與我兩人相視，眼神都有些忐忑不安。

將暫放過廳的冰箱與凍箱推進廚房，凍箱靠著牆壁很容易推放在預定的位置上，再推放冰箱，讓它與凍箱相距二公分，剛好和流理台還剩一公分的間距；哈！簡直完美無比，眞乃上天垂愛，唐效和我相互擊掌，慶賀好運。

得安裝抽油煙機了。唐效摩拳擦掌已久，想顯身手，終於可以神氣活現的登場。

抽油煙機當然得懸掛在瓦斯爐的正上方，距離瓦斯爐越近自然抽油煙力越佳；但，這點在我們家辦不到。雖然我是家中主廚，可是唐效也喜歡廚藝，不時會露兩手，所以抽油煙機必須高過他的額頭才行。

猶記確定抽油煙機懸掛高度的剎那，我在旁邊直嚷著：「低點，低點，再低一點。」唐效卻一直把機器往上提高，同時反對說：「不能低，要高些。低了會擋住我的視線，還會打到我的頭。」平日不覺得自己比唐效矮許多，每次見他高大非常歡喜，特別有安全感；這時才發現，夫妻身高相差大，還是有那麼一丁點兒的小缺點。

抽油煙機是不鏽鋼製，抽油煙的管子是四方形的長筒，亦不鏽鋼製，機型線條簡潔，懸掛好之後看起來大大方方，十分順眼。

瓦斯爐鄰近廚房客廳隔牆，這段牆壁與窗戶之間的L型牆壁應如何處理，才能避免炒菜的油煙、煮湯的水氣呢？

一般家庭採用小瓷磚貼牆。小瓷磚縫容易積存油漬，以經驗論不是好材料。何況，廚房其他設備均線條簡約，突然出現一小塊線條錯綜複雜的牆面，破壞整體的統一性未免可惜。

選用不鏽鋼擋油煙板呢？與抽油煙機、烤箱外殼、瓦斯爐面、水槽材料相同，格調統一、價格合理，應是不錯的選擇吧！打定心意，也是湊巧，附近城裡一家中國朋友慶祝喬遷周年，大擺宴席，我們應邀前往。此時參觀房子，自然把目力集中在廚房上。這家廚房設備正是不鏽鋼系列，擋油煙板也是不鏽鋼，正好詢問好用與否。方提問，女主人忙不迭地勸阻：「千萬、千萬別用不鏽鋼板，清洗後會留下一條條的水漬痕，難看得很。」手指刻意指向不鏽鋼，果然擦拭痕跡一條條清清楚楚。於是，不鏽鋼的主意立即淘汰。

那就選用大塊薄石板囉?!買兩大塊貼合擋油煙，該是上好材料。試問過價錢，頗貴，不免猶疑。思量再三，決定開車半小時，跑一趟規模極大的一家DIY材料店。那裡有許多實體廚房設備模型，說不定可找到借鏡；若實在沒有，就咬咬牙，狠下心多花些錢，買大塊薄石板吧！

轉遍DIY材料店廚具部門仔細研究，沒看出什麼名堂；只有一組橙色系列小瓷磚，顏色搭配溫暖雅致，讓我心動了一下：如果採用此系列瓷磚貼牆，瓷磚間隙用深色膠料相接，或許能不顯污穢，而環繞瓦斯爐與抽油煙機之間的L型牆面當是一幅彩色壁磚圖，或許也能營造出另外的現代感，似乎可以考慮。

走出廚具部門天色尚早，閒逛店裡展示的其他家用設備。走到放置瓷磚的倉房，琳琅滿目；突然發現有一款頗長的瓷磚，取卷尺丈量：三十二公分高、一百公分長、一．五公分厚，正好是窗戶至邊牆的長度，只需買四塊，窗戶至邊牆這邊貼兩塊半；L型對角銜接的牆面，將一塊完整的瓷磚對切成五十公分長，再將另一高度已對切成十六公分的長瓷磚再切成長度五十公分的瓷磚，就能拼成很不錯的油煙擋板；即使留有接縫也不過四、五條，容易清理。大喜過望。這型式的瓷磚，原本是爲浴室設計，我們可以不受拘泥將其沿用於廚房。此種規格的瓷磚有十多種花色可供挑選，太花的不取，有些抽象山水看來不俗，最終選用了純白色，與白牆統一；畢竟這種邊角越不醒目越好，何苦反倒弄來引人注目？

請來鋪瓷磚本事特別好的林師傅幫忙。他一看心中立即有了底，讓我們帶他去就近的建材店，買了根呈直角、兩邊皆一．二公分寬的鍍鋅鐵片長條，以及一長根一．五公分寬的白色薄木條備用。他雙手麻利，把鍍鋅鐵片條、白色薄木條，切出兩條八十公分高度的長條；然後牆面上膠，從緊靠流理台石板的牆邊貼起，依次貼妥兩塊完整的大瓷磚，再貼高度切半的同長度瓷磚，瓷磚與瓷磚緊接不留縫痕；這時，將鍍鋅鐵片條扣夾住近窗的瓷磚邊緣，再以白色薄木條固定。L型另一面牆同樣塗膠，依序鋪蓋上長度五十公分的瓷磚，邊緣亦扣夾鍍鋅鐵片條和白色薄木條，將瓷磚固定牢靠。

鋪設好的瓷磚擋油煙板看起來果然清爽，方便擦拭。這個設計，唐效與我至今仍然得意。

廚房正中央擺那個餐桌呢？褐色亮漆原木古董圓桌放中間，行嗎？桌子古典、櫥櫃現代，各自獨立，融合不在一塊兒，斷然捨棄。

長一百五十公分、寬七十八公分的深灰色長方形角鋼桌子，線條簡樸，放在廚房與廚具能相配。這桌子好用是好用，但顯不出特色，反而因爲體積大，讓原本寬鬆的廚房變得擁擠，也不理想。

家中所有的桌子全部評估，再三揀選，最後挑用一張正方桌。

這張桌子，既是方桌也是三角桌。數年前去「宜家」，看見一張三角形桌子，能撐展爲八十四公分的正方形桌子，設計的觀念與外型的呈現都好。立即買下，主要看中它輕巧，收放方便，擺在畫室裡，隨時挪動作畫，極爲靈活。這時，將它取來，以正方的姿態立在廚房當中，鋪搭一塊藏青、草綠、粉紅或橙色的雲南植物蠟染棉布方巾，不單別有風韻，更爲廚房留出了較多的空間。桌子小還有個優點，不可能擱放亂七八糟的雜物，反倒清爽。

平日，效和我兩人對坐吃飯，這個桌子足夠使用。倘若家中來客怎麼辦？添一、兩人，方桌還足夠，客人再多則移駕，使用客廳的長桌。沒料到，來了幾波客，加上主人，總有六、七人。我說：「到客廳長桌吃飯吧！」客人居然不願意，堅持圍著小方桌坐下，說在廚房裡邊看炒菜邊吃飯才有味道，而且更顯出搶菜吃的熱鬧。也是奇妙，這小方桌圍坐六、七人竟不覺擠，歸結或許是周圍空間大，互相可前後錯開點坐的原因。

由此看來，八十四公分正方形桌子是廚房理想餐桌了？非也！雖然大小適度，效嫌它四隻桌腳礙事，意欲尋找僅用一根支柱的方桌。

常見餐廳使用一根支柱的方桌，法國境內餐廳尤其流行，唐效和我以爲極易買到，豈料在荷蘭以及臨近的德國、比利時家具店都沒看到；但，不著急，慢慢找唄！

過了幾年仍沒尋得，效等不及了，決定自己動手。到自助店買了木板，裁定尺寸，再買來鋼柱，鋸出想要的高度，加上鋼板的基底，製成心目中的餐桌。他一動手製作就是兩張桌子，摸著成品很是得意。

餐桌上方總要有一盞燈，這盞燈應該是廚房的「靈魂之燈」。既是「靈魂之燈」，什麼模樣？什麼亮度？必得慎重。

忘了那位室內設計師說過，室內布置最難的就是選燈。如今，我們就在這個問題上犯難了。

每逢空暇就往燈飾店鑽，新式的、古典的不拘，就想找一盞適合的燈。找了大半年找不著，有些心灰意冷，已值夏季燠熱難挨，兩人商議乾脆不裝燈，反正流理台上方有四盞頂燈，抽油煙機上有一盞燈、吊櫃內共六盞照明燈、吊櫃下還隱藏著裝置了三條燈管，照亮下方的櫥櫃檯面、吊櫃上方更藏放一管二公尺長的日光燈，對著天花板打光；其實廚房晚間的光度已經足夠，何必依慣例，非要在廚房正中心餐桌上方點一盞燈呢？乾脆買個風扇消熱吧！

拿定主意，開始尋找能安裝在天花板上的風扇。原則清楚明瞭：結構簡潔，色彩調和。運氣好，在買油煙瓷磚擋板的ＤＩＹ材料店，看到了一款吊掛天花板上的風扇，所有功能均由無線遙控器控制。扇葉比平常所見細窄一些，略有弧度造型優美，淺灰色鋁材又與廚房色調、櫥櫃質感相符。唐效仔細閱讀產品資料，驚喜此風扇不但可在炎炎夏日用來搧風，更可在寒冷冬季倒轉風葉，在寒冷冬季把室內上沖的暖氣旋轉壓下。更妙的是，扇葉圍聚的中心是一盞圓盤形的燈，燈盞能調不同的明暗亮度，依需要還能製造燈光旋轉的效果，當之「靈魂之燈」亦無愧。遇上這樣的風扇，雖然價格昂貴，我們毫不猶豫的掏錢買下，興高采烈搬回家。

唐效利索的把風扇燈裝上，我們輪流玩著無線遙控器，看風葉慢慢迴旋，或是急速旋轉，將燈光從微明逐漸變化到最亮，也試看旋轉的燈光，彷彿身處迪斯可舞廳，有趣極了。

「爲什麼我們的運氣總是這麼好？」我笑盈盈地問效，他也忍不住同樣反問。

如今，廚房各式設備齊全到位，微波爐、麵包機擱櫥櫃石板平台上，咖啡機、燒水爐放臨近冰箱的流理台上，電鍋擺在壁爐角，那裡有個電插座，離烤箱、瓦斯爐有一點距離，不影響走動工作。洗碗機仍保留在貯藏間裡，偶爾使用，主要倒是爲了洗滌油污的抽油煙網而開啓。許多人家把垃圾桶裝在流理台水槽下，隱藏於櫥櫃裡，我不喜歡，因爲觀察發現經年累月後，櫥櫃難免屯積腐臭味道，頗爲噁心。我另買不鏽鋼垃圾桶，擺放在不起眼的臨廚房的門廳邊角，丟棄廚餘雜廢之物也很方便，如此廚房內更是潔淨。

廚房內，除了飲食必備器物，還是需要一些點綴，於是冰箱上養起一盆雲竹。這盆雲竹曾經養在考克鎮的租屋廚房裡，長得茂茂密密，極富韻姿；搬家後移至客廳，從此沒了風采，長得半生半死；重新放回廚房培養，祈禱油煙味讓它再現舊顏。雲竹旁邊隨時令更換上其他植物，相互作伴、相互呼應：或是家中培育花朵盛

從書房穿過相對的門.
看廚房的壁爐和懸掛的
風扇吊燈.

風扇不但可在炎炎夏日搧風，冬季更可把室內的暖氣旋壓下。

開的盆景、或是友人來訪贈送的盆花。

高高的吊櫃上方，放了一盆絹製的淡粉紅玫瑰花，這樣一年四季、每日早晚，廚房不會欠缺花朵與色彩。

壁爐右邊牆壁前方，端放一張六十公分高的小花凳，有時擺放盆花，有時放置插滿花瓶的鮮花，讓廚房洋溢著多變化的彩色生命。一年當中，花凳上最動人的時光，應是家中虎蘭花開的季節；多年來培育了十多盆虎蘭，養出心得，每年每盆蘭株會冒出花莖，三、四枝花莖聚集一盆最爲常見，偶然多到一盆發七、八枝花莖，一回更盛抽出十三枝花莖。綻開時花團錦簇，我們總挑選最與眾不同的一盆置於廚房花凳之上。虎蘭花開能達兩個月，吹氣吐散幽香。日日晚餐時，觀賞豆沙色蘭花，花態掬人，便有人花相知和諧的愉悅舒暢。

這面牆壁離地面一百二十三公分的位置，維持了屋子初建時留出

冰箱上養了雲竹重新放回廚房培養，長得茂密。

的一個凹陷方格：五十八公分高，七十公分寬、二十三公分深。方格正好放一個燭台，讓燭光瑩瑩，還有空處可擺一件裝飾品。相中荷妮的一件三十五公分高青銅雕塑：一位頭髮幻化成飛鳥的女子，腳踩草地奔跑過一株樹葉濃密的大樹；女子體態輕盈，青草地仿如飛雲，大樹濃葉聚合則若另一朵飛雲，女人便在雲間遨遊，意象美麗極了。因是好友、畫友，荷妮以「藝術同行」的價格把這件藝術品讓給了我，從此這個青銅雕，與燭台同立於廚房牆壁凹陷的方格裡，成爲藝術一角，迴異於尋常的家庭廚房。

荷妮的青銅雕像，與燭台同立於廚房牆壁凹陷方格裡，誠為藝術的一角。

春去夏至，秋過冬來。冬寒，我估算好唐效每晚下班前一小時，將壁爐點燃。橘紅的火焰，逐漸把廚房燃燒暖和起來；扭開收音機，固定的音樂電台，立刻流淌出我迷戀的古典音樂旋律。跟隨樂音，我歡愉的準備晚餐。一個好主婦、一位好廚師，雖然使用變化不多的蔬菜、雞鴨魚肉，每日的菜餚還是能以不同的形貌、色彩與氣味呈現，並兼顧營養的均衡、丈夫的嗜好。

唐效下班回家，天色已黑沉，就著燈光、爐火，他再點燃上蠟燭，取出水晶杯斟上紅酒，我端上晚餐。兩人面對面享受每日的相聚，談心品味：這時花園中的蠟梅已花開滿樹，剪下數枝分插室內，擇一枝插在掐絲黃銅花瓶裡，擱在流理台前的窗檯上，枝椏上每一朵花雖然只有一節小指頭大小，亮黃如蠟的花瓣剔透秀麗，吐露蜂蜜般的香甜氣息，聞之已心曠神怡，加上窗外的潔白雪花如羽絨般飄盪，此情此景天上人間。

效感慨：「五星餐館都沒能有這麼好的座位。」

我應和：「可不是，而且每天僅精心供應一桌。」

效接道：「生活真是美好，滿意嗎？」溫暖地凝視我。

「滿意！」我朗聲點頭。

「嫁給我，滿意嗎？」效進一步笑問。

我咯咯笑著：「滿意，滿意，一百一千個滿意！」

後記

自二〇〇七年開始整建荷蘭聖・安哈塔村住家的新廚房，我便開始了有關廚房書的寫作。

列了一長串題目：自己的廚房、父母親友的特殊廚房、買菜的各種可能性與變化、廚房的調味料、鍋碗瓢盆、刀叉湯匙筷子、自己的拿手菜、親友的絕招活、自己花園花朵與菜圃收穫和廚房的結合、我家的後廚房——準備寫一些住家附近的好餐館以及與餐館主人之間的互動等。

書寫的過程很長、很慢，如小火燉煨，我享受食物與文字融合的放鬆與快樂，越寫越多。八年過去，一日驚覺，如此下去「廚房記」永遠無法完成，字數將會累積得嚇人，趕緊暫時停筆，整理分類，選出一本書的內容，再做完善，其餘的留待以後再想。

唐效的同事阿米特加班後，他的妻子講：「你雖然回家晚了，我還是給你飯吃。」他大為感動。唐效聽了，笑道：「我回家晚，彥明說，你太辛苦了，多做幾道好吃的犒勞你。」

我的烹調功力，隨著時間的過去不斷能有所提升，主要歸功於我的丈夫唐效，他總是對食物興致勃勃，對我的廚藝讚美中添加適度的挑剔，給予中肯的建議，讓我自然而然精益求精；事實上他自己也是烹飪高手，不論做中餐或西餐，膽大又能拿捏得恰到好處。

廚房對我而言，是家裡最有趣，充滿創意元素與千變萬化的空間，可盡情嬉戲發揮才藝的樂園。在裡面，我對環境布置的美感、食材好壞的判定、菜餚呈現的滋味與外觀、味蕾的敏銳程度都得到挑戰與考驗，對三餐後的清洗打掃也充滿喜愛。自己做為家庭主婦用情的深淺盡在其中。

書稿完成，配合素描插圖。希望以單純的黑色線條圖案，更多的襯托出廚房活動、廚具器皿、食材，與市場多彩多姿的豐美。

江一鯉與我相熟，建議《我的九個廚房》一書由唐效寫序。我眼睛頓時一亮，最熟悉我的廚房、廚藝的，非他莫屬。

唐效經營公司非常忙碌，每日早出晚歸，十分辛苦。這次，他特別利用到中國大陸出差，旅途間擠出空檔為我作序，學科學的人分析能力強，理出他對我寫作的觀察心得，別有見解。非常感動他對我的相知相惜。

另外，我要向印刻出版社的朋友們致意，特別是初安民、江一鯉，在平面出版極不景氣的時期，仍勉力為我出書；宋敏菁擔當責任編輯，耐心認真。大家對我的照顧，衷心敬謝。

INK PUBLISHING
文學叢書 500

我的九個廚房

作　　者　丘彥明
繪　　圖　丘彥明
總 編 輯　初安民
責任編輯　宋敏菁
美術編輯　林麗華
校　　對　吳美滿　丘彥明　宋敏菁

發 行 人　張書銘
出　　版　INK印刻文學生活雜誌出版有限公司
新北市中和區建一路249號8樓
電話：02-22281626
傳真：02-22281598
e-mail：ink.book@msa.hinet.net
網　　址　舒讀網http://www.sudu.cc

法律顧問　巨鼎博達法律事務所
施竣中律師
總 代 理　成陽出版股份有限公司
電話：03-3589000（代表號）
傳真：03-3556521
郵政劃撥　19000691　成陽出版股份有限公司
印　　刷　海王印刷事業股份有限公司

港澳總經銷　泛華發行代理有限公司
地　　址　香港新界將軍澳工業邨駿昌街7號2樓
電　　話　(852) 2798 2220
傳　　真　(852) 2796 5471
網　　址　www.gccd.com.hk

出版日期　2016年8月　初版
ISBN　978-986-387-112-5

定　價　320元

國家圖書館出版品預行編目資料

我的九個廚房／丘彥明 著、繪圖；
--初版，--新北市：INK印刻文學，
2016. 08 面；14.8x21 公分（文學叢書；500）
ISBN　978-986-387-112-5（平裝）

855　　105011484